警官の標（しるべ）

警察小説アンソロジー

月村了衛　深町秋生　鳴神響一
吉川英梨　葉真中顕
伊兼源太郎　松嶋智左

朝日文庫

初出「web TRIPPER」
二〇二二年十月〜二〇二四年十月

目次

警官の標

警察小説アンソロジー

ありふれた災厄

月村了衛

月村了衛（つきむら・りょうえ）

一九六三年大阪府生まれ。作家。二〇一〇年『機龍警察』でデビュー。一二年『機龍警察 自爆条項』で日本SF大賞、一三年『機龍警察 暗黒市場』で吉川英治文学新人賞、一五年『コルトM1851残月』で大藪春彦賞、『土漠の花』で日本推理作家協会賞（長編及び連作短編集部門）、一九年『欺す衆生』で山田風太郎賞を受賞。著書に、『黒警』『黒涙』『東京輪舞（ロンド）』『悪の五輪』『奈落で踊れ』『半暮刻』『対決』『虚の伽藍』など。

新しくオープンしたシネコンの発券機は、購入番号を何度入力してもチケットを吐き出してはくれなかった。

「すいません、ちょっと」

背後を振り返った梶田義昭は、ロビーを横切ろうとしていた女性従業員に大声で呼びかけた。

「はい、どうなさいましたか」

九〇度に近い角度で進行方向を変え、小走りに寄ってきた従業員にスマホの画面を示す。

「オンラインでチケットを購入したんですけど、何度やってもダメなんです。ＱＲコードはどうも好きじゃなくて」

「少々お待ち下さい」

スマホに表示された購入番号を入力しかけた従業員は、その手を止めて梶田に向き直った。

「これ、当劇場ではございませんよ」

「え、だって池袋に新しくできたシネコンって、ここのことでしょう」

「いえ、もう一つございまして、ここに劇場名が書かれておりますが、サンシャイン通りをまっすぐ行かれた所にある別の劇場でございます」

「えっ、そうなの」

「はい。では失礼します」

女性は忙しげに去っていった。心なしか、舌打ちの音さえ聞こえたような気がした。

いまいましいのはこっちの方だ――

梶田はやむなくエスカレーターを使って外に出た。

プライベートで愛用するグレイのスポーツバッグだけを持ち、久々に映画館に出かけたのは、若い頃に観(み)たいと思って果たせずにいた作品の修復版がリバイバル上映されていると知ったからだ。しかも上映は今日までで、際どいところで間に合った。

幸か不幸か、衆議院議員であった梶田は先の選挙で落選し、現在は浪人中である。時間だけは以前に比べて融通が利いた。そこで久々に映画でも観ようと単身足を運んだという次第であった。

映画通を気取る梶田は、着古したシャツに同じくはき古したスラックス、それに流行遅れのジャンパーという、かなり質素な恰好(かっこう)でやってきた。皺(しわ)が入ろうと汚れが付こうと気にならない、それが学生時代からの〈こだわりの映画鑑賞スタイル〉であった。なのに劇場を間違えるとは、観る前からケチが付いた気分になった。上映時間にはまだ少しばかり余裕がある。今から急いで行けば間に合うだろう。チケットのオンライン販売は便利だが、クレジットで購入した回しか使えないという点だけは不満に感じる。

映画とはもっと自由な気分で観るものだ――それが梶田の持論でもあった。

再開発の終わった豊島区立中池袋公園の周辺は、梶田の知る往年の光景とは異なり、どうにも馴染めぬものだった。すっかり様変わりしていて、池袋だという気がしない。四方をモダンなビルで囲まれた公園の一角では、奇矯な恰好をした若い女がたむろしている。コスプレというやつだろうか。梶田にはまったく理解できない世界であった。

あんな服装で出歩くなんて、どういう躾をされて育ったんだ――

そこはかとない嫌悪感を抱かずにはいられない。ああいう手合いを放置すれば、日本の風紀は悪化する一方だ。それこそ近頃流行りの〈パパ活〉にもつながりかねない。やはり教育の根本的改革が必要だ。あの娘達は手遅れだろうが。

自分が閣僚の地位に返り咲いた暁には、真っ先に着手しよう――いや、それより今は急がないと映画に――

突然、目の前に黒い影が立ちふさがった。

「はい、ちょっとすみません」

中年の制服警官だった。気がつくと背後にも一人、梶田の逃げ道をふさぐかのように眼鏡をかけた若い警官が立っている。

「なんでしょうか」

梶田はいささかぶっきらぼうに応じた。国家公安委員長まで務めた自分が、ヒラ警官になれなれしくされるいわれはない。

「免許証か身分証、見せてもらえませんか」

「え、どういうことでしょうか」

「だから免許証見せて下さい」

「だからどういうことかって訊いてるんですけど」

「お忙しいとこすみません、ご協力お願いします」

梶田の質問にはまるで答えようとせず、同じことを慇懃無礼に繰り返すばかりである。

「協力って、何に協力するんですか」

すると後ろにいた眼鏡の警官が耳障りなかん高い声で言った。

「さっきから言ってるだろうが、免許証出せって」

梶田は背後を振り返って怒鳴りつけた。

「なんだその口の利き方は。無礼じゃないか」

一瞬黙った若い警官は、上司らしい中年の警官に向かって言った。

「こいつ、絶対怪しいっすよ」

「怪しいとはどういうことだ。分かるように説明しなさい」

「まあまあ、落ち着いて下さい」

　中年の警官がなだめるように、

「こっちにはね、質問する権利があるんですよ」

　ようやく状況を理解した。

「もしかして、これは職務質問なのかね」

「そうですけど」

　相手は呆れたような、いや、小馬鹿にしたような目でこちらを見る。

「ご苦労様です。しかし職務質問なら任意のはずだが」

「だからご協力をお願いしているわけで」

「申しわけないが、今は急いでいるのでね。では失礼する」

　横をすり抜けて歩き出そうとした梶田の進行を妨害するように、中年の警官が慌てて前をふさいだ。

「ちょっと待ってよ」

「まだ何か」

「何かじゃないよ。協力してってって言ってるでしょう、さっきから」

「どきなさい。職務質問は任意であり、私は同意しないと言っている」

「どうして同意できないの」

「急いでいると言ったじゃないか。聞こえなかったのか」

相手を叱りながら腕時計を確認する。今から走って行けばまだ間に合う。

「分かったら早くそこをどきなさい」

「こっちもね、あんたに質問する権利があるんだよ」

「君は任意の意味を知っているのか」

「だから協力して下さいってお願いしてるんですよ」

だからだからの繰り返しで、会話にもなっていない。自分が誰か明かしてやろうかと思ったが、それをやると相手の言いなりになったような気がして癪だった。

警官はますます無遠慮な態度で、

「あんた、名前は」

「人に名前を尋ねるときはまず自分から名乗りなさいと親に教わらなかったのか」

「名前を言えないのは何かわけがあるんじゃないんですか」

「だから人に尋ねるときは自分から名乗れと言っておるんだ。馬鹿か、君は」

「あっ、こいつ公務員を侮辱しましたよ」

眼鏡が得意げに上司を振り仰ぐ。教師に告げ口をする小学生そのものだった。

「ともかく、警察手帳を見せなさい。話はそれからだ」

「いいですよ、見せますよ」

中年の警官は取り出した警察手帳をさっと開き、すぐにしまった。

「さ、これでいいでしょう。名前は」

「いいわけないだろう。全然読めなかったぞ。もっとはっきり見せなさい」

「なんだこいつ、さっきから偉そうに。自分の立場分かってんのか」

眼鏡が狐のような顔で言う。

「警察官が市民に対してこいつとはなんだ。口の利き方に気をつけなさい」

「なんだとっ」

「いいからやめとけ」

いきり立った部下を中年警官が制止する。そして今度は警察手帳を開いて差し出し、

「ほら、これでいいでしょう」

そこには山畑という名前と、巡査という階級が記されていた。

「もう気が済んだよね」

手帳をしまおうとする山畑に、

「ちょっと待て、今撮影するから」

スマホのカメラを向けると、山畑はレンズを覆うように掌を突き出して、

「なぜだ。メモ代わりにしようと思っただけだが。国民の権利じゃないのかね」

「とにかく撮影はやめて。あと録画や録音もダメ」

「いいだろう」

おとなしく従うことにした。一刻も早く駆けつけないと映画に間に合わなくなってしまう。弁護士資格も持っているという自負と自信とが、梶田に冷静を保たせた。

「それで、名前は」

「職務質問を行なうなら、警察官職務執行法2条1項にある不審事由を満たさねばならないはずだ。それを説明してほしい」

「は？ なんだって？」

「できないならこのまま行かせてもらう。映画の上映時間が迫っているんだ」

「なに勝手なこと言ってんの」

「勝手だと？ 私は映画を観に来たんだ。君は憲法で保障されている国民の権利を侵害してるんだぞ」

「勝手じゃないの。あんたが最初から協力してればよかっただけの話じゃない」

「だったら君には不審事由を説明する法的義務があると言ってるんだ」

横にいる眼鏡が携帯している通信機で連絡を取り始めた。符牒（ふちょう）だらけで意味不明だが、応援を要請しているらしい。

「法律を少しは囓(かじ)ってるらしいけど、こっちも質問する権利があるんだから」

山畑は頑(かたく)なに同じことを繰り返す。不条理極まりない堂々巡りだ。

「まだ分からんのか。職務質問を行なうには、私のどこが不審なのか、君達には説明する必要があるんだ」

そこで眼鏡が賢(さか)しらに口を挟んだ。

「あんた、あそこの女の子達を変な目で見てただろう。それだけで充分不審なんだよ」

「変な目だと」

よりによってこの私に対して――

怒りで頭がどうにかなりそうだったが、かろうじてこらえる。

「それが警職法にある『異常な挙動』に当たるのか。『合理的に判断して何らかの犯罪を犯し、若(も)しくは犯そうとしていると疑うに足りる』と言えるのか。え、どうなんだ」

「言えるに決まってる。だってそう見えたんだから」

「それは君の主観だろう。私は客観的要件を尋ねているんだ」

「売春防止法に違反するように見えた」

「言うに事欠いて君は――」

激昂(げっこう)しかけた自分自身をなんとか抑え、

「仮にそうであったとしても、売春行為には罰則がない。従って逮捕もない。そのことを理解して言っているのか」

「そっちこそなに言ってんだ。未成年と関係したら即逮捕だ」

「じゃあ彼女達に年齢を確認してくれ。未成年かどうかな。もし違っていたら君の言う根拠はすべて崩れる。どうした、ほら、早く行って確認してきなさい」

「こいつ……」

眼鏡は顔を真っ赤にして梶田を睨み付けている。

「ちょっと場所を変えましょうか」

唐突に山畑が、梶田の体にはぎりぎり触れずに道路の方へ誘導しようとした。周囲にいた若者達が、一人また一人と足を止め、スマホのカメラをこちらに向け始めたのを気にしているのだ。

「ここじゃ通行の邪魔ですから、とにかくあちらに移動しましょう。言っとくけど、これは法律で認められてる処置だから」

自分も警職法くらい知っていると言わんばかりの口調であった。

「公園の真ん中で通行の邪魔とはおかしな話じゃないか。見ろ、みんな自由に歩いてるぞ。誰の通行を妨げているのか説明してくれ。具体的にだ」

これにもまったく反論できず、山畑は誘導を断念した。

「いずれにしても山畑君、それは任意同行を求めるための要件だ。いいか、任意だ。そして私は同意しないと言っているんだ」

山畑は苦い顔を通り越して無表情になっている。

「まあそうむきにならないで。名前を教えて下さいよ」

息を整え、満を持して告げる。

「梶田義昭だ」

「そう、梶田さんね」

予期に反して山畑と部下の眼鏡はなんの反応も示さなかった。

聞こえなかったのかと思い、わざわざ繰り返した。

「梶田義昭だ」

「それは分かったから。で、仕事は」

そこで詰まった。落選中で無職であるとは、公衆の面前で言いたくない。

ほんの少しの間を置いて答えた。

「……弁護士だ」

嘘（うそ）ではない。東京弁護士会に登録し、自宅マンションを事務所ということにしてある。

しかし、返答までわずかながらも間のあったことが山畑達の疑いを招いたようだ。

「ふうん、弁護士さんね」

明らかに信じていない口振りだった。

「それで、今日は何しに来たの」

「さっき言っただろう」

「え、聞いてないよ」

「映画を観に来たと言ったはずだ」

「ああ、それね」

そのいいかげんな言い方がどうしようもなく癇(かん)に障った。

「それとはなんだ、それとはっ」

そこへ新たに四人の制服警官が早足でやってきた。眼鏡が呼んだ応援だ。

「はいはい、落ち着いてね」

顎に大きなほくろのある警官が「こんなことには慣れている」といった顔で言う。

「私は落ち着いているが」

「そうは見えないけど、ま、いいから免許証出して」

また一からやり直しだ。腕時計を見る。上映時間を過ぎていた。予告編やCMの時間を入れたとしても、もう間に合わないだろう。

今日が最終上映日だったのに――

「君達のせいで映画に間に合わなかっただけでなく、チケット代が無駄になったぞ。この損害は請求させてもらう」

「いいから免許証出して」

「いいからとはどういうことだ。会話をする気さえないということか」

「免許証」

ほくろのある警官は山畑以上に無礼だった。

思い知らせてやる——

黙って免許証を出し、ほくろの警官に渡す。

「梶田義昭さんね」

山畑や眼鏡と同じく、ほくろはなんの感慨も示さず、通信機で免許の番号を照会している。

こいつら、警官のくせして本当に私を知らないのか——

驚きであり、呆れもした。次いでそれまで以上の猛烈な怒りが湧いてきた。

身分を明かしてやろうかと何度も思ったが、圧倒的な怒りがそれに勝った。

今に見ていろ——

ほくろは礼も言わずに免許証を突っ返し、

「ちょっとそのバッグの中見せて」

「バッグ？」

梶田は反射的にバッグを背後に隠すようにした。大した物は入っていないのだが、駅近くのコンビニで少年漫画誌を買ったことを思い出したからである。

漫画であることも恥ずかしいが、少年誌であるにもかかわらず表紙は際どい、と言うよりあられもない水着姿のアイドル写真だった。ここでそれを見られるのはなんとしても避けたい。

だが梶田のその動作により、警官達の態度が一層硬化するのが分かった。

「そう、それ。中を見せて」

「拒否する」

総勢六人の警官が梶田の周囲を取り囲んでいる。その距離は冗談抜きで五センチばかり。身動きのしようがないどころか、こちらの指先一つ触れただけでも公務執行妨害で現行犯逮捕する意図があからさまに透けて見えた。

「あんたが拒否してもね、こっちには調べる権利があるんだ」

またそれか――

「そんな権利はない。君も警察官ならもっと法律を勉強しなさい」

「ほらこいつ、さっきからこんな調子なんですよ」

はしゃいだように言っているのはまたもあの眼鏡だ。

「見せてくれないとね、署まで同行してもらうことになるよ」

「それも任意のはずだが」

「そんなこと言ってもね、ほら、もうパトカーも来ちゃってるし」

見ると確かにパトカーがすぐ近くまで徐行してきて停止した。しかも二台。

パトカーが来ようと来まいと関係ないのだが、梶田はあえて承諾した。

「よし、では署に行こう。池袋署だな。社会のためにも君達の違法行為について署長に注意しておく必要がある」

何人かの警官が噴き出した。

笑っていられるのも今のうちだ――

もう遠慮する必要はない。梶田は前をふさぐ警官を押しのけ、

「同行に応じると言ってるんだ。早くどきなさい」

悠然とパトカーに歩み寄り、一同を振り返って宣告する。

「言っておくが、私は弁護士であり、元国会議員であり、総務大臣と国家公安委員長まで務めた梶田義昭だ。全員、相応の処分を覚悟したまえ」

とうとう言ってやった――さあ驚け――自分達のしでかした事の重大さに震えろ――

反応はなかった。

「さっさと乗れ」

ほくろがパトカーの後部座席に梶田を押し込め、続けて自らも乗り込んだ。山畑も反

対側のドアを開けて乗車する。山畑とほくろで梶田を挟み込んだ恰好だ。

パトカーはすぐに走り出した。

「君達はいつもこんな違法行為を行なっているのか」

車内で問うと、山畑がうるさそうに、

「その違法行為っての、やめてくれない？　我々は法に則って職務を遂行してるだけなんで」

ほくろも一緒になって挑発的に言う。

「法律に自信ありそうじゃないか。起訴された経験でもあるんじゃないの。ま、調べればすぐに分かることだがな」

「今の言動も署長に報告する」

「おい山畑、こいつのスマホは？　録画か録音でもしてんのか」

不安になったらしくほくろが山畑を質す。

「いや、それは最初にやめさせた」

「そうか」

ほっとしているほくろに、

「録画も録音も必要ない。私が署長に言えばいいだけだ」

「あんた、元議員ってのは本当なの」

「どうして嘘をつく必要がある。調べればすぐに分かるんだろう」

「元ってことは、今は議員じゃない……んですよね？」

ほくろの言葉遣いが急に変わった。

「その通りだが、元国家公安委員長だ。長らく警察を監督する責務を担っていた。職を離れた今もその精神を忘れてはいないつもりだ」

そう言ってやると、二人とも黙り込んでもう何も言わなかった。

やっと分かったか――だがもう遅い――

パトカーはすぐに池袋署に着いた。

署内に入ると同時に、梶田は山畑とほくろに構わず受付に赴き、大声で言った。

「元国家公安委員長の梶田義昭ですが、署長に面会をお願いします」

「はい？」

受付の女性警察官はわけが分からず聞き返す。

慌てて追いかけてきた山畑とほくろが、梶田を受付近くの応接室のような小部屋へと案内した。

「ここで待ってて下さい」

そう言って姿を消した。

梶田はソファにもたれかかって周囲を見回す。取調室ではないようだが、かつて閣僚であった者を迎えるにふさわしい部屋であり調度であるとは到底言えない。

そう言えばほくろの名前も眼鏡の名前も聞いていなかった。

まあいい、ここで尋ねればすぐに分かる――

しばらくすると、風采の上がらない初老の小男が入ってきた。

「地域総務係長代理の安西です」

無礼にも対面に座ってから名乗った。梶田も座したまま応じる。

「元国家公安委員長の梶田義昭です」

「公安委員、ですか」

「国家公安委員長です」

「ええと、それは都の委員か何かですか」

「君は国家公安委員会を知らないのか。私はその長たる国家公安委員長だったと言っているんだ」

安西は曖昧且つぼんやりとした表情のまま、不明瞭な滑舌で発する。

「失礼ですが、それはどういったお仕事なんでしょうか」

心底から絶句した。

「君は警察官でありながら、しかも管理職でありながら、国家公安委員会のなんたるかも知らないと言うのか」

「いえ、そういうわけじゃないんですが」

「そうとしか理解できない発言だったぞ」

「そうですかねえ。あなたの誤解だと思いますけど」

悪びれる様子もなく安西は答えた。

呆れ果てて声もないとはこのことである。

「私は署長に用がある。君では話にならない。早く署長を呼んできなさい」

さすがに安西もむっとしたようで、

「なんですかあなたは、そんな偉そうに」

「だから偉いと言ってるんだっ」

我ながら子供じみたことを言ってしまった。

口の中でもごもごと文句らしきことを呟きながら安西は退室した。

それから待つこと十二、三分。

「警務課長の徳島です」

今度はやたらと体格のいい脂ぎった男が入ってきた。

「課長さんですか。しかし私は先ほどの方にも申し上げた通り、署長に用があって参りましたので、署長以外の方と話すことはありません。早く署長を呼んで下さい」

「本当に偉そうだな」

徳島は初手から居丈高だった。

「いいですか。署長は多忙なのでアポなしで会うことはできません。それくらい常識でしょう」

「常識から逸脱する行為をここの署員が市民に対して行なっているんだ。元国家公安委員長として署長に注意しておく義務がある」

「だから誰であろうとアポがないとダメだと言ってるんだ。いい大人がなに言ってるの」

またもや同じことの繰り返しだ。

「ただちに署長に報告しなさい。君程度の下っ端と話すつもりはない」

下っ端と言われて頭にきたのか、徳島の顔色が変わった。

「そんな態度を続けてると何日か泊まってってもらうことになるけど、いいの、それで」

「恫喝（どうかつ）ですか」

「職務です」

「容疑は」

「いくらでもある。まず公務執行妨害」

「状況を把握してないのか。署員からの報告を聞いてないいんだな」

「いや、ちゃんと聞いているし、状況も分かっている」

むきになって言い募った。

この男は警務課長だと言っていた。「頭のおかしい馬鹿を俺が追い払ってやる」くらいのつもりで出てきたのだろう。

「とにかく君と話すことはない」

「そっちにはなくてもこっちにはあるんだよ。ええと、なんだっけ、名前」

「それは何度も言ったはずだが」

「私は初めてなのでもう一度お願いします」

「元国家公安委員長の梶田義昭です」

「ふうん……」

彼は小馬鹿にしたような息を漏らし、

「その国家公安委員長だけどね、どうやったらなれるのか、あんた知ってますか」

「国家公安委員会の委員長は国務大臣であり、内閣総理大臣の任命により就任する。正式名称は国家公安委員会委員長だ」

淀(よど)みなく答えてやると、徳島は一瞬たじろいだようだが、続けざまに訊いてきた。

「で、それって、どういう仕事をやっているの」

「国家公安委員会は下位組織であるところの警察庁を管理する」

「管理って、どういうこと」

「『国の公安に係る警察運営をつかさどり、警察教養、警察通信、情報技術の解析、犯罪鑑識、犯罪統計及び警察装備に関する事項を統轄し、並びに警察行政に関する調整を行うことにより、個人の権利と自由を保護し、公共の安全と秩序を維持することを任務とする』。警察法第5条1項だ」

　徳島は黙った。

　思い知ったか――

　その様子を観察していると、ややあってから徳島が白紙の用紙とボールペンをこちらへ押しやり、

「ここに名前と住所、それに職業について詳しく書いて」

「書けと言うなら書いてもいいが、君は私が梶田であると信用できないのか」

「梶田って名前はそうでしょうけど、本当に国の公安委員だった人なら、どうして職務質問に協力しないの。おかしいじゃない」

「それはここの署員が、濫用の禁止規定を明記した警職法に反する違法行為を行なったからだ」

「当人達はそんなことしてないって言ってますけど」

　限界だった。

梶田は憤然と立ち上がり、

「君はどうあっても私を署長に面会させないつもりだな」

「だからそれは無理だと最初から言ってるでしょう」

「もういい。君にはもう頼まん」

そのままドアに向かい、退室する。まったく制止されなかった。部屋を出る瞬間に振り返ると、徳島は座ったまま無表情でこちらを見ていた。

なんという時間の浪費だ――

再び受付へと足を運び、先ほどの女性警察官に向かって言う。

「元衆議院議員で国家公安委員長だった梶田義昭という者です。大至急署長に面会したい。取次をお願いします。急いで下さい」

「はあ、ご面会ですか」

怪訝（けげん）そうに応じた女性警察官は、一枚の用紙を差し出して、

「ではこれにご記入をお願いします」

「聞こえなかったのか。私は元国家公安委員長の――」

「決まりですので、ご記入をお願いします」

女性警察官はどこまでも冷徹にして無慈悲であった。

やむなく記入して提出すると、彼女は掌を上に向けて梶田の背後を指し示した。

「あそこでお掛けになってお待ち下さい」

振り返ると、一般用のベンチが設置されていた。昼間から飲んでいるのか、顔を赤くした老人と、化粧の下手な主婦らしい中年女が座っている。

この私に対して失礼な――

そう言いかけたが、受付で騒ぎにでもなったら逆効果だ。

「お願いします。元国家公安委員長の梶田とお伝え下さい。大至急です」

それだけ言って、老人と主婦の間に座る。

たちまち十分が経過した。

立ち上がって受付窓口に向かう。

「君、いつまで待たせる気だっ。ちゃんと伝えたのかっ」

「静かにして下さい」

いかにも迷惑そうに女性警察官が顔をしかめる。

「私のことをちゃんと伝えたのかと訊いているんだっ」

そこへ、ばたばたと駆け寄ってくる足音がした。

「梶田先生っ、お久しぶりでございますっ」

ひどく痩せた貧相な男だった。

「以前警察庁で国会連絡室にいた勝本です。警視庁からの出向だったんですが、今はこちらで副署長をやっております。いやあ、お懐かしい」

「勝本？」

見覚えはまったくない。しかし勝本は「お懐かしい、本当にお懐かしい」と連呼しながら梶田をさっきと同じ応接室へと招じ入れた。

梶田はほっと息をついた。少なくとも初めて自分のことを知っている人物が現われたからだ。

「お元気そうで何よりです、先生。こんな所でお目にかかれるなんて思ってもおりませんでしたよ」

私もだよ、と言いかけて口をつぐむ。ここでつまらない皮肉を言っても仕方がない。

「先生が委員長でいらした頃は、まだまだ世の中は平和でしたなあ。あの頃私は上の娘が受験の真っ最中で、それはもう毎日大変でしたが、先生が頑張っておられるのを見て、私も負けてはいられないと大いに発奮したものです。ええ、当時の先生のご活躍と言ったら、それはもう仰ぎ見るばかりでしたねえ」

副署長の長広舌は延々と続いた。

しきりと梶田を持ち上げてはいるが、その功績の具体的な中身については一切触れない。自身の家庭事情については細かく話すが、梶田の家族の近況についてはまったく訊いてこない。

要するにこの男は自分が国家公安委員長であったことは知っているが、国家公安委員会の仕事についてはなんの興味も持っていなかったのだ。

「最近は物価高が続いておりますから、ウチなんぞもう苦しいばかりで――」

「そんなことはどうでもいいっ」

痺れを切らした梶田は、勝本の空疎な世間話を強引に遮った。

「私は署長と面会したいと言っているのだ。早くここへ呼びたまえ」

途端に勝本は表情を曇らせ、

「それが、署長はあいにく席を外しておりまして」

「ならばお帰りになるまで待たせてもらう」

「それが、今日はあいにく署へは戻らない予定になっておりまして」

「そうか」

「はい」

「本当だな」

「もちろん」

彼が防波堤となって懸命にこちらを署長に会わせまいとしていることは誰の目にも明らかである。

「君の話が本当かどうか、こちらから行って確かめてみよう。署長室は何階だ」

立ち上がりかけた梶田を、勝本が慌てて押しとどめる。

「お待ち下さい、いくら先生でも署内での勝手は許されるものではございません、お腹立ちはごもっともと存じますが、どうかご容赦下さいませ」

確かに彼の言う通りである。勝手に署長室へ乗り込んだりしたら、別の厄介な問題が発生するおそれがあった。

梶田はソファに座り直し、

「では、今日私を不当に拘束した山畑という巡査をここに呼びなさい。それと狐に似た眼鏡の巡査と、顎にほくろのある巡査もだ。遵法精神と警察官の心得について言い聞かせておく必要がある。さあ、早く呼びなさい」

「はっ、少々お待ちを」

応接室を飛び出していった副署長は、きっかり三分後に戻ってきた。

「申しわけございません。三人とも巡回に出ておりまして署にはおりません」

「三人ともか」

「はい、三人ともでございます」

「では戻るまで待つ」

「それが、管内で窃盗事件が発生したようで、そちらに応援に向かったとのことで、いつ戻るか不明であるということです」

でまかせもいいところだと思ったが、こちらが待っている限り署には戻らないと推測された。

「分かった。では署長には今日のことを正確に報告しておくように。警察の信頼に関わる重大事だ。いやしくも警察官が法を無視し、国民の人権を踏みにじっていては法治国家、民主国家の根幹を揺るがしかねない」

「はっ、まったく先生のおっしゃる通りでございます」

副署長が深々と頭を下げる。一見すると丁重にも慇懃にも見えるその姿勢には、表情を相手に見せないで済むという効能があると梶田は初めて知った。

「それと、私は今日の体験をSNSに書くつもりだ」

ずっと頭を下げたままでいた副署長が「は?」と顔を上げる。

「先生、先生ほどの大人物が、こんな些細なことにこだわっておられるとは、先生の器量にかかわります。お怒りはごもっともと存じますが、今日のことは、ご内密にと申しますか、一つこの場限りでお忘れになって頂くというわけには……」

「些細なことだと?」

またしてもこれだ。

「君は私の話を聞いておったのか。警察の信頼や国民の人権に関わる重大問題だと言ったばかりではないか。それを些細なこととは……」

怒りのあまり、それ以上言葉を続けることができなくなった。

「もういいっ。現場にはカメラで録画していた若者達が大勢いた。事実はすぐに明らかになるし、広く世間に拡散するだろう。署員全員で確認してくれたまえ」

梶田はそう言い残し、大股で部屋を出た。ドアの所で振り返る。ずっと上目遣いであった勝本の顔から、愛想笑いが完全に消え失せていた。三白眼のようにも見えるその白目が、ただ梶田をじっと見据えている。

「なんだ、その目は」

大声で叱咤（しった）すると、副署長は再び満面に親しげな笑みを浮かべ、

「どうかお気をつけてお帰り下さいませ。お会いできて本当に嬉しゅうございました」

不出来なコミックのようなその変化に、梶田は慄然として応接室を後にした。

署の正面口を出たときに気づいた。山畑ら現場のヒラ巡査は言うまでもなく、係長代理も課長も副署長も、誰一人として名刺を出そうともしなかったことに。

こんな屈辱があるものだろうか。

考えれば考えるほど信じ難い出来事だった。

俺は国家公安委員長だったんだぞ――閣僚だったんだぞ――

悔し涙さえ滲（にじ）んでくる。楽しみにしていた映画は観られず、下っ端どもに無礼な口をきかれ、中間管理職には疑われ、たかがノンキャリの副署長にもいいようにあしらわれ

た。絶対にこのまま済ますわけにはいかない。

山手線を使って自宅マンションに帰り着いた梶田は、在宅していた妻の佐代子と娘の香奈恵に自分の体験をぶちまけた。

驚き呆れ、同情してくれるかと思った二人は、しかし意外と平静だった。もっと言えば無関心だった。

大変でしたねえ――そういう意味の言葉を妻は一応口にしたが、娘は途中で飽きたようにスマホをいじり始めた。

「私はね、今日のことをSNSに書こうと思うんだ」

「SNSって、あのブログ？」

娘がスマホから顔を上げる。

「そうだ。私にはあれが一番使いやすいからな。でもそれだけじゃない。Xにもフェイスブックにもnoteにも転載する」

「えっ、パパ、そんなにアカウント持ってたの」

「馬鹿にするんじゃない。今どきそれくらい使いこなせないと政治家は務まらん。永田町でも常識だ」

「政治家って言ったって、今は無職じゃん」

二十代も半ばになって、自身も無職の娘が言う。

「次の選挙では必ず比例上位に入れてくれると選対本部長の太田川先生もおっしゃっているんだ。心配は要らん」

「別にそういう心配はしてないけど」

「でもあなた、ネットに変なことは書かない方がいいですよ」

心配そうに言う佐代子に対し、

「変なこととはなんだ。この事実を国民に知らしめるのは政治家としての私の義務じゃないか」

「警察に対する建て前としてはそうでしょうけど、ネットって恐いじゃない。もし何かあったら取り返しがつかないし」

「そうよ、ママの言う通りよ。あたしもやめといた方がいいと思うけどな。パパが炎上するのは勝手だけど、迷惑するのはあたし達だし」

「おまえ達は一体何を言っているんだ。私は被害者なんだぞ。炎上するわけないじゃないか」

「その予測がつかないから怖いって言ってるんですよ、私も香奈恵も」

「悪いこと言わないからやめといた方がいいって、ゼッタイ」

自分は家族にさえ理解されないのか——

ますます怒りが募ってきた。

「もういい。私は自分の好きなようにする」

自室に籠もった梶田は、パソコンを起ち上げ、ブログの記事を打ち込み始めた。微に入り細を穿ち、体験したばかりのことを詳細に綴っていく。最初の声がけから副署長による口止めまで。怒りの分だけ打鍵の速度は異様に速い。一時間半ほどで書き上げ、最後は警察への猛省を促し、人権と民主主義を説き、国民に対する注意喚起で締めくくった。

知らぬ間に凝り固まっていた首筋を揉みほぐしながら推敲する。我ながら正確に書けていた。

これでいい――

ほくそ笑みながら記事をアップする。次いでフェイスブック、ｎｏｔｅに転載する。Ｘに投稿するには分量が多すぎた。Ｘには概要だけを記し、他媒体へのリンクを貼る。

思い知れ、後悔しろ――これで池袋署に非難が集中すればいい――あいつら全員の将来が潰されればいい――

ノックの音がして、妻が顔を出した。

「お夕飯、できましたけど」

「ありがとう。今行く」

ダイニングキッチンで食卓につく。今夜の献立は海老フライの卵とじと豚大根、それに里芋の辛子和えとしじみ汁だった。

「いただきます」

佐代子も香奈恵も、先ほどの話など忘れた如くに黙々と箸を動かしている。梶田もことさらそのことには触れず、食物の咀嚼に専念した。

こうしている間にも、ＳＮＳを見た国民の怒りが高まっているに違いない——想像するだけで密かな愉悦に心が弾んだ。その分、味覚はどこかへ消えている。

「ごちそうさま」

残さず平らげ、ゆっくりと茶を二杯飲み、席を立って自室に戻る。

部屋を出てから一時間あまりが経過していた。

さて、反応は——

キーを押すとスリープモードになっていたパソコン画面が光を取り戻した。

ブログにはなんのコメントも付いていない。ブログはすでに時代遅れのメディアであるから予想の範囲内だ。次にフェイスブックを覗く。数人の支持者から「それはひどいですね」といったコメントがあった。アップして一時間程度ではまあこんなものか、と思いつつ続けてＸの方を確認する。こちらには多くのコメントが付いていた。

にんまりと笑いながら読み始める。

《このオッサン、バカじゃねえの》

まず飛び込んできたのがそれだった。笑顔がたちまち凍りつく。そしてさらに、読み進めるに従い、どんどん険しいものとなっていくのが自分でも分かった。
《警察の対応もヒドイが、このオヤジも大概だな》
《この人、本当に国家公安委員長だったの？》
《それは本当。でも現在は落選中。正真正銘の無職です》
《落選した政治家ほどみじめなものはないね。巡査にもバカにされてさ》
《元国家公安委員長が不審者扱い。見てくれは正直ホームレスだし》
《政治家ってなんでこんなにエラそうなの》
《職質ってこんなもんだと知らなかったのかな》
日本人の民意とはこの程度のものであったのか——
分かっていたはずだった。Xとは無責任で悪意に満ちた場であるということを。
一旦Xを閉じ、再度ブログを開く。
比較的長文の投稿がいくつか寄せられていた。
《池袋署の対応は確かに言語道断で法を無視していると言っても過言ではないと思います。しかし、あなたは元国家公安委員長だったわけでしょう？　なのに職務質問の実態を知らなかったのはあなた御自身の責任ではないでしょうか。職務質問とはずっと前からこんなものですよ。あなたは国家公安委員長という地位にありながら、警察の実態に目を向けることもなかったわけですよね？　市民の生活に関心なんかこれっぽっちもなかったわけですよね？　なのに御自分が職務質問にあった途端、理不尽だ、職権の濫用だ、民主主義の衰退だはないでしょう。恥を知るべきです》

《国家公安委員会が警察を監督してるんなら、この人はなんで在任中にそれやんなかったの？　この人達がちゃんと仕事をしてくれてたら、警察もちょっとはマシになってたかもしれないのに。何もしないでただエラそうにしてるだけで高い給料もらってたんだね。本当の責任は誰にあるのかって話だよ。なのに『警察官は法を遵守し、国民の立場に立って行動すべき』だとか、今頃なに言ってるんです？　自分勝手にもほどがあるって思いません？　まあ、もう手遅れだけどね。この人にだけは投票しないって決めたわ》

《映画のチケット代返せだって？　政治家のクセしてセコいにもほどがあるね。訴訟でもなんでも勝手にやって下さいな。こっちはもっとひどい目に遭ってきてるんだから。職質のおかげで就活の面接に遅刻したんだから。もう人生メチャクチャ。損害は計りしれないよ。そんなときあんたらは一体なにをしてくれたっていうの？　たまに痛い目見るくらいでちょうどいいんじゃないですか。自業自得ってヤツ？　因果応報とも言いますね》

悪寒がする。心のどこかが音を立てて壊れていく。

なんだ、これは――
それ以上はとても読み進められなかった。急いでパソコンをシャットダウンする。
なんなんだ、一体――
耳の奥で鼓動が聞こえた。血圧が上がってでもいるのか。
深呼吸だ、こういうときこそ――
立ち上がって何度も深呼吸する。次いでヨガ教室でならった腹式呼吸もやってみる。
大丈夫だ――私はもう大丈夫だ――
パソコンの電源を入れ、Xを見る。コメントはさらに増えていた。これまで何度か政策についての提言を投稿したことがあるが、そのときとは比較にもならない膨大な数だ。
中には動画が添付されているものも散見された。タイトルは『職質で詰められている自称国家公安委員長』『元議員vs池袋署の見苦しい攻防』など。あの場で若者達がスマホで撮影したものだ。それらにもコメントが付けられている。
《画像検索したけど梶田義昭本人で間違いないね》
《顔にモザイクとか掛けとかなくて大丈夫なの？》
《公人なんだから問題なし》
《最初から名乗ってればいいのにね》
《後で正体を明かしてビビらせようとでも思ったんだろ》

《水戸黄門の見過ぎかよ》
《でも全然効いてないね》
《現場の警官が国家公安委員長の名前なんか知ってるわけないだろう》
《相手が自分のこと知らないんでこのオッサン驚いてるよ》
画面には、コメント通りの自分の間抜け面が大きく映し出されていた。髪は乱れ、シャツの裾ははみ出ている。とても見られた姿ではなかった。
こうしている間にも、動画は爆発的に拡散されていく。
パソコンを閉じた梶田は、その上に突っ伏してしばらく動けずにいた。
一時間ほどもそのままでいてから、のろのろとした動作で再びパソコンを開き、自分の使用しているSNSのアカウントを削除していった。一つずつ、淡々と。
まるで法事のようだった。ただ粛々とアカウントを丸ごと消す。数多くの記事や提言、政策スローガンと一緒に消滅するコメントやリプライは、津波という災厄に逃れようもなく呑み込まれる民のようだった。彼らの悲鳴が、絶叫が、パソコンのスピーカーから流れ出たなら、それはどんなにか心地よく甘美な旋律に聞こえたろうか。あるいは、読経以上に退屈なノイズでしかないかもしれない。どっちでもいい。
アカウントを一つ消すたび、何かが確実に喪われる。しかしそれが己の自尊心や矜持であったとは断じて認めない。ましてや人生そのものなどではあり得ない。もしかしたら、虚栄の影であったかもしれないが、それを確かめる暇もなく何もかもが瞬時に消える。

パソコン上からできる操作をすべて終えた梶田は、最後にデスクの引き出しから何年も使っていなかったライターを取り出し、スマホの画面をいつまでも炙(あぶ)り続けた。

破談屋

深町秋生

深町秋生（ふかまち・あきお）
一九七五年山形県生まれ。作家。二〇〇四年『果てしなき渇き』で「このミステリーがすごい！」大賞を受賞しデビュー。著書に、「組織犯罪対策課　八神瑛子」シリーズ、「PO」シリーズ、「警視庁人事一課監察係　黒滝誠治」シリーズ、「ヘルドッグス」シリーズ、『ショットガン・ロード』『卑怯者の流儀』『探偵は女手ひとつ』『鬼哭の銃弾』『探偵は田園をゆく』など。

1

葛尾静佳巡査部長の瞼が重くなった。

ひどい睡魔に襲われて意識が遠のく。視界が暗くなったところで、運転席の的場公平に肩を揺さぶられた。

「葛尾さん、ダメッす。寝だらダメッす」

「固えごど言うなや。少しだけ眠らせてけろ。五分ぐらいでいいがらよ……」

「ダメですって。死んじまうべや」

的場に肩を激しく揺さぶられ、さらに平手で頬を打たれる。

彼は軽く打ったつもりなのだろうが、高校時代はアマチュア相撲に情熱を燃やし、県警では体力を買われて機動隊にもいただけに力が有り余っている。頬の皮膚に高圧電流を流されたような痛みが走った。衝撃で首がねじれ、危うく唇を切りそうになる。

とはいえ、すっきり目は覚めた。的場が携帯ポットに入れたコーヒーをカップに注いだ。静佳たちがいるワンボックスカー内の温度は摂氏三度以下だろう。コーヒーからもうもうと湯気が立つ。

「これでもどうぞ」

「ありがと。もう充分だべ」

静佳はミントガムを嚙んだ。的場は類いまれなフィジカルエリートで、三徹もこなす頼もしい相棒だが、いささか物覚えが悪い。張り込みともなれば、女性警察官の静佳はカフェインや水分を控えざるを得ない。

ふたりがいるのは、山形市の外れにある古めの住宅街だ。住民の多くは高齢者で、近くにコンビニや深夜営業の店舗はない。トイレが設置された公園はあるものの、冬期は水道管の破裂を防ぐために閉鎖されている。人気のない野原はいくらでもあるとはいえ、まさか野ションベンをするわけにはいかない。

「だげんど、珍しいっすね。葛尾さんが寝落ちなんて。疲れが相当溜まってるんでねえがっす」

「んだがもな」

静佳は話を合わせて肩を叩いた。後輩の相棒にあからさまな本音を吐露するわけにはいかない。

眠りかけたのは、やる気がまるで出ないからだった。監視対象者が悪党や犯罪者であるなら、冬の東北の寒さに耐え抜き、集中力を切らさず見張り続けるのだが、今回見張るのはただの一般市民に過ぎない。

「おっと」

的場がコーヒーを一気飲みした。

監視対象者に動きがあった。住処（すみか）の玄関の灯（あか）りがついた。ふたりは赤外線双眼鏡を手に取り、静佳は腕時計に目を落とした。午前一時半を過ぎている。

住処は築五年の平凡なアパートだが、アパートの駐車場はフットサルができるくらいの広さだ。一世帯に二台分の駐車スペースが割り振られている。

玄関から監視対象者の平野仁美（ひらのひとみ）が出てきた。スウェットの上下に赤い綿入れ半纏（ばんてん）を羽織っている。寒そうに身を縮め、白い息を吐きながら小走りになった。

彼女は大きなゴミ袋を手にし、ゴム長で凍った雪を踏みしめて広い駐車場を横切った。バツの悪そうな表情をしながら、ステンレス製のダストボックスにゴミ袋をそっと置く。今日は燃えるゴミの収集日ではあるが、このあたりのゴミ出しの時間は午前六時から午前八時と決まっている。

的場は赤外線双眼鏡で仁美を見つめながら呟（つぶや）いた。

「堂々と放りこんでかまわねえず。そだな申し訳なさそうな顔しねえでいいべ。おれが許す」

「ちょっと。あんた、監視対象者(マルタイ)に感情移入しすぎ。そんじゃストーカーだべ」

「だって、あだない娘(こ)、なかなかいねえっすよ。白衣の天使だべし、おれらと同じくらい働かさっでも、職場じゃ毎日ハツラツとしっだべし。あだな人と一緒になれるなんて羨ましいっすよ」

「さあ、どうだべな」

静佳も仁美を見つめた。残業が長引いたせいか、いささかくたびれた顔をしていた。職場では明るく振る舞っているが、家に戻ると憂いを帯びた表情を見せる。

仁美はそそくさと部屋に戻っていった。前髪をヘアピンで留め、化粧を完全に落としたようだった。看護師という職業であるため、顔はいつもナチュラルメイクだ。

仁美は優しげな目と二重瞼が特徴的で、身長が低いために実年齢よりも幼く見えた。年齢は二十六歳だったが、赤い綿入れ半纏を着こんだ姿は、深夜まで勉強に明け暮れた受験生みたいだ。

見た目こそ幼く映るものの、勤務先での評判はよく、同僚と患者から愛されていた。なかなかの苦労人でもあり、父親が会社をリストラされて、一家の家計が苦しくなると、看護専門学校の学費は奨学金とバイトで補った。

看護師となった現在は、月三万円を新庄市の実家に仕送りもしている。彼女の弟も調理師となり、銀山温泉の高級旅館の厨房(ちゅうぼう)で働いていた。

一家のなかに前科者はいない。仁美の祖父母や伯父伯母にあたる人物まで調べたが、極道や活動家だった者はいなかった。

彼女の両親も仁美の嫁入りを認めており、むしろエリート街道を走る警察官が婿になるのを歓迎してさえいるという。あとは静佳たちの調査をクリアするのみだった。

2

課長の奥山(おくやま)から調査を命じられたのは、十日前のことだった。

「この女性だ。正木勇一(まさきゆういち)警部補と結婚するのは」

県警本部の会議室で書類を渡された。

書類は正木自身が書いたと思(おぼ)しき申告書と、仁美とその両親に関する文書だ。新庄署の巡回連絡カードや警察庁情報管理システムに登録された個人情報などだった。仁美の三親等にあたる人物の住所や前科前歴が軒並み記されてある。

「あの……ひょっとして調べるのは私らだべが」

「そうだが？」

奥山は首を傾(かし)げた。おかしなことを聞くやつだと、あからさまに眉をひそめる。

彼は秋の人事異動でやって来た。有能な男として知られ、この監察課に着任する前は、仙台の東北管区警察局に出向していた。

真面目を絵に描いたようなルックスで、メタルフレームのメガネをかけ、頭髪をキッチリと七三に分けている。趣味はジム通いと読書で、酒は一滴も口にしなかった。敬意を払うに値する上司ではあるが、近寄りがたい雰囲気を常に醸しており、部下の静佳たちとはいささか距離があった。少年時代を首都圏で過ごしたせいか、彼の言葉には訛りがまったくない。

奥山は微笑を浮かべた。

「君の噂は聞いている。なんでも〝破談屋〟などと呼ばれてからかわれているとか」

「ご存じでしたか」

「無論だ。県警約二千三百五十人の職員に目を光らせる部署に配属されたんだ。自分の部下のことを真っ先に把握するのは当然だろう」

「私に任せだら、あんまよぐねえ結果になっがもしれません」

「だからこそ、任せたいんだ。人事課長も同じ意見だった。君が監察課員になって約一年九ヶ月か。その間に三回連続で結婚に〝待った〟をかけたのは知っている。尋常ではない数字ではあるが、結婚相手を探す方法も多様化している時代だ。素性の知れぬ人間と出会って、身辺調査によって相手の正体が割れるケースが増えているに過ぎん。まさか君に縁切りの神様が取りついたわけでもあるまい。君の眼力が優れている証拠だ」

奥山の言葉が熱を帯びた。

他の課員にそれとなく押しつけようと足搔いた。しかし、逃げ道はなさそうだった。的場は無表情を装っているが、やりたくないと顔にしっかり書いてある。

県警の警察官を拝命してから約二十年。ただ単純に刑事ドラマに憧れ、悪党を退治するという正義感に燃えて入職した。

交番勤務を経て、所轄の刑事になり、ひたすら詐欺グループやクスリの密売人を追っかけたこともあれば、県警本部の警備一課に配属されて公安の仕事も経験した。

今までの働きが評価されて、警務部監察課というエリート部署に引っ張られたわけだが、そこでの仕事には未だになじめずにいる。

監察課は〝警察のなかの警察〟と呼ばれる。警察職員服務規程違反や規律違反が疑われる者に対する調査を行い、警察官や警察行政職員の職務倫理の保持を目的とし、内部に対する取り締まりを行う部署だ。

警察組織は徹底した懐疑主義で運営されている。道を歩く市民のなかにハッパやクスリを持った不届き者はいないか、凶状持ちが管轄内をうろついていないか、善良な顔をしながらヤクザや過激派の片棒を担いでいないかなど、疑いの目を向けている。

市民よりもさらに厳しくチェックするのが身内の人間だ。警察官を志望した時点で身辺調査を受け、家族の経歴も調べられる。そのなかに暴力団員や共産党員、警察がマークしているカルト宗教の信者がいるようなら、警察官になるのはだいぶ難しくなる。

警察官にプライバシーはない。信用組合や銀行の口座は見張られ、カネの流れに不審な点が見つかれば、疑いが晴れるまで振込み先や使い道を洗われる。

結婚にも当然のように口を挟めば、結婚相手とその家族も調査対象となる。やはり前科者や暴力団員、あるいは日本と対立している国や組織と関わりがあるようなら難色を示す。それでも結婚を強行しようとすれば、閑職に就けるといった報復人事が待っており、出世の芽は摘まれることになる。

警察官は総じて結婚が早い。組織をあげて早婚を奨励しているほどだ。早めに身を固めて一族の長であることを自覚させ、仕事に専念させる目的がある。しかし、その職制上、相手が誰でもいいというわけにもいかない。

静佳は申告書を読んだ。正木が手書きで作成したもので、きれいな文字だった。書き間違いや誤字脱字はない。捜査報告書や供述調書といった重要書類でもないのに、生真面目に向き合って書いているのが文面から読み取れた。交際相手の仁美から聞き出したのか、彼女の家族の経歴が詳しく記されてあった。書類仕事ではポカをやる的場が感嘆の声をあげる。

「さすがだなや。県警(うち)のスーパーエリートといわれるだけある」

正木勇一は現在三十一歳。県内トップの山形日出(ひので)高校から、地元の国立大法学部へと進み、県警に入職。警察学校を首席で卒業した。

彼は一線級の警察署の交番に卒配され、激務をこなしながらあっさりと巡査部長の試験を突破した。二十七歳のときに警部補の昇任試験にも合格している。

こうした最速昇進者を〝一発・一発組〟というが、正木はまさにそれだった。ノンキャリアのなかのエリートコースを邁進し、所轄署の警備課係長といった役職を経て、現在は県警本部の警備第二課で災害対応の職務に就いている。いずれは県警の中枢を担う男として期待されていた。

「めんこい娘さんだべ」

静佳は呟いた。

正木は申告書に結婚相手である仁美の写真も添付していた。彼女はチェーン系カフェで、生クリームがどっさり載ったカフェラテを飲んでいる。息を呑む美女というわけではない。しかし、一緒にいて安らぎを与えてくれそうな女性だった。目には独特の温かみがある。警察官という因果な仕事のせいで、すっかり目つきが悪くなった静佳とは対照的だ。

奥山が首を横に振った。

「油断は禁物だ。もっとも、それをよく知るのは君だろうが」

「ええ、まあ」

静佳は相槌(あいづち)を打った。

警察官を長くやっていると人間不信に陥りそうになる。世間では謹厳実直で理性的と評価されている人物も、家では女房子どもをサンドバッグにしていた事例を山ほど見てきた。

清純そうな女性が十数人の男性相手にパパ活をし、それでも飽き足らず、何人もの友人や知人をそそのかして身体(からだ)を売らせ、管理売春に励んでいたという事件もあった。警察官も例外ではないのを、監察課に来て思い知らされた。陰湿なイジメや泥沼の不倫、ヤクザ顔負けの嫌がらせやつきまといなど枚挙に暇(いとま)がない。

周りから好青年と見られていた交番勤務員が、SNSや匿名サイトで同僚や上司の悪口を毎夜書き殴っていたり、地味な女性警察官が何人もの同僚男性を手玉に取っていたりと、想定を超えた不祥事がちょくちょく起きる。

結婚相手の身辺調査も気は抜けない。静佳が初めて破談へ追いやったときも、調査対象者は仁美と雰囲気が似て純朴そうだった。

結婚を申し出たのは天童署地域課の二十九歳の男性巡査だ。三十前に家庭を持とうと婚活に励み、県の結婚支援サービスを利用して、同年齢の山形市在住の女性と知り合った。女性は同市内でフラワーショップの店員をしていた。

女性の戸籍謄本を調べると、父の欄に名前がなかった。男性巡査によれば、女性には物心ついたころから父はいなかったという。いわゆる隠し子で、母親は地元企業の会長の妾だったらしい。妾と隠し子がいることを本妻に知られた会長は、手切れ金としてフラワーショップを開けるほどの資金を提供。それからは母娘二人三脚で、店を切り盛りしてきたのだという。

会長とその本妻はとうの昔に亡くなっており、父親が本当に地元の財界人であったかどうかは不明だが、母娘に前科前歴はなく、警察組織が神経を尖らせる宗教団体に入信した経歴もなければ、政治活動もしていない。商売繁盛を願って懸命に働いてきた苦労人だと、男性巡査の上司も太鼓判を押した。

その上司が早々に媒酌人を引き受け、結納や顔合わせを済ませたところで、県警がその結婚に〝待った〟をかけた。静佳が看過できない問題点を見つけたからだ。

結婚相手の女性とその母親は嘘をついていた。父親は地元企業の会長ではなく、仙台を本拠地にしているヤクザの親分だったのだ。

一番の問題は母親が経営するフラワーショップだった。山形市の繁華街の近くにあり、主な取引先はバーやキャバクラ、ナイトクラブといった夜の店だった。

そうした店に切り花や鉢物、観葉植物を納めていたのだが、市場価格よりも格段に高い値で取引されていた。フラワーショップはヤクザの企業舎弟であり、みかじめ料を上乗せして店側に買わせていたのだ。懇意にしていた情報提供者から、その事実を聞かされたときは、調査していた静佳まで深いため息をついたものだ。

情報提供者は山形市内でナイトクラブを営む八十三歳の大ママで、山形署のマル暴担当の刑事からも話を聞いてウラを取り、その情報を報告書にまとめて上司に提出した。

男性巡査は激しく混乱し、結婚相手に会って直接質問した。彼女は当初こそシラを切っていたものの、結婚が許されないとわかると、しぶしぶ事実を認めた。

暴力団員の父親とは一度も会ってはいないと主張する一方、母親が今でもみかじめ料を上乗せした特別価格で商品を売っていたのを認めた。

結婚相手は悪いと知りつつ、長年の慣習だからと深く考えずに商品を夜の店に納めていたが、男性巡査と一緒になりたかったため、なんとか身辺調査を潜り抜けるために嘘をついてしまったと、泣きながら打ち明けた。

当の男性巡査は愛した女に騙されていたと知り、それがショックで自信を喪失。しばらく休職した。媒酌人を安請け合いした上司も、面目を潰され、しばらくは荒れた生活を送ったという。

静佳の仕事ぶりは高く評価された。警察官がヤクザの共生者の家族になるところだったのだ。身辺調査を巧みにかわして、結婚にまで到っていたら、もっと危うい事態になっていたかもしれない。

そう思う一方、愛し合うふたりの仲を引き裂き、不幸な結果をもたらしたという苦々しさを拭えずにいた。

次に破談に追いやったのは昨年の冬だった。寒河江署地域課の若い男性巡査で、高校時代から交際していた同級生の女性と所帯を持ちたいという。

女性は寒河江市内のサラリーマン家庭出身で、本人も同市内の電子部品工場に勤務していた。祖父母や親戚にも後ろ暗い経歴は見つからず、今度はなんの問題もないと思われた。だが、静佳はまたも違和感を感じてしまった。今度は結婚相手の女性や家族ではなく、男性巡査のほうだった。

ふたりを知る高校時代の同級生に聞き込みをしているさい、静佳は妙な話を耳にした。この同級生が男性巡査と居酒屋で飲んだときのことだ。自宅でペットでも飼ってるのか、男性巡査から猫の小便みたいな臭いがしたという。

男性巡査が暮らすのは待機宿舎という名の単身寮だ。事件や災害で何日も家を空ける事態が待っているだけに、生き物を飼うことなど許されているはずもない。

上司の許可を取って、男性巡査のほうまで洗うと、大麻の使用が明らかになり、結婚どころの話ではなくなった。男性巡査の友人関係に、ラッパーとして音楽活動をしている工員の男がおり、その男からたびたび乾燥大麻を購入していたのが判明した。

大麻の臭いをどう捉えるかは人それぞれだ。レモンやマンゴーみたいないい香り、もしくはほうじ茶のような香ばしい匂い、と肯定的に表す者もいれば、草むらに猫が尿をしたときのような悪臭だと顔をしかめる者もいる。

なんにしろ、男性巡査の異臭をきっかけに、県警本部の組織犯罪対策課との合同捜査に発展。結婚というめでたい話から一転して、県警の面目丸つぶれの不祥事となった。男性巡査は逮捕されて懲戒免職。寒河江署の上司たちもそれぞれ懲戒処分を喰らった。組対課員の取り調べに対し、男性巡査は結婚を機に大麻はやめる気でいたと自白した。

その後、男性巡査と結婚相手がどうなったかは不明だ。ただ、静佳に情報をもたらしてくれた同級生まで苦い思いをする羽目になった。高校時代の友人グループから、ペラペラ話すチクリ屋と罵倒され、縁を切られてしまったという。

悪いのは男性巡査だったが、同級生の境遇を知ったときは、胸がチクリと痛んだものだ。静佳が聞き流して、違和感など放っておけば、案外丸く収まっていたのではないかと思う日もある。

三度目の身辺調査は、酒田署の女性巡査だった。結婚相手は水産会社の社員で、家族にも前科前歴はなかったが、仮想通貨の投資に失敗して、三百万円の借金を抱えていたことがわかった。結婚資金を捻出するため、副業として怪しげなネットワークビジネスに手を染めてもいた。

その事実を上に報告すると結婚話は消失し、やがて静佳は警務部界隈で〝破談屋〟などという迷惑な仇名で呼ばれるようになった。

どの事例も組織防衛のためであり、ひいては治安の乱れを未然に防いだともいえるが、悪党に手錠をかけていたころのような充実感や解放感はなく、任務を完遂してもやるせなさがついて回った。一日も早く、監察課からおさらばしたいというのが本音だった。

静佳は奥山に訊いた。

「正木警部補ほどの逸材ともなっと、周りが放っておがねえもんだべした」

「もちろん、過去にも見合い話は山ほど来ていた。彼がヒラ巡査のころからな。今の警備第二課でも同じだ。同課の乾課長から二度見合い話を持ちかけられている。他にもあちこちから誘われていたようだ。合コンやカップリングパーティなどな」

「そ、そんなに……」

的場が情けない声でうめいた。静佳は彼に尋ねた。

「そういえば、あんたが合コンしたって話はさっぱり聞かねえな」

「当たり前っすよ。監察課にいたら誘われるはずねえべした。同期の連中にすら距離取られぢまって」

奥山が的場に微笑みかけた。

「それなら私が紹介しよう。妻がその手の活動に熱心でな。いわゆるお見合いおばさんってやつだ」

「え、ああ、いや……それは」

「嫌なものだろう、上司にプライベートまで踏みこまれるのは。それが今の時代というものだ。警部補も同じだよ。持ちこまれた見合い話の半分以上は事前に断り、見合い後も紹介者や相手に直接会って、すぐに断りの意志を伝えている。自力で相手を見つけたかったのだろう」

静佳は正木と面識はない。優れた事務処理能力を有しているうえ、なかなかの人格者でもあるらしく、エリート特有の傲慢さや特権意識はなく、物腰柔らかな人物だという。

「そんでマッチングアプリってわげが」

静佳は書類を睨(にら)みながら呟いた。

マッチングアプリはオンラインで出会いの場を提供するサービスだ。売春の温床といわれるスジの悪いものから、健全と評判高いものまで様々だ。現在では見合いや結婚相談所よりも手軽で、警察官も当たり前のように使っている。

正木が利用したのは、会員数がもっとも多いポピュラーなものだった。いかがわしさを払拭するため、登録者の身分証明に力を入れ、ワンナイト目当ての不届き者には注意を与えるか、強制退会といった処置まで取るという。

奥山は最後に告げた。

「なにしろ今回は相手が相手だ。ヒラ巡査とはワケが違う。あちこちから『念入りにひとつ頼む』とハッパをかけられているが、いつもの通りにやってくれればいい」

写真の仁美はかわいらしかった。ウラも後ろ暗さもなにもなく、今度こそまっとうに思えた。

しかし、それをいうならヤクザの共生者だった母娘も、大麻を使用した男性巡査も、調査をする前は全員がまっとうに見えたものだった。

3

ミントガムを嚙み続けて顎（あご）が痛くなった。静佳は包み紙にガムを吐き出した。

「葛尾さん、エンジンいいべがっす」

的場がエンジンスイッチを押そうとする。

厳冬期の山形市の夜にしては珍しく晴れていた。それでも空気中の水蒸気が凍（い）てつき、フロントガラスは霜で覆われ、外がなにも見えなくなる。定期的にエンジンをかけ、デフロスターで霜を取る必要があった。

「いや……ちょっと待で」

深い闇に包まれた住宅街に一台の車がやって来た。ヘッドライトが静佳らを照らす。

ふたりは頭をひっこめて身を潜めた。腕時計に目を落とす。時間は深夜二時を過ぎていた。

車は古い型のレンジローバーだった。高級外車のＳＵＶは凍てついた雪道をなんなく踏み越え、ふたりがいるワンボックスカーの横を通り過ぎる。

ふたりはとっさに息を呑んだ。レンジローバーが仁美のアパートの敷地に入ったからだ。

「うっ」

すでにアパートの住民全員の顔や所有車は把握している。英国の高級車に乗っている者などいない。レンジローバーは駐車場に入ると、迷うことなく仁美の駐車スペースに停まった。彼女の軽自動車の前に停車する。

レンジローバーから細身の男が降り立った。黒のダウンジャケットに黒の細いパンツ、頭には黒いベースボールキャップをかぶっている。

黒ずくめの恰好とはいえ、盗人の類ではなさそうだった。ベースボールキャップにはスパンコールのロゴが入っており、銀色の輝きを放っていた。ダウンジャケットも光沢感があり、酒場がひしめく仙台の国分町や新宿歌舞伎町あたりのオラついた住人みたいに映る。金色に染めた頭髪が、さらに派手さを誇示していた。しょっちゅう職務質問されるタイプに見える。

静佳は赤外線双眼鏡で男を改めて見た。仁美には弟がいる。だが、顔も身長もまったく違う。見覚えのない人物だった。

「お、おいおいおい。ダメだ、ダメだぞ」

的場が祈るように呟いた。

男は黒のブーツで雪を踏みしめ、まっすぐに仁美の部屋へと向かった。インターフォンを何度も鳴らす。

しばらくして玄関の灯りがつき、仁美がドアをわずかに開けた。警戒しているのか、ドアガードをかけたままのようだ。男は隙間から仁美に熱心に声をかけていた。身振り手振りを交えて、彼女になにかを訴えている。仁美の様子はわからない。

仁美たちはしばらくドアを挟んで立ち話をしていたが、やがて彼女がドアガードを外した。迷惑そうに眉をひそめながらも、ドアを開けて手招きした。男は寒さに身を縮めながら、軽い足取りで部屋へと入った。

玄関の灯りが消える。

「あちゃー、なんだず。まるで寝取られ系のエロゲーでねえが」

的場が額を掌（てのひら）で叩いた。歯ぎしりをして仁美の部屋を睨みつける。

「かわいい顔しときながらナメた真似（まね）しやがって。あれじゃ正木警部補が憐（あわ）れだべした。こだな時間に男引っ張りこむなんてよ。ロクなもんでねえ」

静佳は的場を肘で突いた。

「早合点すんでねえ。さっきまで白衣の天使だなんだってチヤホヤしっだくせして。

ちょっどは落ち着けや」

「いや、だって――」

「あたり見張ってろ。仕事すっぞ」

静佳は助手席のドアを開けた。ピンと張りつめた冷気が頰をなでる。

ワンボックスカーを降りた。官用の携帯端末を手にしながら、仁美のアパートへと静かに近寄った。心臓の鼓動がなぜか速まる。

的場に注意をしたものの、頭を抱えたくなったのは静佳も同じだ。かなりクロといえる状況ではあった。いよいよ破談屋の名前は深く浸透し、このままでは縁切りの疫病神と見なされかねない。うちの県警の人間は、結婚相手の正体を見極められないバカばかりなのかと毒づきたくなる。

携帯端末のレンズをレンジローバーに向けた。ナンバープレートと車体をすばやく撮り、ワンボックスカーへと戻った。電話で照会センターに問い合わせる。

レンジローバーの所有者は菱沼龍輝（ひしぬまりゅうき）といった。登録された住所は山形市内で、山形駅から近いエリアだった。

とはいえ、金髪の男が菱沼かどうかはまだ不明だった。車を乗り回している人間が所有者とは限らない。的場がうなった。

「えーと、菱沼って……」

「知ってだのが？」

「参ったな。頭んなかで〝A号ヒット〟しました」

　的場の顔が険しくなった。

〝A号ヒット〟は、照会センターとのやり取りで使われる通話コードで、犯罪歴があるという意味だ。図抜けた体力の持ち主である的場は、もっとも多忙といわれる山形署の駅前交番に卒配された過去がある。

「相当なワルっすよ。ガキのころから盗みとケンカやりまくって、鑑別所送りにもなっだ札付きだべ」

4

　目的地の病院は想像以上の大きさだった。

　野球場ほどの広大な駐車場がいくつもあり、建物は巨大工場を思わせる。誘導棒を持った警備員が何人も立って、引っ切りなしに車が出入りしている。

　仙台市泉区の街並みはいかにもニュータウンといった風情で、近くに大きなアウトレットモールもあり、仙台駅前よりも活気がありそうだった。

　病院内はアウトレットモールよりも賑（にぎ）わっていた。正面玄関からなかを覗（のぞ）くと、待合スペースの長椅子はすべて埋まっている。座りきれずに立っている者もいるほどだ。

静佳は取引業者用の出入口へと回った。

受付をしている警備員に警察手帳を見せて来意を告げた。眼科で看護師をしている谷内沙織に会わせてほしいと。アポイントメントは取っていない。警察官のいきなりの訪問に、警備員は目を白黒させた。しばし時間がかかったものの、沙織に会うことが許され、病院内にあるレストランに行くよう告げられた。

レストランはガラス張りで明るい雰囲気だった。厚い雪雲で覆われる山形とは違い、太平洋側の仙台は青空が広がっている。

午後二時を過ぎており、レストランは待合スペースとは対照的に、だいぶ空いていた。窓側の四人掛けの席を独り占めし、コーヒーを飲みながら沙織を静かに待った。

三十分ほどしてから、若い女性がレストランにやって来た。スクラブスーツのうえにカーディガンを羽織っている。女性はレストランのスタッフに声をかけながら、静佳の席へとやって来た。

静佳は椅子から立ち上がって女性に頭を下げた。なるべく訛りが出ないよう気をつけながら挨拶をする。地元の方言は温かみがあるけれど、場合によっては田舎者と侮られる場合があった。

「谷内さんでいらっしゃいますか。お忙しいところ、いきなり押しかけて申し訳ありません」

「大丈夫ですよ。でも、びっくりしました。私なんかのところにまで来るもんなんですね」

「え？」

沙織はニコニコと笑った。

「仁美のことですよね。警察官と結婚するって話は聞いてましたから。きっと根掘り葉掘り調べられるんだろうなって思ってました。警察の人と前に合コンしたときに教えてもらったんですよ。いざ結婚となったときは、本人だけじゃなくて家族まで調べられるとか」

「なるほど、それで」

沙織は気さくな女性だった。

警察官にいきなり職場に来られたら、ほとんどの人間は身構えるものだが、警察の事情にも明るく、開けっぴろげに話してくれた。

静佳が約束もなしに訪れたのは、調査対象者である仁美と沙織の関係を考慮に入れてのことだ。仁美の看護学校時代のクラスメイトで、前もって連絡などしてしまえば、彼女と示し合わせる可能性があった。

沙織は紅茶とシフォンケーキを頼んでいた。昼飯を食べそびれたらしく、運ばれてきたシフォンケーキを瞬く間に平らげた。

「それでも、まさか私のところにまで聞きに来るなんて。けっこう昔のことまで尋ねて回るものなんですね」

「ええ、まあ。大きな声では言えませんが、県警ではわりと念入りにやっているかもしれませんね」

静佳はとっさに嘘をついた。たかだか結婚の身辺調査ごときで、調査対象者の過去をここまでほじくり返すなど異例だ。

「友達の悪口を吹きこむわけにはいかないけど、ヘタに嘘ついちゃったら余計にややこしいことになりそうだから、覚えてる範囲で答えますよ」

「ありがとうございます。それではお忙しいでしょうし、単刀直入に質問します」

静佳はメモ帳とペンを取り出した。コーヒーをひと口すすってから切り出す。

「あなたと仁美さんは、看護学校時代に国分町でコンカフェのアルバイトをしていた時期がありますね？」

沙織は背をのけぞらせて天を仰いだ。

「ああ、やっぱり。夜の店でバイトしてたっていうのは、警察官の奥さんとしてアウトなんですか？」

「そんなことはありません。仁美さん自身も過去に働いていたことは、交際相手の警察官に伝えています」

　コンカフェとは、コンセプトカフェの略称だ。キャストがコスプレをするなど、いわゆる萌え系コンテンツが盛りこまれた飲食店などを指す。カフェとはいうものの大抵は酒を提供しており、夜遅くまで営業しているところもある。

　代表的なのは一時期流行したメイドカフェだが、現在は多様化しており、東京あたりには忍者や魔女といった姿で接客する店もあるという。

　仁美たちがバイトをしていたのは、メイドやアイドル風の衣装を着て、客とカラオケやダーツで盛り上がったり、お喋(しゃべ)りをして愉(たの)しむ業態で、ガールズバーのコスプレ版といった店だったようだ。時給以外にもドリンクバックや、有料で客と写真撮影をするチェキバックもあったらしい。

　沙織は紅茶に目を落とした。初めて寂しげな顔を見せた。

「私なんですよね。あの店で一緒にバイトしようって誘ったのは。それまではコンビニとかドラッグストアだったんですけど、本格的な実習も始まって、働ける時間はだいぶ限られてくるし、私も仁美も実家を頼れない貧乏学生だったんで。だからって、あんな怪しげな店で働くんじゃなかった」

「トラブルがあったわけですね」

　静佳は正面から彼女を見つめた。さも知っているかのように振る舞う。

沙織が目を見開いた。

「やっぱり、もう知ってましたか」

「ある程度は」

静佳の手札はまだブタだ。本当は大して知りもしない。

わかっているのは、菱沼というワルが仁美の部屋を深夜に訪れたことと、その菱沼がごく最近まで国分町界隈でスカウトや夜の店で働いていたことぐらいだ。奥州義誠会という地元暴力団の息がかかったスカウトグループにも所属していたらしい。菱沼の前科前歴をしっかり洗ったところ、仙台署に何度も厄介になっているとわかった。

最近はボッタクリ居酒屋の客引きなどもしていたようだが、大して業績を上げられず、上からの圧力に耐えかねて逃げ出したという。仁美らが看護学生だった時期には、職業安定法違反や宮城県迷惑行為防止条例違反で逮捕されている。道行く女性にソープランドやデリヘルで働くのを勧め、それらの風俗店から紹介料を得ていた。仁美と菱沼の接点は、この看護学校時代にあるのではと、静佳は目をつけたのだった。

「よほど腹に据えかねることがあったようですね」

静佳が水を向けると、沙織は首を横に振った。

「じつを言えば……私はそれほどでもないです。酒癖の悪い客にビンタしちゃって。一ヶ月でクビになりました」

「仁美さんは店に残って働き続けたんですか」

「ええ。私と違って辛抱強いし、太いお客さんがけっこうついてたから、いろいろ辛いことがあっても我慢していたみたいです。半年くらいはいたのかな」

仁美と沙織が働いていたのは国分町の『まじかるチャーチ』という店だ。沙織は早々に店を去ったが、仁美はここでも手を抜かずに働いたという。太客をめぐって先輩から嫌がらせを受けたり、客からセクハラをされたりもしたが、それにじっと耐え、SNSで店の宣伝やアピールもマメにやっていたらしい。社会常識に欠ける男性客にも一流アイドル顔負けの接客で、学生にしてはまあまあの収入を得ていたようだ。

「しかし、半年となると、あまり長くは続かなかったようですね」

「肝心な給料が急に支払われなくなっちゃったんで。十五万円くらいだったかな。店のほうが待ってくれとか言い出して」

「大金ですね。とくに生活が苦しい学生にとっては。とても待っていられる状況ではなかったでしょう」

「ふざけんなって話ですよ。仁美だって学校にいろいろ支払いを待ってもらっていたし、暮らしはいつもギリギリでした。あんな店を紹介したのは私だから、仁美と一緒に運営会社の事務所に押しかけたんです」

『まじかるチャーチ』の運営会社は、国分町に事務所があり、飲食店経営だけでなく、イベント企画や芸能プロダクションをしていたらしい。

仁美たちがなけなしの勇気を振り絞って訪れると、やたら腰の低い男性社員が応対し、拍子抜けしそうになったという。男性社員は給料の遅配を詫びる一方、別の儲け話を持ちかけてきた。給料は間違いなく払うが、撮影会モデルとして契約すれば、前払いとして十万円をすぐに用意する云々と。

沙織が吐き捨てるように言った。

「もうホントありえないですよ。当時は若くてバカだったたから、十万円と聞いて飛びつきそうになっちゃって」

「なんともいかがわしい話ですね。その十万円は支払われて当然のお金だったわけですから」

「危うく丸めこまれるところでした。給料をまともに払わないやつらと仕事なんかできるはずないのに。今だったらわかります。あいつら貧乏学生の足元を見て、最初から罠に嵌めるつもりで、給料支払わなかったんだろうなって。撮影会モデルなんてどこまで本当だったんだか。たぶん風俗とかAVとかの世界に追いやるつもりだったんじゃないかと思います」

沙織によれば、撮影会モデルの話を蹴った途端、男性社員は態度を豹変させ、テーブルに足を乗せてふて腐れ、タバコをスパスパやり出したという。遅れていた給料は約一ヶ月後に振りこまれはしたが、ちゃんと支払われなければ、仁美は危うく学校を退学になるところだったと、彼女は当時を振り返った。

静佳はバッグから写真を取り出した。写っているのは菱沼龍輝だ。山形駅前の繁華街をぶらついているところを、静佳が望遠カメラで捉えたものだ。

あの夜に見かけて以来、監察課は人員を増やし、菱沼の動向もマークしていた。今ごろ的場は別の課員と組み、彼の動きをチェックしているはずだ。

静佳は写真をテーブルに並べた。沙織が即座に声をあげる。

「あ、こいつ！」

「ご存じですか」

「こいつですよ。例の社員。撮影会モデルの話を持ちかけた」

「間違いありませんね」

沙織はうなずいた。

彼女の話が事実であるなら、仁美と菱沼の接点はこのバイトのトラブルで生まれたようだった。

運営会社は奥州義誠会の企業舎弟だろう。困窮した若い娘を風俗に引っ張りこむため、あくどい絵図を描いていたのかもしれない。

仁美たちがギリギリのところで魔の手から逃れられたのは、菱沼がその年の初めに職業安定法違反で執行猶予付きの実刑判決を喰らっているのと関係があるのかもしれない。弁当持ちの身分でなければ、事務所を訪れた彼女たちをヤクザ者で囲むか、給料を踏み倒すといった嫌がらせをしていた可能性がある。

沙織が写真を指さした。

「もしかして、こいつが今になって仁美の周りをウロチョロしているんですか?」

「そこを調査しているところでして」

静佳は言葉を濁した。菱沼はウロチョロどころか、彼女の自宅にまで入りこんでいる。

「刑事さん、仁美は私なんかよりも真面目でバカ正直な娘です。ヤクザみたいな連中が現れたとしたら、あのころみたいに厄介なトラブルに巻きこまれただけなんだと思います。よく調べてやってください」

「もちろんです」

静佳は力強くうなずいた。

監察課員は刑事ではないが、徹底して調べ上げるつもりなのは本当だ。沙織の思うような結果になるかどうかは不明のままだが。

沙織への聞き込みを終えると、静佳はレストランを後にした。車に乗りこみ、的場に電話をかけた。ワンコールもしないうちに彼が電話に出る。

「どう?」

〈昨夜に続いて優雅な暮らし送ってやがります。やっこさん、午後に起きたら、そのまま北山形でパチスロっす〉

「そりゃ羨ましいなや」

　静佳は昨夜の菱沼を思い出した。

　菱沼はやけに羽振りがよさそうだった。山形駅前の繁華街でキャバクラ嬢と同伴。値の張る寿司店で食事すると、キャバクラ店に入って、同店が閉まるまで飲んだくれていた。零時を過ぎたころに店を出ると、まだ飲み足りなかったらしく、顔見知りと思しき客引きとともに、深夜営業の居酒屋に繰り出している。

〈パチスロのほうも豪快で、交替で打ちっぷりを見ったげんど、万札をどんどんサンドに突っこんでます〉

「ずいぶん景気がいいでねえが。仙台署の話じゃ、稼ぎの悪いチンケなスカウトだったらしいげんど」

〈平野仁美のヒモにでもなって、小遣いせびってんでねえべが〉

　的場は暗い声で言った。菱沼が彼女の部屋に入るのを目撃してから、すっかり彼はアンチ仁美派だ。

「憶測で語んなっての。私もすぐ戻っから」

　的場に釘を刺した。とはいえ、静佳も同じ考えを持ってはいた。

——あのころみたいに厄介なトラブルに巻きこまれただけなんだと思います。

沙織の言葉が蘇る。

眠気や倦怠感はもうなかった。闘志を燃やしながら山形への帰路についた。

5

菱沼は、とあるホステスにご執心だった。

パチスロをやり終えて家に戻ると、ロングコートにダークスーツをピシッと着て、昨夜に続いて山形駅前の繁華街に繰り出した。有名ブランドのネックレスやブレスレットをつけ、本物かどうかは怪しいが、オーデマ・ピゲの腕時計までしていた。精一杯に己を飾り立てながら、キャバクラ店『クラブ・アンタレス』へと入っていった。

静佳は仙台から戻ると、的場と合流して菱沼を監視した。今は繁華街のなかのコインパーキングに車を停め、車内から『クラブ・アンタレス』を見張っていた。

「今夜もカレンちゃん目当てだべな」

的場がタブレット端末の液晶画面を見せてくれた。

同キャバクラ店の公式サイトで、キャストの出勤情報がアップされていた。菱沼がしきりに狙っているのは、カレンという源氏名の女性だ。昨夜は菱沼と一緒に寿司を食べてから出勤しており、今夜も店に出ているようだった。

彼女は宣伝用としていくつかのSNSを活用しており、評判のカフェレストランやスイーツ店で食事をする姿を熱心にアップし、セクシーなナイトドレスや水着姿を惜しげもなく披露していた。フォロワー数もかなり多く、じっさいに同店の人気嬢だった。スレンダーでモデルのような長身の美人で、都会的な雰囲気を持ち合わせてもいる。小柄な仁美とは対照的なタイプに見えた。

的場が呟いた。

「仁美に近づいたと思ったら、今度はカレンちゃんが。女のケツを追っかけんのに、よっぽど情熱燃やしてるみでえだなや。カネだって相当かかっぺず」

「しかも、かなりの見栄っ張りだ。今ごろ高いボトル入れっだがもな。かりに仁美からカネを巻き上げてだとしても、若手看護師の給料なんてタカが知れてるべ」

「別に金づるがいるんだべが」

「んだべな。しかし、危なっかしくて見てらんねえべ。いくら地元だがらっつっても、ここだって奥州義誠会の息がかかった連中はいるべ。羽振りのよさを不思議に思うやつは私らだけでねえはずだ」

菱沼は仙台から故郷に戻って実家暮らしを送っている。

実家は山形駅西口近くのボロアパートで、唯一の家族である父親は新聞配達員として糊口を凌いでいた。とても脛を齧れるような経済状況ではない。母親は菱沼が小さいころに離婚し、大阪で寿司職人と再婚している。菱沼のカネの流れを突き止めることが、今回の謎を解き明かすための鍵に思えてならない。

静佳はミントの粒ガムをふたつ口に放った。糖衣を奥歯でガリガリと嚙みしめ、『クラブ・アンタレス』の正面玄関を睨んだ。

的場に冷やかされた。

「数日前と打って変わって、えらく気合入ってだなっす」

「おかげさんで」

任務はただの身辺調査だ。殺人事件のように、時効なしでいつまでも調べていられるわけではない。念入りに調べろといわれていても限度はある。人事課がシビレを切らして、報告書をまとめて調査を打ち切れと言い出すかもしれない。

このままでは中途半端な調査で終わってしまう。前科前歴まみれのワルが、仁美のアパートを深夜に訪れていたとなれば、幹部たちは結婚に難色を示すだろう。真相がどうであろうと関係はない。正木に仁美とは違う相手を見つけるよう命じるのが、もっとも手間の省ける安全策なのだ。そんな安易な手段でふたりの仲を裂きたくはない。

時間は零時を過ぎた。気温が一気に下がり、急に雪が大量に降ってきた。田舎町の繁華街の夜は早く、ほとんどの店がネオンを消して店じまいを始めた。

　繁華街から熱気が失せ、静寂のときがやってきた。客引きたちは雪に負けじと、長いこと路上に留まって獲物を狙っていた。しかし、呑兵衛の姿すらなく、彼らも商売を諦めて引き揚げた。

『クラブ・アンタレス』も同様だった。ファサード看板の派手なネオンが消え、男性店員がスタンド看板を店内に運び入れ、閉店準備を進めていた。

「ようやぐお出ましか」

　菱沼が千鳥足で店から出てきた。昨夜に続いて、だいぶ長時間、同店で遊んでいたことになる。

　静佳は赤外線双眼鏡を覗いた。けっこうなカネを同店に落としたようで、カレンを始めとして多くのホステス嬢がズラッと並んで菱沼を見送った。菱沼は名残惜しいようで、肌を露出させたホステスが雪にまみれているというのに、カレンにいつまでも話しかけていた。

　ホステス嬢のひとりがわざとらしく盛大なクシャミをした。それを機に、菱沼はようやく店を去った。

「あんたは待機してで」

　静佳はワンボックスカーから降りた。右耳にイヤホンマイクをつけ、的場と連絡を取り合いながら菱沼の後をつけた。

天気予報が今月一番の冷え込みと報じていたが、どうやら見事に的中したようだった。客引きや酔っ払いがいなくなるのも当然の寒さだ。サラサラの雪が風で白く舞い上がり、路面はコチコチに凍りついている。スノースパイク付きのトレッキングシューズでなければ転倒していたかもしれない。

先を行く菱沼も足を滑らせていた。雪国の男らしく、転倒にまでは到らなかったものの、ロングコートに粉雪がたっぷりついた。まだ飲み足りないのか、誰もいない十字路で足を止めた。キョロキョロとあたりを見回し、顔見知りの客引きを探しているようだ。静佳はビルの物陰に隠れて事態を見守った。菱沼は決して酒癖がいいわけではないようで、山形でも仙台でも悪酔いした挙句に、くだらぬケンカをして警察署にしょっ引かれた過去がある。

いっそ誰かに因縁でもつけて暴れてくれれば、その場で彼を現行犯で逮捕し、ゆっくり取調室で語り合えるだろう。それに備えて手錠も携帯していたが、誰かに絡もうにも、その相手すら見つけられずにいた。菱沼はつまらなそうに唾を吐き、大通りのほうへ出ようとする。

そのときだった。十字路に向かって一台の商用ヴァンがゆっくりと進んだ。仙台ナンバーの車で、菱沼の横で停止する。

ヴァンの運転席とスライド式のドアが勢いよく開いた。三人の男たちが次々に降りてくる。

　三人はそれぞれガタイがよく、ツーブロックの坊主頭やコーンロウといった髪型をし、迷彩柄の作業着やスポーツブランドのジャージを着用している。いかにもそのスジの人間に見える。

「ひっ」

　菱沼は短い悲鳴を上げた。男たちから逃げようとするも、凍った路面に足を取られて転倒する。

　男たちもスケートリンクと化した道路に手を焼いた。足元に注意しながら菱沼に近寄る。坊主頭が菱沼の金髪を鷲掴み（わしづかみ）にし、コーンロウと迷彩柄の男が、それぞれ菱沼の両腕を抱えた。

　静佳はイヤホンマイクを通じて的場に呼びかけた。

「あんたの出番だべ。『札幌（さっぽろ）なまらラーメン』の前」

〈マジっすか！〉

　男たちは手こずっていた。

　菱沼が必死に身体をねじり、足をバタつかせていた。コーンロウと迷彩服の男がバランスを崩して倒れこんだ。傍（はた）から見ていると、酔っ払いがおしくらまんじゅうでもやりだしたように映る。

「ま、待って！」

菱沼が叫んだ。坊主頭が苛立たしげに鉄拳を見舞う。顔面を殴打され、菱沼は抗う力を失う。

静佳はヴァンに駆け寄った。男たちが菱沼の捕獲に夢中になっている隙をつき、ドアが開けっぱなしの運転席に近寄った。古いタイプの車で、イグニッションスイッチにキーが挿さっていた。それを抜き取る。

ヴァンのエンジンが停止し、ヘッドライトが消えた。男たちが一斉に静佳を睨みつける。

「おい、なにしやがる！」

「お前らこそ、なにしっだ。おとなしくしろ！　傷害の現行犯で全員逮捕だべ」

「てめえ、ふざけんな！」

迷彩服の男が力任せのパンチを放ってきた。身長は百八十センチ以上はありそうで、静佳よりも二回り以上は大きい。

天候と気温が静佳に味方してくれた。ツルツルの路面では、下半身に力が入らない。パンチのスピードはのろかった。

静佳は左腕でパンチを弾くと、カウンターで迷彩服の腹に当身を入れ、すかさず彼の右腕を掴んで一本背負いを放った。迷彩服はコチコチの路面に腰を派手に打ちつける。

「山形県警だ。抵抗すんでねえ」

「うるせえ、メスポリ！　邪魔するんじゃねえ」

坊主頭が歯を剝いて向かってきた。年齢は三十ぐらいで、三人のなかではもっとも体格がいい。リーダー格と思われた。

「あんたら、奥州義誠会だべ」

坊主頭の顔が強ばった。どうやら図星のようだった。坊主頭が足を踏ん張らせて静佳に突っこんでくる。

坊主頭の身体が弾かれた。車にでも衝突したように、後ろへと吹き飛ぶ。的場が間に合ってくれたのだ。

的場は駆けつけるなり、坊主頭に肩からぶちかましを放っていた。だいぶ手加減をしたと思うが、それでも坊主頭は三メートルほど路面を転がった。

コーンロウの男が雄叫びを上げて的場に殴りかかった。しかし、的場に軽く足払いをかけられると、男は派手に宙に浮いて肩から地面に叩きつけられた。的場の格闘能力の高さは県警内でもトップクラスだ。

「おい待で」

静佳は菱沼に大股で近寄った。菱沼は地面を虫みたいに這い、大通りへ逃げこもうとしていた。彼の襟首を摑む。

「な、なにしやがんだず！」

「用があんのはあんただべ。せっかくの機会だがら、ちょっと来てけろや」

「放せや！　警官なんだべ。今の見っだべや。おれは被害者だぞ」

「いいがら」

静佳は菱沼を引っ張りながら、あたりを見回した。

吹雪がひどさを増しており、視界がかなり悪くなっていた。怒号すら風で掻き消されていく。騒ぎに気づいた者は見当たらない。的場に手錠を放って、男たちを拘束するように指示した。

「寒くてわがんねな。ここでちっと温まるべや」

ヴァンのスライドドアが開けっぱなしだった。

そこに菱沼を押しやり、セカンドシートを陣取った。ひどいタバコ臭がし、足元にはスナック菓子の袋やエナジードリンクの空き缶が落ちている。不潔で不快な空間ではあるが、吹雪の外にいるよりはマシだ。

的場がバックドアを開け、男たちを次々に荷室へと放りこんだ。シートバックポケットには、ゴミに混じって指錠やフォールディングナイフ、それに小型の催涙スプレーが入っていた。的場は男たちと一緒に荷室に乗りこみ、バックドアを閉めた。

「傷害と公務執行妨害、銃刀法違反ってところが。身柄をさらう気マンマンだったみでえだな」

　静佳は荷室の男たちを指さした。菱沼に尋ねる。

「ありゃ仙台のチンピラどもだべ？」

「あんたら……本当に警官なんだがず」

　静佳は警察手帳を見せた。

「ほれ、このとおりだべ。今度はこっちの質問に答えてけろや。このヤカラども、奥州義誠会の者だべ？」

　荷室に押し込まれた男たちが、菱沼に射るような視線を向けた。菱沼の喉が大きく動く。

「そだなやつら、し、知ねず……」

「あっそう。んじゃ、私らは引き揚げっぺ。酔っ払いどもがちょっとはしゃぎたくなっただけみでえだ。雪合戦でも鬼ゴッコでも好きに続けたらいいべ」

　的場に手錠の鍵を渡し、全員の縛めを解くように命じた。静佳はスライドドアを開けて降りようとする。

「な、なんだよ、そりゃ！　置き去りにするやづがあっがよ。んだず、んだず。仙台の不良たちだず」

　菱沼が静佳の腕にすがりついてきた。

だ」
「だいぶ素直になってけだようだなや。ここじゃなにかと話しづれえべ。続きはあっち
坊主頭が憎々しげにうなった。全員が溶けた雪にまみれて濡れ鼠と化している。
「てめえ……」

静佳は菱沼をヴァンから連れ出した。

的場に男たちの見張りを任せ、コインパーキングのワンボックスカーへと戻った。静佳は運転席に乗りこむと、暖房を最大にして身体を温めた。助手席の菱沼もすっかり酔いが醒めたらしく、ガタガタと身体を震わせながら吹き出し口に掌を向けた。

静佳は頭髪についた雪を振り落とした。

「なして仙台のヤカラどもに追っかけらっだのや？」

「……いや、ちょっとカネの貸し借りで揉めただけで」

「返すもんも返さねえで、仙台からバックレた挙句、こっちでカレンちゃんのために景気よく遊んでりゃ、そりゃあの不良たちも面白くねえべな」

「なしてそんなごどまで――」

「あんたのお遊びやトラブルはどうでもいい。一番知りてえのは遊びに使うカネと、それに平野仁美との関係だ」

菱沼が息を呑んだ。彼はうつむいたきり黙りこくる。

「おい、なんとか言えず」

静佳が肘で突いたが、菱沼の口は動かない。

「せっかく暖房が利いてきだってのに。煮え切らねえ野郎だなや。やっぱワルどものエサになったほうがいいべ」

運転席のドアを開け、菱沼を再び外へと引っ張りだそうとした。菱沼はシートにしがみついて叫んだ。

「待で、待でって」

「誰から遊ぶカネをもらってだんだ？」

「別れさせ屋！　別れさせ屋だず」

「ああ？」

「『みちのく探偵調査室』だ！　そこから頼まっだんだよ」

静佳は再びワンボックスカーに乗った。荒っぽくドアを閉め、菱沼に詰め寄る。

「本当が」

「嘘でねえ。昔のネタほじくって、あの女に近づくだけでいいがらって」

『みちのく探偵調査室』は山形市内に事務所を構える探偵業者だ。経営しているのは県警の警察ＯＢで、不倫が原因で組織から追い出された元公安刑事がやっていた。

「洗いざらい話せ。でねえと、無事に明日は迎えらんねえぞ」

静佳は続きを促した。

6

乾辰典（たつのり）は警備二課長という要職に就くエリート幹部だ。しかし、今の彼は見る影もない。

着ているワイシャツの襟はよれており、顎にはそり残しのヒゲが伸びていた。風呂にもきちんと入っていないのか、垢（あか）と加齢臭が混ざったような臭いを漂わせている。パイプ椅子に腰かけているが、座っているだけでもつらそうだ。

監察課長の奥山が乾に語りかけた。

「それにしても、やってくれましたな」

「そう言われても、なんのことだが……」

乾は消え入りそうな声で答えた。静佳がファイルを叩いた。

「すっとぼけんのはやめっぺや。探偵さんはみんな打ち明けてけだべ」

取調室内には三人しかいない。

ただしマジックミラー越しの別室では、県警の幹部たちがやり取りを見守っている。

組織を騒がせる不祥事に発展したためだ。

監察課が山形署に話を持ちかけ、『みちのく探偵調査室』の内情を調べさせたところ、別れさせ屋といった違法性の高い裏仕事に手を染めていた実態が明らかになった。

同探偵事務所はこの手の工作を過去に何度もやっていたらしく、名誉毀損の疑いで家宅捜索をすると、パソコンのファイルには風俗店の偽チラシのデータなどが見つかった。パートナーの女性がかつて風俗店で働いていたかのように見せかけ、カップルの間にヒビを入れるのだ。

また、浮気相手を装ってＳＮＳを駆使し、浮気を匂わすメッセージを一方的に送って不信感を植えつけるなど、他人の信用を貶める汚れ仕事で稼いでいた。キャバクラ嬢を工作員として雇い、対象者の男性に近づけさせて、浮気をでっち上げるといった手の込んだ仕事もやっていた。この悪徳探偵を頼るのは、相手に飽き飽きしているカップルのどちらかだったり、あるいはカップルそのものに恨みを抱く人間などだ。

悪徳探偵は依頼を受けて、正木警部補と仁美の仲を裂くために工作活動を開始。看護学校時代の仁美が、コンカフェ絡みで奥州義誠会系の企業舎弟と揉めた過去があるのを知った。そして、山形に舞い戻ってきた菱沼を今度の工作員として起用したのだ。

悪徳探偵にとっては楽な仕事になるはずだった。なにしろエリート警察官と結婚しようというのだ。県警が身辺調査に乗り出しているところを見計らい、菱沼という前科者を仁美に接触させれば、県警はアレルギー反応を起こし、彼女との結婚を認めずに破談させるだろうと睨んだのだ。警察組織の体質まで把握した狡猾な手口だった。

しかし、悪徳探偵は残念な人選ミスをやらかした。いくら簡単とはいえ、菱沼という半端者を工作員にしたからだ。菱沼は報酬の前金をもらうと、江戸っ子でもあるまいし、宵越しのカネなど持たねえとばかりに繁華街で散財した。おかげでヤクザ者や静佳たちから熱い注目を浴びる羽目になった。

菱沼は口も軽かった。仁美の自宅に入り込めた方法も、静佳にきれいさっぱり打ち明けた。

――まず、あのコンカフェの店長になりすましてよ、LINEで脅しのメッセージを送りつけてやったんだ。コンカフェの運営会社がヤクザで、そっから給料もらってだって事実を、警察や結婚相手に全部知らせてやるって。ヤクザ絡みの芸能事務所とも契約してて、スケベな仕事もしてだって。あることないことガセネタ撒いて、結婚話なんかぶち壊してやるってよ。

――なるほど。たっぷり脅しつけてから、そこへあんたが白馬の騎士きどりで現れるって寸法が。

――あの女のアパートで芝居を打ったべ。おれがなんとかしてやるってよ。冷静に考えりゃ、昔と同じく罠に嵌めようとしっだって気づくもんだげんど、女は正木に嫌われたぐなかったようで、すっかり取り乱して引っかかりやがった。

静佳は殴りつけたい衝動に駆られたが、暖房を利かせたワンボックスカーで悪巧みをじっくり聞き出した。

ヤクザ者と話をつけた菱沼は、仁美にたっぷり恩を売りつけ、彼女を食事に誘う気でいたらしい。ふたりで食事をする姿を悪徳探偵に撮影させ、それを県警の人事課や正木に送りつければ、間違いなく仁美は別れを余儀なくされる。そんな絵図を思い描いていたらしい。

菱沼の証言をもとに、名誉毀損罪の疑いで『みちのく探偵調査室』を家宅捜索した。パソコンや携帯端末を押収して調べると、菱沼の証言を裏づける計画書や帳簿、データファイルがいくつも見つかった。

パソコンのなかには、きわどいマイクロビキニ姿で写る仁美の画像があった。コンカフェ時代の写真を使った合成画像で、彼女の評判を落とすために力を注いでいた事実が判明した。破談屋稼業でメシを食っている悪党が実在したというわけだ。

悪徳探偵の依頼主も家宅捜索で明らかになり、静佳を含めた捜査関係者全員を驚かせたものだった。

奥山が乾に冷ややかに告げた。

「シラを切りたければ、それでもこちらは構わない。これだけ材料が揃(そろ)ってるんだ。逃げ切れると思うな」

「私は……なにもしちゃいねえ」

静佳はマジックミラーを指さした。

「一応言っとぐげんど、隣じゃお歴々たちが勢揃いしったず。部長クラスや本部長まで。県警だけでねえ。管区警察局の方々まで来ちゃ、固唾を呑んで見守ってるべ」

「えっ」

乾が慌ててマジックミラーに目をやった。

「ここらで潔く喋ったほうが、トップたちの心証も違ってくるがもな」

奥山は冷淡な態度を崩さなかった。

「知らばっくれたいのなら、好きにするといい。こちらも加減なしにやるだけだ。娘さん、大学受験を控えているんだろう。気の毒なことだ。親父のせいでガサをかけられ、部屋をグシャグシャに荒らされる。親父は懲戒免職で、一家は憐れ路頭に迷う。受験どころじゃなくなるな」

「待で、待ってけろや。いくらなんも、そりゃ――」

「いくらもクソもあるか！　あんたは部下や一般市民の人生を弄んだんだぞ」

奥山の一喝がトドメとなった。乾は観念したように自白した。

警察官は取り調べのプロだ。しかし、取り調べられる側に回ると、案外慣れていないのか落ちやすい。静佳は監察課員になって知った。

乾は県内トップの進学校である山形日出高の出身で、同校出身の政財界人と親交があった。県内経済界のドンといわれる地銀の頭取が、同校の後輩にあたる正木を気に入ったのがトラブルの始まりだった。

頭取は同窓会をきっかけに正木と知り合い、食事会やゴルフコンペを経て、彼の生真面目さや如才のない性格に惚れこんだ。警察なんか辞めさせて、地銀にヘッドハンティングまでしようと試みたこともあったらしい。

頭取には未婚の娘がふたりいた。ヘッドハンティングがダメなら、せめて娘を正木のもとへ嫁がせられないものかと、側近や友人に漏らしていたという。その話を聞きつけたのが乾だった。

「……頭取は長年の友人だべし、なにかと世話にもなってたんで、ここらでひと肌脱ごうと思ってよ。正木の将来を思ったら、頭取の娘婿になるほうがあいつのためになるはずだと、先走っちまったんだず」

乾は真相を語ったものの、言い訳がましかった。

正木を頭取の身内にさせ、たっぷり恩を売りつければ、就職先に困ることはない。悠々自適なセカンドライフを送れると睨んだのだろう。

誰だって還暦を過ぎてから安月給の肉体労働などしたくはない。民間企業の顧問だの社外取締役だのといった役職に就き、楽してカネを稼ぎたいものだ。乾は頭取に取り入るため、元同僚の探偵に依頼を持ちかけた。別れさせ屋としての実績があるのを知りながら。

ひとしきり聴取を終えて、静佳たちは取調室を出た。

別室で取り調べを見守っていた本部長たちも、やるせない表情でため息をつきながら後にする。なぜそんな愚かしい真似をするのかと、納得がいかない様子だった。

静佳たちも同じだ。監察課の仕事は人間の不可解さと向き合う仕事でもあり、今回もケリがついたところで苦々しい思いは消えなかった。

奥山とともに監察課に戻った。その途中、直立不動の姿勢を取った長身の若い警察官と出くわした。正木警部補だった。

正木は静佳たちに深々と頭を下げた。彼女はうなずいてみせた。

これで破談屋という仇名は消えてなくなるかもしれない。有望な若手警察官を救ってやれたのは大きな収穫だ。

静佳は久しぶりに満足しながら監察課の部屋に入った。

鬼火

鳴神響一

鳴神響一（なるかみ・きょういち）

一九六二年東京都生まれ。作家。二〇一四年『私が愛したサムライの娘』で角川春樹小説賞を受賞しデビュー。一五年同作で野村胡堂文学賞受賞。著書に、「脳科学捜査官　真田夏希」シリーズ、「神奈川県警『ヲタク』担当　細川春菜」シリーズ、「おいらん若君　徳川竜之進」シリーズ、「警察庁ノマド調査官　朝倉真冬」シリーズ、「鎌倉署・小笠原亜澄の事件簿」シリーズ、『斗星、北天にあり　出羽の武将　安東愛季』『風巻（しまき）　伊豆春嵐譜』など。

1

石造りの建物のなかは陰うつな蛍光灯の明かりで照らされていて湿っぽかった。一〇〇年以上は経っていそうな古めかしく陰気な警察署内だった。鉄格子の向こうには隣接するワイナリーを取り巻く明るい緑の森が見えている。

「小僧たち、いい加減に観念しろ。おまえたちは麻薬の密売人なんだ。一生刑務所暮らしは覚悟するんだな」

訛りの強い英語が響いた。

黒い制服を着た痩せぎすの中年警察官は、人さし指を突き出して脅した。

「ウィーンで借りたレンタカーです。トランクに入ってた工具入れなんて触ってもいません。麻薬はクルマを借りたときに最初から入っていたんです」

僕の相棒は声を嗄らして叫んだ。

「その説明は聞き飽きた。もっとマシな言い訳はないのか」

憎々しげにあごを突き出して警察官は低い声で言った。

「事実なんです。僕たちは日本から来た大学生です。この国に麻薬なんて持ち込むはずはありません」

目の前の机がドンと鳴った。振動が空気を通して伝わってきた。

「おい、小僧、舐(な)めるなよ。俺(おれ)たちはたしかに二〇〇グラムのコカインを押収してるんだっ」

耳が痛くなるほどの声で警察官は怒鳴った。

ウィーンで真新しいワーゲン・ポロのレンタカーを借りた僕たちは、スロバキアに入り、ドナウ川沿いのデヴィーン城を見学した。その後、首都のブラチスラバ市街の中心地を目指して出発したのだ。ところが、五キロも走らないうちに二台のパトカーに追尾され停止を命じられた。次々と降りてきた六人の警察官に、クルマじゅうを調べられた。

トランクを開けた警察官たちの叫び声が上がった。

僕たちは拳銃(けんじゅう)を突きつけられ身体(からだ)を拘束された。トランクから麻薬が出てきたと警察官は告げた。麻薬密輸の嫌疑で僕たちは近くの小さな警察署に連行されたのだ。

すでに荒っぽい取り調べが三時間にも及んでいた。

いっさい身に覚えのない嫌疑だった。二人とも麻薬はおろかタバコも吸わない。もちろん密輸なんか夢のなかでも考えたことはなかった。

こんなに恐ろしい災厄に巻き込まれるとは……。

国境を越えてこの国に入ってきたことを心の底から後悔した。

「ひと昔前なら死刑だ。我が国で死刑が廃止されたことを神に感謝しろ……まぁ、おまえたちの態度によっては考えてもいいんだがな」

もう一人の太った警察官はニヤニヤと笑いながら左右の掌を開いて目の前に突きつけた。

「一〇〇万スロバキア・コルナだ。それで勘弁してやってもいい」

太った警察官は急にまじめな顔になった。

ワンテンポ遅れて僕は気づいた。この男は賄賂を要求しているのだ。

こいつらは最初から賄賂をせしめる目的で、僕らのクルマを止めたのに違いない。

つまり僕たちは冤罪に陥れられたカモなのだ。

腹の底から怒りがわき上がってきた。

「そんな大金……持っているわけない」

僕はかすれ声で答えた。

一〇〇万スロバキア・コルナは、日本円では五〇〇万円くらいになるのではなかったか。

「まぁ、支払いについては相談に乗らないでもない。おまえはいい時計をしているじゃないか」

　僕のオメガを物欲しげな目で見て、太った警察官は言葉を続けた。

「だが、拒否すれば、おまえたちは二度と塀の外には出られないぞ。この国では最近、麻薬が青少年をひどく汚染している。外国からの持ち込みは決して許すことはできない。おまえらの罪は重いんだ」

　太った警察官はぶ厚い唇を突き出した。

「冤罪だ。僕たちはそんなことはやっていないっ」

　怒りで顔全体が膨れ上がったような錯覚を感じながら、僕は大声で叫んだ。

「おいっ、静かにしないと本当に撃つぞ」

　太った警察官は素早くホルダーから黒光りする拳銃を抜いて、僕に銃口を向けた。

　全身が板のようになった僕は、恐ろしさのあまり身体が震えることさえなかった。

　そのときだった。

　野太い声のスロバキア語が背後で響いた。

　振り返ると、スーツ姿の大柄な男性と、薄青のワンピースを着た少女が立っていた。

　男性は早口のスロバキア語で弾丸のようにしゃべり始めた。

　僕たちを取り調べていた二人の警察官が立ち上がった。

　彼らは顔色を失って、スーツの男性に向かって必死に言い訳を始めた。

だが、スーツの男性は苦い顔で「Nie!　Nie!　Nie!」と叫んでいる。警察官たちの言い訳を否定しているようだ。

警察官たちは二人とも石床に両膝をついた。胸の前で手を組んでいる。引きつった表情の彼らは、スーツの男性に向かって哀訴しているようにも見える。助かった。僕たちを襲った災厄は過ぎ去ろうとしている。

僕は全身から力が抜けるのを覚えた。

ようやく、スーツの男性のかたわらにいる少女に目を向けることができた。

ヨーロッパ人と見えるが、どこの国の女性かははっきりとわからない。鼻筋の通った白い細面に薄いグレーの瞳。ふっくらとしたやさしげな唇。まさに美少女だ。

「僕たちはもう不当な扱いを受けなくてよいのですね」

あまりうまくない英語で僕は少女に訊いた。

「こちらは国家警察のコヴァチョヴァ警部です。ブラチスラバ市警察の腐敗を調べています。残念ながら、この地の警察官の一部には旅行者などを冤罪に陥れて金品を脅し取る人間が存在します。彼はあなたたちをその被害から救いに来ました」

それはきれいな発音の日本語だった。

僕は口もきけないくらいに驚いた。

コヴァチョヴァ警部は僕たちを見て厳しい顔つきで頭を下げた。

「あなたが助けてくれたのですね」

椅子（いす）から立ち上がることができ、近づいてきた相棒が日本語で少女に問うた。

「隣のワイナリーを訪ねたら、あなたたちが連行されるところを見ました。あなたは日本語で『僕たちは無実だ』って叫んでいましたね。あわてて関係機関に連絡しました。安心してください。あなたたちは自由です」

まさに彼女は救いの女神だった。

「そうだったのですか……」

相棒はうなり声を上げて長く息を吐いた。

「あなたはどなたなのですか」

震える声で僕は訊いた。

「ブラチスラバ市在住の者です。国籍はあなた方と同じ日本ですよ」

救いの女神はにこやかな笑顔で答えた。

日本人だったのか。あらためて僕は驚いた。

「ありがとう。本当にありがとう」

相棒はその場に土下座した。

「あなたは生命（いのち）の恩人です」

隣で僕も石床に膝をついた。

「立ってください。でも、よかった。お助けできて」

少女はやわらかく笑って白いハンカチを差し出した。

僕の顔はいつのまにか涙でぐしゃぐしゃになっていた。

2

五月の空は澄みきって輝いていた。

左手にフェリス女学院のホールが鎮座する汐汲坂（しおくみざか）が続いている。現場はその一本東側の坂道だった。

途中の左手には元町百段公園があり、最後は階段となって代官坂通りに出る。

坂の入口には黄色い規制線テープが張られていて、山手が丘署の地域課員が立哨（りっしょう）していた。

すぐ上の山手本通りには、パトカーや面パト（覆面パトカー）などの捜査車両がずらりと駐（と）まっていてものものしい雰囲気が漂っていた。

神奈川県警捜査一課の夏目吉将（なつめよしまさ）巡査部長は、部下の野口麻衣（のぐちまい）巡査長とともに、左右に豪邸の建ち並ぶ坂道を下っていった。

ふだんは制服姿の女子中高生が登校のために上ってくる時間帯だが、人の姿は見られない。

狭いながらも自動車が通れる舗装路が終わって、階段が始まるところまで下りてきた。数メートル下に踊り場が見えている。中央付近には、頭を下にしてうつ伏せに倒れている男性の遺体が見えた。

遺体の周辺でライトブルーの活動服に身を包んだ鑑識課員が作業中だった。黒地に白い英数字の入った鑑識標識がいくつも並べられ、指紋採取や写真撮影の作業が続いている。

少し上の段にスーツ姿の二人の機動捜査隊員が立っていた。

「あれぇ、もう捜一のお出ましですか」

顔見知りの機動捜査隊員が、吉将を見て階段を上りながら声を掛けてきた。

「たまたま、港の見える丘公園の近くにいたんだよ。一斉無線を聞いたから覗(のぞ)きに来たんだ。うちの課が臨場するんで先遣隊にさせられたってわけだよ」

苦笑交じりに吉将は答えた。

「そりゃ、間の悪いことでしたね……ところで君は初めて見る顔だね」

機捜隊員は麻衣の顔をじっと見つめて訊いた。

「四月から捜査一課に参りました野口です。以前は厚木署の刑事課におりました」

　麻衣はにこやかに答えて頭を下げた。

「夏目さんによく仕込んでもらうといいよ。なんせこの人は鋭いからね」

　にやにや笑いながら機捜隊員は言った。冗談なのかもしれない。

「はいっ、頑張ります」

　元気よく麻衣は答えた。この初々しさが吉将にはとまどいを呼ぶ。

「ところで、事件性はありそうかな」

　吉将の問いに機捜隊員は首を傾げた。

「うーん、判断が難しいところじゃないですかねぇ。階段の手すりからもいくつも指紋が出てますけど、ホシのものとは限らないですしね。たまたま足を滑らせて階段を転げ落ちたのか。それとも誰かに突き落とされたのか……」

「転落時にできたもの以外の傷が出ないと、検視官も他殺とは断定できないかもしれないな」

「ええ、判断しにくいでしょうね」

　そんな会話を続けていると、年輩の鑑識課員が階段の下から声を掛けてきた。

「おい、作業は終わったぞ」

　吉将たち待機していた者はいっせいに階段を下りていった。

「うわっ、ひどっ！」

麻衣が素っ頓狂な声で叫んだ。

遺体はすさまじい形相で仰向けに転がっていた。恐怖が顔に貼りついたように目を剝き、顔中に深いしわを刻んでいた。

とは言え、死体のこんな表情は珍しいものではない。

麻衣は厚木署の刑事課強行犯係で二年は勤めている。いまだに死体にここまで驚くのか。

焼死体や水死体に出会ったら、麻衣はどんな反応を示すのだろうか。

しばらくすると、捜査一課のメンバーや検視官が現場到着した。本部から近いこともあって、福島捜査一課長も臨場した。

検視官はさっそく遺体の見分を開始した。

鑑識の話では、犯人の遺留品は残されていない。また、指紋やゲソ痕（足痕）についても決定的なものは見つかっていなかった。

吉将と麻衣はとりあえず付近の聞き込みにまわることにした。

階段が始まる左手に建つ小さいながら瀟洒な建物の前に立って呼び鈴を鳴らした。

三〇歳くらいのシャンブレーシャツ姿の男が出てきて、うさんくさげに吉将と麻衣を見た。

二人が警察手帳を提示すると、男は不機嫌な声で訊いてきた。

「なんか用ですか」

「この下の階段で転落死した人がいましてね」

「そうか……あのときの……」

男ははっとした顔で吉将たちを見た。

「なにか見聞きしましたか」

「昨夜ね、そうだな、夜の一一時くらいでしょうか。『なにをする』って男の声が聞こえたんですよ。それきり、声は聞こえなくなったんですけどね」

「ようすを見にいかなかったんですか」

「僕には関係ないことだからね。それにもうベッドに入っていましたんでね」

不機嫌な口調のまま男は言った。

たしかに、彼に見にいく義務などあるはずもない。

「ありがとうございました。またお訪ねするかもしれません」

さらに階段の上に並ぶ数軒の民家も訪ねたが、ほかに不審な人物を見たとか、声を聞いたというような居住者はいなかった。

現場に戻ると、五十年輩の検視官が一課長に話している。

「ホトケの両手にね、ひっかき傷がありますねぇ。爪痕(つめあと)と思われます。争った形跡のように見えるんですよ。事件性ありと疑ったほうがいいでしょう。司法解剖にまわすべきですよ」

検視官はベテラン刑事が法医学などを修めた後に就く。基本は警視の職だが、警部が就く場合もある。

「そうか……捜査本部(チョウバ)を立てるべきだな」

福島一課長はあごに手をやって考えていたが、吉将に向かって声を掛けてきた。

「夏目、なにか言いたいことがありそうだな」

「すみません、係長に伝えようと思ってたんですが……」

「いいから話せ」

ふつうなら一課長は直接話すような相手ではないが、現場でなら許されよう。

「階段の上の民家に聞き込みにまわったところ、午後一一時頃に『なにをする』という男の声を聞いたとの証言を得ました。ここからいちばん近い家です」

階段の上のほうを指さして吉将は言った。

「そうか、そいつは被害者(マルガイ)の最後の叫び声と考えてよさそうだな」

福島一課長は吉将の顔を見てうなずいた。

「うん、その時点で被害者(マルガイ)が突き落とされたと考えることができる。死亡推定時刻は司法解剖の結果を見たいが、死斑の出方などからして一〇時から一二時頃だと考えていた」

しきりに検視官はうなずいている。

「わかった。刑事部長には捜査本部を起ち上げるように進言しよう」

福島一課長はきっぱりと言った。

「それがいいでしょう。死因はおそらくは外傷性の硬膜外血腫などでしょうね。頭蓋骨が割れてますから」

遺体のほうを向いて検視官は渋い顔つきで言った。

一課長の進言と検視官の判断により、刑事部長が捜査本部を山手が丘署に開設した。吉将と麻衣も参加することとなった。

最初の捜査会議で被害者の身元が明らかにされた。遺体が所持していた運転免許証等から米原寛則という三九歳の男性であると推察されていたが、署内で妻によって身元確認がされた。かなり年下の妻は号泣して取り乱しており、事情聴取は先延ばしにされた。遺体は司法解剖にまわされることとなった。

現場の環境から計画的な犯行とは考えにくかった。たしかに人通りの少ない道ではあるが、階段上部には左右に民家が建ち並んでいる。また現場から階段を下った代官坂通りには店舗も多く、深夜でもある程度の人通りがある。目撃者がゼロだったのは偶然のことと言えた。

また、現場に一〇万円以上の現金やカード類の入った財布が残されており、被害者の腕には高級腕時計も嵌められたままになっていた。物盗りの犯行とは考えにくかった。

これらの事実から、本件は、ケンカ等の末の突発的犯行ではないかと推察された。

米原は不動産、美術品や宝飾品を扱っているブローカーだった。捜一の捜査員が今日調べてきた範囲では、売主への代金の支払いが遅いなどあまり評判のよくない人物だった。

捜査員は地取り班と鑑取り班に分けられた。地取り班は崖上の山手本通りと崖下の代官坂通り付近まで範囲を拡げて被害者や不審者の目撃情報と防犯カメラ映像探しに入る。鑑取り班は米原寛則の仕事上の交際関係や友人との交友関係を洗うこととなった。とくにブローカーとしての取引関係で恨みを持っている人間などが存在しないかを重点的に洗う方針が立てられた。

吉将と麻衣はペアとなって鑑取り班に組み入れられた。本部と所轄の刑事がペアを組むことが多いが、麻衣の捜一での経験が浅いことから吉将が指導役として組まされたようである。

捜査会議終了後に吉将たちが出かけようとしていると、捜査を仕切っている二階堂管理官から呼ばれた。

「犯人を知っているという者が現れたんだ。夏目、ちょっと事情聴取してくれ」

「本当ですか。今朝の事件は米原寛則さんの名前も含めて報道されてはいますが……」

吉将は半信半疑で答えた。実際に虚偽や勘違いの申告も少なくはない。

「ああ、医者なんだ。デタラメを言うとも思えんからな」

二階堂管理官は唇を歪(ゆが)めた。

「わかりました。しっかり聞いてみます」

吉将は一礼して管理官席を離れた。

3

刑事課のフロアに下りると、所轄の捜査員が四十前くらいのツイードジャケット姿の男性を連れて待っていた。さっぱりしたショートヘアで、きまじめな雰囲気を漂わせていた。

吉将は被疑者ではないのだから取調室は避けて、男性を小会議室に誘(いざな)った。麻衣と記録係の捜査員が席についた。

正面に座った男は落ち着かないようすで身体を小刻みに震わせている。貧乏揺すりをしているようだ。だが、初対面の刑事と向きあって緊張するのはふつうの反応だ。

「捜査一課の夏目と言います。わたしがお話を伺います。まずあなたのお名前とご住所、ご職業を教えてください」

やわらかい声で吉将は言った。

「よろしくお願いします。僕は勝沼友彦（かつぬまともひこ）と言います。県立横浜みなと病院で麻酔科の医師として勤務しています。住所は……」

勝沼は柏葉（かしわば）公園近くの住所を告げた。現場からは直線距離なら一キロほどの住宅地である。職場の横浜みなと病院は、新山下にあって病床数六〇〇を超える公立病院だった。

「昨晩、元町百段公園近くの階段で発生した転落死について、ご存じのことがあるそうですが」

吉将はゆったりと切り出した。

「僕は……米原さんを殺した犯人を知っているんです」

まっすぐに吉将の目を見て、勝沼は唇を震わせた。

「犯人を知っていると言うのですか」

「正確に言うと、動機を持っている人間です。あいつなら米原さんを殺しかねないです」

吐き捨てるように勝沼は言った。

「いったい誰なんですか」

「森川正俊（もりかわまさとし）という男です、本牧（ほんもく）に住んでる洋画家です。創美会（そうびかい）という団体に所属しています」

両目からつよい光を放って、勝沼はきっぱりと言い切った。

「その森川という絵描きがどんな動機を持っているんですか」

「森川は自分の作品二点を米原さんに売ってもらったんですよ。ところが、その代金約五〇〇万円を半年以上も受けとっていないんです。森川は米原さんをかなり恨んでいたと思いますよ。おまけに森川は金に困ってるらしいんですよ」

勝沼は唇を歪めて答えた。

「なぜ、あなたはそのことを知っているんですか」

吉将は勝沼の目を覗き込むようにして訊いた。

「殺された米原さんとはむかしからつきあいがありましてね。先週、ちょっと飲んだときに、森川が怒っているって話を聞いたんですよ。『たしかに森川さんへの売上代金は買い主とのトラブルがあって遅れてる。ちゃんと遅延損害金は支払うって言ってるのに、ただじゃすまさないぞなんて電話をかけてこられたりして困ってる』って言ってたんですよ」

顔をしかめて勝沼は言葉を継いだ。

「僕は米原さんに警察に相談したほうがいいって言いました。米原さんは平気な顔をして『そんな客はときどきいるさ』なんて答えていてね。だけど、こんなことになるくらいだったら、無理してでも米原さんを警察に引っ張って行くべきだった……」

悔しげに勝沼は唇を噛んだ。

「犯人はあいつに決まってますよ。早く逮捕して米原さんの無念を晴らしてください」

最後は激越な調子になって勝沼は歯を剝き出した。

この発言が事実とすれば、森川に米原を殺害する動機があることは間違いない。

むろん、動機のみでは犯人としての可能性があるだけだが、放ってはおけない。裏をとる必要がある。とはいえ、いまの段階で森川を犯人扱いすることはできるはずもない。

「情報提供ありがとうございました。またお伺いすることがあるかもしれませんので、勝沼さんの連絡先を教えて下さい」

吉将はさらりと答えて、勝沼に連絡先を聞いて帰した。

森川という画家の連絡先は美術団体の創美会に確認すればいいはずだ。

「勝沼さんは森川って絵描きさんを憎んでるんですかね。ずいぶん激しい口調でしたね」

麻衣が不思議そうに首を傾げた。

「勝沼と米原とは仲がよかったということじゃないのか」

勤務医とブローカーの接点はどこにあるのだろう。その点は吉将には不思議だった。

「そうかもしれません。でも、他人を犯人かもしれないって警察に密告しているんですよね。しかも、確証があるわけじゃないでしょ。たとえば、森川さんが米原さんを突き落とすところを見たなら別だけど。勝沼さんが訴えてるのは動機だけです。それなのにずいぶんと堂々としているって言うか……わたしならもっとこっそり密告しますね」

かすかに笑って麻衣は言った。

吉将は二階堂管理官に、勝沼から聴いた森川の動機などについて報告した。

「鑑取りに動いている捜査員の一部を、いまの話の裏取りにまわす」

二階堂管理官の指示で捜査員たちが森川の周辺を洗ったところ、勝沼の証言は事実であることが明らかとなった。森川は自分の作品の売上代金が米原から支払ってもらえないことを、馬車道の画廊のオーナーに愚痴っていた。

吉将と麻衣のコンビは翌朝、森川に聞き込みに行くことを命じられた。

ところが……。

朝、いちばんで山手が丘署に当の森川が姿を現したのである。

応対した者に「米原寛則を殺害した犯人を知っている」と訴えているという。

吉将は二階堂管理官から命じられて、森川から事情を聞くことになった。

森川は勝沼と同年輩くらいの逆三角形の輪郭を持った神経質そうな男だった。

茶色く染めたミドルヘアに黒のセル縁メガネがアーティストらしい外観を作っていた。

昨日と同じ小会議室に森川を連れて行った。麻衣も同席した。

氏名・住所の次に職業を訊かれると森川は唇を歪めた。

「僕を知らないんですか？　洋画家としちゃ、ちょっとは知られてるんだけどな」

「すみませんね。刑事なんてもんは美術とか芸術関係にはまるっきり疎くてね」

吉将は苦笑しながら答えた。洋画家の名前を知らないのは自分だけではあるまい。

「とにかく僕は絵を描いています」

森川は不機嫌そうな声で言った。

「一昨日に元町百段公園近くの階段で転落死した米原寛則さんに関する情報をお持ちなんですよね」

おだやかな調子で吉将は訊いた。

「警察はあれをはっきり殺人と断定しているんですよね」

吉将の質問には答えずに森川は念を押した。

「いや……殺人と断定はしていません。傷害致死なども考えられますので」

慎重に吉将は答えた。

最初の発表では事件と事故の両面で捜査中としていたが、捜査本部が立ったことによりマスメディアは殺人を視野に入れての捜査と報道している。

「アイツが殺したんです」

目を怒らせ声を震わせて森川は言った。

「誰のことを言ってるんですか」

「勝沼友彦という医者ですよ。県立横浜みなと病院に勤めています。プライドばかり高い嫌な男です」

森川は汚いものでも語るような口調で言った。

まさか……。吉将は少なからず驚いた。

「なぜ、その勝沼さんが殺したというんですか」

内心の驚きを抑えて吉将は平静な声で訊いた。

「勝沼は伊豆高原に中古の別荘を買ったんです。三〇〇〇万円くらいだそうですが、仲介者の米原さんには六〇〇万円の手付金を払っていたと聞いています。ところが、その別荘はほかの人が所有者から別の仲介業者を通じて購入してしまったんですよ。米原さんは手付金の返済を怠ってたんですね。もちろん返すつもりだったのに滞っていただけだそうです。そしたら、勝沼は『あいつは犯罪者だ。殺してやりたいくらいだ』って息巻いていたそうです。米原さんはそんなに気にするようすも見せていなかったんですが、僕は大変に心配でした」

森川は眉根（まゆね）を寄せた。

「そんな事情を、どうしてあなたは知っているんですか」

平らかな声で吉将は訊いた。

「米原さんはむかしからの知り合いでね。酒を飲むこともあるんですよ。僕の絵を扱ってもらうこともある。先週だったかな……米原さんと飲んでね。そのときに勝沼の話を聞いたんですよ」

森川は、昨日の勝沼とよく似たことを言っている。

「でも、大きな病院の勤務医なら六〇〇万円くらいの金で人を殺したりしますかね」

詳しい事情が知りたくてあえて吉将は反論した。

吉将の年収とそう変わらない金額ではあるのだが……。

「これは米原さんから聞いた話なんですけどね、どうやら勝沼はFX取引などで金に困っているそうです。もともと公立病院の勤務医なんてそれほどの高給をもらっているわけじゃないみたいですよ。資産運用の失敗で奥さんともケンカが絶えなかったと聞いています」

森川は唇を歪めて言った。

「そんな人が三〇〇〇万もする別荘を購入しようとしていたのですか」

吉将が当然の疑問を口にすると、森川は声を潜めて言った。

「実はね……別荘購入代金は奥さんの実家からなんですよ。奥さんは金持ちの一人娘でね。伊豆高原が好きなんだそうです。将来は、奥さんのお父さんに個人病院を開院する資金を出してもらう話になっていたらしいんですよ。だから、別荘購入が頓挫(とんざ)した上に奥さんや義理の父親に睨(にら)まれて相当に腹を立てていたようです」

事情はわかったが、森川の発言も勝沼と同じく動機を説明しているに過ぎない。

「ところで、ずいぶん詳しく勝沼さんのことを知ってますね」

吉将の問いに、森川はちょっとあわてたようにつけ加えた。

「あ、それもぜんぶ米原さんから聞いた話です。最近の勝沼のことはなにも知りません」

「最近は知らないということは森川さんは勝沼さんとはお知り合いなんですか」

「実は高校で三年のときに同じクラスだったんですよ」

軽く顔をしかめて森川は答えた。

「どちらの高校なんですか」

「横浜栄聖学院（よこはまえいせいがくいん）です」

胸を張って森川は誇らしげに答えた。

横浜の山手公園近くにあるカトリック系の一流進学校だ。

「優秀な学校なんですね。それで、おつきあいは続いていなかったんですか」

「あいつは医者になってからエラそうなんで、もう一〇年以上はつきあいはないです。何年か前に同窓会で会ったくらいですかね」

つまりは、勝沼も森川も同級生を罵（のの）しっているわけだ。

「米原さんも同級生ですか？」

「違います。あの人は東京の出身なんで……」

「なるほど。ところで、あなたは米原さんに絵画作品の売却を委託して、五〇〇万円という代金を半年以上も受けとっていないということですが……」

吉将は森川の目を覗き込むようにして訊いた。

「それは事実ですが、僕は別に米原さんを恨んじゃいませんよ。遅延損害金も払ってくれるって約束してくれましたからね。だいたい絵ってのは一流の画商でも売るのに苦労するんです。とくに大作はね。値が張る上に飾る場所も限られますから」

明るい顔で森川は笑った。

勝沼の言い分とはかなり異なるが、現時点では突っ込むには材料が足りなすぎる。

「なるほど、よくわかりました。ほかに今回の事案でなにか知っていることはありませんか」

「いえ、ほかにはとくに」

ちょっと考えて森川は首を横に振った。

「ありがとうございました。またお話を伺うかもしれません。ご協力に感謝します」

「とにかく米原さんの仇を取って下さい」

森川はしっかりと頭を下げて小会議室を出て行った。

「なんか違和感があるんですよね。二人の喋っている内容が、あまりにも似通っている感じがして……」

　麻衣が首を傾げた。

「動機自体はまったく違うじゃないか。森川の場合は絵の売却代金のトラブルだし、勝沼に関しては別荘の手付金のトラブルだ」

「そうなんですけど、話の構造が似てるっていうのか……」

「どういう意味だ？」

「どちらも米原さんの仇を取るのが目的とかではなくて、米原さんの死を利用しようとしているような感じがしたんですよ。二人とも米原さんと本当に親しいんでしょうか。わたしにはそうした感情が読み取れませんでした」

　吉将は麻衣の観察眼に内心で舌を巻いた。

　たしかに森川も勝沼も米原との親しさを語るときの言葉が通り一遍で、表情の変化に乏しいことは吉将も感じていた。

「その点では俺も同じ印象を持ったな」

「森川さんと勝沼さんが対立している関係で、お互いに相手を陥れようとしているのなら辻褄が合う気がするんです。森川さんと勝沼さんはお互いに相手を憎んでいるんですかね」

　麻衣ははっきりしない表情で言った。

「いずれにしても、勝沼と森川が動機として挙げているトラブルが現実に存在したのか、その裏づけをとらなきゃならない」

「勝沼さんと森川さんの関係も気になりますね」

麻衣は吉将の顔を見て言った。

「裏を取るのはほかの捜査員にまかせよう。人数も必要だろう。二階堂管理官に頼んでみる」

吉将の言葉に、麻衣はしっかりとうなずいた。

4

吉将は二階堂管理官に、森川から聴取した内容を告げた。

二階堂管理官は、各捜査員に連絡して森川が主張した勝沼の動機について調べることを命じた。さらに森川と勝沼の犯行当時のアリバイを調べるように下命した。

「もしよろしければ、わたしたちは森川と勝沼の関係を調べてみたいんです」

麻衣の発言に引っかかっていた吉将が申し出ると、二階堂管理官は首をひねった。

「高校の同級生なんだろ？」

「それはそうなんですが……二人はお互いに米原さんを殺害した犯人を相手だと言って

います。どちらに真実性があるのか、あるいは……」

吉将の言葉を二階堂管理官はさえぎって言った。

「二人とも、虚偽の供述をしている可能性があるというわけだな」

「仰せの通りです」

「わかった、夏目たちは二人の関係についての聞き込みを続けてくれ」

「ありがとうございます」

吉将たちは一礼して捜査本部を出た。

麻衣は横浜栄聖学院の事務室に電話して、洋画家森川正俊を三年のときに担任していた教員の連絡先を教えてもらった。

三年生時の担任である千賀重雄は磯子区汐見台に住んでいた。吉将たちはすでに現役を引退しているという七十年輩の老教師を高台のマンションに訪ねた。

吉将たちは磯子港方向の眺めがよく陽光が降り注ぐリビングに通された。

ソファの正面に座った千賀は長めの白髪が似合うほっそりとしたおだやかな雰囲気の老人だった。

「森川くんのことを聞きたいのかな。彼は理数系のわたしのクラスではちょっと変わった生徒だったが、創美会の立派な絵描きになったからね。二浪したが、芸大入試じゃあ短いほうだよ。しかし警察がまたなんでかな?」

不審そうに千賀は吉将たちの顔を見て訊いた。

「森川正俊さんと勝沼友彦さんは、実はある事件の重要な証人なのです。二人の証言の確認をとるために千賀先生がご存じの当時の二人のことを伺いたいと思いまして」

麻衣がにこやかに答えた。この聴取は麻衣にまかせることにしていた。

「ああ、勝沼くんか。わたしのクラスのもう一人の変わり者だ。結局は医者になったがね。あの二人はなんというかガリ勉タイプではなくてね。大学進学に目の色を変えているような生徒ではなかった。余裕があるというのかな。うちの学校は文系なら官僚か法曹三者、あるいは経済人、理系なら医師を目指す者が多い。平たく言えば東京大学への進学だけを考えている生徒が多かった。だが、あの二人は違ったね。自分の未来を夢見ているような男たちだった。だから、気が合うようで仲がよかったんだ」

千賀はゆったりと言ったが、吉将と麻衣は顔を見合わせた。

「二人は気が合っていたというのは本当ですか……」

麻衣は平静を装って訊いた。

「ああ、大学時代の夏休みにもね、あの二人は外国旅行に行ってたんだよ。まぁ、親御さんものんびりとした教育方針の人たちで、両家とも経済的にも余裕があったんだよね」

ふたたび吉将と麻衣は顔を見合わせた。

「外国って、いったいどこへ旅行したのですか」

「オーストリアに行ったんだ。ついでにチェコ、スロバキア、ハンガリーあたりをまわったと思う。変わってるよね。若者ならアメリカ合衆国とかフランスとかイギリスとかに行きたがるような気がするがね」

千賀は楽しそうに笑った。

「そんなに仲がよかったんですか……。医師となってからの勝沼さんはエラそうなんで同窓会を除いてはここ一〇年くらい会ってないって、森川さんは言ってましたよ」

麻衣の言葉に、千賀は意外そうに首を横に振った。

「そんなことはないだろう。三年ばかり前の同窓会のときにも、二次会の後にあの二人に引っ張られて関内（かんない）駅すぐのショットバーに行ったんだ。そのときも二人は音楽の話で盛り上がっていたよ。ジャズやクラシック界がどんなに厳しいかなんて話だったな」

千賀の話を聞いているうちに、吉将は勝沼と森川が警察に出頭してきた意図がまったくわからなくなっていた。二人で共謀して米原を殺して仲間割れでもしたのだろうか。しかし、それにしては稚拙な行動だ。自分たちが我々に目をつけられるだけなのだから……。

「そのショットバーの名前は覚えていますか?」

麻衣は気負い込んで訊いた。

「うん、覚えているよ。《キングス・ロード》って店だったな。わたしとあんまり年の変わらないマスターときれいな女性のバーテンダーがいたね。なんでも勝沼くんがずっとひいきにしている店らしい」

吉将はすぐにスマホで検索を掛けた。イセザキモールの裏手にあるちいさな店だ。午後四時から翌朝三時までの営業時間となっていた。

「森川さんと勝沼さんが揉めていたようなことは聞いていませんか」

麻衣は千賀の目をまっすぐに見つめて尋ねた。

「いいや、まったくないね。わたしが担任していた当時の3Aでは、いま現在でもいちばん仲のよい二人だろう」

千賀ははっきりと首を横に振った。

「先生、3Aの生徒さんで連絡先のわかる人がいたら教えていただけませんか」

麻衣は質問を変えた。

「ああ、この前の同窓会のときに配られた名簿があるはずだ」

千賀は奥の部屋からA4判の薄い名簿を持ってきた。

「こちらを写真に撮らせて頂いてよろしいですか」

にこやかに千賀はうなずいた。

これ以上、千賀から聞ける話はなさそうだ。吉将は麻衣に目顔で指示して退出した。

吉将と麻衣は、名簿に掲載されている一七人のなかから、横浜市内に勤務する医師など四名の職場を訪ねた。だが、誰もが森川や勝沼については同窓会で会う程度で、最近のようすなどはまったく知らないと言っていた。

午後四時過ぎに二人は、関内の《キングス・ロード》を訪ねた。

洋酒の瓶がずらっと並んだ棚を背にしたカウンターで、老マスターと三十代半ばくらいのバーテンダーが並んで迎えてくれた。二人とも蝶ネクタイに黒ベストというクラシカルなスタイルに身を固めている。

早い時間なのでほかに客はいなかった。吉将たちはソフトドリンクを注文した。

「こちらのごひいきさんだという勝沼友彦さんというお客さんについて伺いたいのですが」

今回も質問は麻衣にまかせた。

「ああ、勝沼さんですか。若い方だけど、ずいぶん前からのお客さまですよ。そうねぇ、一〇年近く前からときどきお見えです。お医者さまでしょう。仕事での緊張をほぐすためだってよくおっしゃってます」

真っ白な髪をオールバックにしたマスターは、口もとに笑みを浮かべ答えた。

「一緒に来るような方はいませんでしたか」

麻衣の言葉にマスターはかるくうなずいた。

「うん、絵描きさんとよく来ていた。たしか……森川さんっていったかな」

「よく来てたんですか……最後に来たのはいつでしたか」

畳みかけるように麻衣は訊いた。

「えーと、あれは……いつだったかな……」

天井に目をやってマスターは考え込んだ。

「勝沼さまと森川さまなら先週の火曜もお見えだったじゃないですか」

鼻筋の通った卵形の顔に髪をきりっとひっつめた女性バーテンダーが助け船を出した。

「そうだ。マユミちゃんは記憶力がいいなぁ」

マスターは気弱な感じで笑った。

「先週も来ていたんですか」

麻衣はマユミと呼ばれたバーテンダーに尋ねた。

「はい、お二人ともカクテルがお好きで、火曜もわたしがギムレットとマティーニをお作りしましたので覚えています。月に一度くらいはお二人で見えてます」

やわらかい笑みを口もとに浮かべてマユミは答えた。

相当に仲のよい二人だったとしか思えない。

「二人が仲違(なかたが)いしていたようなことはありませんでしたか」

「いいえ、お二人ともすごくジェントルな方で、いつも明るくお酒を召し上がっていました。でも、そうだった。たしかこの前の火曜はちょっと深刻っていうか、冴えないお顔でしたね」

「そのときはどんな話をしていましたか」

「ちょっと待ってください」

マユミは額に手を当てて考え込んだあと、パッと鮮やかに笑った。

「思い出しました。お二人の共通の知人の方が以前から困っているから助けたいというようなお話だったと思います」

女性の答えに吉将の胸はざわついた。

「その知人のお名前やどんなことで困っているかは聞いていませんか」

麻衣は息を弾ませるようにして尋ねた。

「ごめんなさい。そのあとすぐにお帰りになったので詳しいことはわかりません」

頭を下げてマユミは詫びた。

吉将たちは礼を言って《キングス・ロード》を出た。

「わたしの勝手な妄想を言っていいですか」

関内駅へ戻る浜っ子通りで、いきなり麻衣が言い出した。

「聞かせてくれ」

「勝沼さんと森川さんは共謀していると思います」

「二人で米原を殺したというのか。しかし、だったら出頭なんかして来ないだろう」

「そこが納得できないんです……もしかすると真犯人をかばっている可能性もあるような気がするんです」

「それも変だろう。勝沼と森川が出頭してくれれば、警察はその周辺に目をつける。かばっている誰かが真犯人（ホンボシ）だとすれば、いつかは我々も気づく。勝沼たちの行動には意味がなくなる」

吉将の言葉に麻衣は眉間（みけん）にしわを寄せた。

「わたしもそう思うんですよ。だから事件の構図がわからないんです。でも、千賀先生とマユミさんの話を聞いて、勝沼さんと森川さんの対立は事実ではないと確信しました。あの二人は共謀してウソをついているんです。お互いが相手の動機と主張していることは、事実ではあっても米原さん殺害とは無関係です。つまり二人は犯人ではないと思います」

吉将もその点については全面的に賛成だった。

「とにかく勝沼と森川をもう少し追いかけたい。なにかが隠されている」

これは刑事としてのたしかな直感、いや、見込みだった。

吉将たちは捜査本部に戻って夜の捜査会議に参加した。まず、勝沼と米原の伊豆高原中古別荘売買に関する金銭トラブルについて調べた捜査員から、伊豆高原の別荘を扱っている都内の不動産業者が事実である旨を証言したことが報告された。森川が主張した勝沼の動機は正しかったのである。さらに別の捜査員から新たな事実が提示された。鑑取り捜査にあたっていた捜査員が、被害者の米原寛則を恨んでいる者たちが少なくないことを報告した。米原は、あちこちで詐欺まがいの取引をしており、動産や不動産を仲介した売却代金の支払い遅滞も少なくなかった。非常に評判の悪い人物で、殺害動機を持つ人間はかなり数多く存在するのではないかとの見方が浮上してきた。ただ、具体的な被疑者が浮かんできている状態ではなかった。

さらに別の捜査員たちが、勝沼と森川の二人にはそれぞれ確固たるアリバイが存在することを調べてきていた。

犯行当時、森川は銀座で友人の画家が開いた個展の打ち上げパーティーに出席していた。その後も森川は都内で朝まで飲み続けていたとの、複数の証言が得られた。

勝沼のアリバイはさらに明確だった。勝沼は勤務先の県立横浜みなと病院で執刀された手術の麻酔医を務めていた。難しい位置の脳内血腫除去術で、午後四時から午前一時までの大手術だったそうだ。勝沼が長時間手術室を離れることは不可能だった。

吉将と麻衣はある程度予想していた結果だったが、山手が丘署の刑事課長や捜査一課の一部は吉将たちが勝沼と森川を追いかけていることに否定的だった。

勝沼と森川が対立していた事実はなさそうなことと、場合によっては二人は共謀しているかもしれないことを吉将は報告した。

「アリバイが確実だからこそ、勝沼と森川を追いかける必要があると思います。彼らがなぜわざわざ出頭してまで、相手を貶めるようなことをしたのか。これを明らかにすることで真犯人が浮かんでくるかもしれません」

吉将は言葉に力を込めて主張した。

この言葉に山手が丘署の刑事課長は不機嫌そうに訊いた。

「犯人が勝沼と森川の周辺にいると考える根拠はなんだ?」

「わたしは勝沼と森川が、真犯人をかばっていると考えます」

反対意見を封ずるために、吉将は思いきって言った。

「まぁ、まだほかの方面もたいした収穫は上がっていない。米原を恨んでいる者の鑑取りに捜査員の多くを割くのは当然だが、夏目組は勝沼と森川の捜査を続行してもいいだろう」

二階堂管理官の言葉でその場は収まった。

「あの……森川が出国を予定しているという情報を得ているんですけど……」

山手が丘署刑事課の若手捜査員が気弱な声で言った。

「出国?　外国へ行くということか……詳しく話せ」

二階堂管理官が厳しい声で言った。

「はい、森川の周囲を洗っていたところ、取引先の銀座の画廊の主人から、森川が明日ベルギーに発つという話を聞いたんです。森川はいつも同じ代理店を通して航空券を入手していたという話なので、横浜駅近くの代理店を訪ねました。すると明日の九時四〇分に羽田発のルフトハンザ・ドイツ航空の便でミュンヘンを経由してブリュッセル国際空港までのビジネスクラス航空券を購入していることがわかったのです」

捜査員は報告を終えると自席に腰を下ろした。

「この段階での出国か……いったいなんの用事なのか」

あごに手をやって二階堂管理官は低くうなった。

「本人を任意で引っ張って聞き出しますか」

山手が丘署の刑事課長がぼそっと言った。

「おいおい、なんの容疑だよ。森川は勝沼が米原を殺す動機を持っていると主張しただけだ。さらにそれは事実だった。この行動にはいかなる罪も当てはまらない」

「犯人隠避罪は無理ですかね」

刑事課長は食い下がった。

「犯人が誰かもわかっていないのに、刑法一〇三条の嫌疑で引っ張れるわけがないだろう」

二階堂管理官は苦い顔つきで答えた。

「では、森川と勝沼を引き続き追います」

森川出国予定の話を聞いて、吉将は胸の奥にざらつきを感じた。

きっとなにかの行動を起こすに違いない。

捜査会議が終わると、麻衣が吉将の袖を引っ張った。

「ちょっと調べてみたいことがあるんです。どこかの部屋を借りられますかね」

麻衣の頰は上気していた。なにかに気づいたようだ。

「ああ、小会議室が借りられるかたしかめてみる」

数分後、吉将たちは段ボール箱が積み重ねられた狭い会議室の椅子に座っていた。

タブレットを持ち出して麻衣は必死になにかを調べている。

「なにを調べているんだ？」

吉将は背後から麻衣に訊いた。

「この先、数日間のブリュッセルで行われる国際的なイベントなどです。とくに日本人が参加するような……。森川さんがブリュッセルに観光で行くとは思えないんですよ。たしかに観光名所も少なくないし、美食の都です。でも、いまの状況でははっきりした目的があると思います」

麻衣の口調は思いのほか強かった。自分の考えに自信があるのだ。

「つまりかばっている誰かと関係があるようなイベントってことか」

半信半疑で吉将は訊いた。

「はい、そう考えています……あっ！　これかな？」

麻衣は興奮気味に叫んだ。

「なにか見つかったか？」

「三日後の午前一〇時からエリザベート王妃国際音楽コンクールの一次審査があります」

歌うような調子で麻衣は答えた。

「音楽コンクールか？」

冴えない声で吉将は答えた。

「これはとても大きなイベントなんです。開かれるのは四年に一回です。正確に言うと、ピアノ、ヴァイオリン、声楽などの各部門のコンクールが交代で四年に一度開かれるんです。チャイコフスキー国際コンクール、ショパン国際ピアノコンクールと並んで世界三大音楽コンクールと呼ばれています。このコンクールで上位に入賞すればクラシックの世界では一流の音楽家としてのスタートラインに立てるのです。日本人の入賞者は多くはありませんが、数名います。今年はピアノ部門が開催される年です。ちょっと事務局に連絡をとってみますね」

麻衣はスマホを手に取った。

いきなり英語でなにかを話している。さらに手帳にメモを書き始めた。

「一〇名以上の参加者がいるようですね。うーん、絞り込む方法はないかな……そうだ！　被害者の米原さんの自宅の電話番号、わかりますか？」

麻衣の両目がキラキラと輝いている。吉将には理解できないが、彼女なりになにかの筋読みをしているようだ。あえて質問を避けて麻衣の意のままに行動させようと吉将は思った。

「ああ、これだ」

吉将は手帳を開いて、米原の自宅の電話番号を提示した。

「ありがとうございます。奥さんに訊いてみます」

麻衣は頭を下げて手帳を見ながらスマホを手に取った。

「米原さんのお宅ですか。夜分に申し訳ありません。わたし神奈川県警捜査一課の野口と申します。実はご主人さまのご趣味のことで伺いたいことがありまして……」

しばらくして電話を切った麻衣は、両の瞳を輝かせた。

「つながりましたよ。米原さんとブリュッセル！」

「なんだって！」

吉将は思わず大きな声を上げた。

「明日、羽田空港で張り込みしたいです」

「事情を聞かせてくれ」

「はい、森川さんとおそらく勝沼さんも明日の朝、羽田に姿を現すはずです……」

麻衣は自分の推理を一から話し始めた。

吉将はうなり続けて麻衣の言葉を聞いていた。

冴えた推理だ。

麻衣は捜査員として天性の素質に恵まれているようだ。

もちろん明日の張り込みには賛同した。

5

翌日の午前八時。吉将と麻衣は羽田空港にいた。

朝六時から空港内に来ているが、全身に気合いがみなぎっていた。

ルフトハンザ・ドイツ航空チェックインカウンター後方の目立たない位置のソファに二人は座っていた。カジュアルな恰好(かっこう)で、帽子とサングラスでちょっとした変装をしていた。

「ほらね……来ましたよ」

麻衣が耳もとで囁(ささや)いた。

柱の陰からベージュとライトグレーの薄いコートを羽織った勝沼と森川が姿を現した。

二人は大きな荷物は持っていない。

「たしかに……来たな」

吉将の胸は高鳴った。麻衣の筋読みの正しさに舌を巻いた。

さらに一〇分くらい過ぎた頃、一人の若い女性がキャリーケースを引いて現れた。

サングラスを掛けているが、際だった容姿は間違いない。音楽サイトで確認した彼女だ。

「行きましょう」

麻衣の声は緊張で少しうわずっていた。

「野口が声を掛けろ」

低い声の吉将の指示に、麻衣は真剣な顔つきであごを引いた。

二人は女性の前に立ちはだかって警察手帳を提示した。

女性の両の瞳が大きく見開かれた。

「波多野祐未さんですね。神奈川県警です。米原寛則さんが亡くなった件でお話を伺いたいのですが、ご同行頂けますか」

麻衣は声を張らずに、しかしきちんとした発声で伝えた。

一瞬、顔をこわばらせたが、祐未はすぐにうなだれた。

「お手数をおかけして申し訳ありません。ご一緒します」

顔を上げて二人の顔を見た祐未ははっきりとした声で答えた。

「逃げろっ」

いきなり横から勝沼が飛び出してきて、側面から麻衣に突き当たった。

「やめなさいっ」

麻衣はさっと防御の体勢をとった。

「祐未さん逃げてくれっ」

続いて森川が吉将の背中を強い力で突いた。

「バカなことはやめろっ」

吉将は振り返って森川の利き腕をとった。

「痛てててっ」

森川は激しい悲鳴を上げた。

「勝沼さん、森川さん、やめて……」

祐未の言葉に森川は身体の力を抜いた。吉将も腕の力を弱めた。

勝沼も森川もぼう然と突っ立っている。

「どうしましたっ」

空港の民間警備員が二人、息せき切って駆けつけてきた。

「神奈川県警です。お騒がせしました。問題ありません」

吉将は警備員に警察手帳を提示してその場から立ち去らせた。

「さぁ、では参りましょう」

麻衣がやわらかい声で言うと、祐未は素直にうなずいた。

「いまの公務執行妨害は見逃すが、山手が丘署に出頭してくれ。彼女が心配だろ」

吉将の言葉に、勝沼と森川は真剣な顔でうなずいた。

山手が丘署に勝沼と森川が来ても、何日も待たなければ祐未と会うことはできない。しかし、この二人は必ず署にやってくると吉将は確信していた。

ターミナルビルに待機させておいた覆面パトカーに祐未を乗せて、吉将たちは山手が丘署に向かった。車内で二階堂管理官に被疑者である波多野祐未を任意で連れてゆく旨連絡した。

捜査本部での取り調べには、吉将と麻衣が当たった。

あらためて面と向かうと、祐未はとても美しく気品ある女性だった。

手に入れた情報では父親が日本人、母親がオーストリア人とある。だが、祐未の顔立ちは白人に見えた。

父親は外交官でオーストリア大使を最後に退職していた。母親はピアニストとして活躍していたらしい。二人は現在はウィーン郊外に住んでいるとのことだ。

ピアニストとして、いくつものコンクールの賞に輝く才能は母親譲りなのだろう。

「わたしは、あの男に脅迫され続けていたのです」

暗い声で祐未は答えた。

「あの男というのは？」

答えはわかってはいるが、本人から聞かなければ意味がない。

「米原寛則です。あの男は二年くらい前まではわたしのコンサートやリサイタルにもよく来ていました。ファンだと称して花束やケーキなども差し入れてくれていました。振る舞いもおだやかでしたし、ついうっかり食事の誘いに乗ってしまったのです。そしたらお酒になにかを混ぜられて、気づいたときはあるシティホテルの一室でした。わたしは屈辱的な行為をされたのです……」

祐未の眉はつり上がって頬が紅潮している。怒りが全身を襲っているようだ。

「ここではそれだけ伺えばじゅうぶんです。詳しいことは裁判で訊かれるかもしれません。そのときはきちんとお答えください」

吉将はやわらかい声で言った。

「ありがとうございます。その上、米原に証拠の写真まで撮られました。米原は写真をネタにわたしにお金を何度も要求してきたのです……あの晩も元町百段公園に呼び出されて一〇〇万という金額を要求されました。わたしは腹を立てて階段を下りはじめました。すると、なんということでしょう。米原はわたしの身体に触れて許せない行為をはじめたのです」

祐未の声は怒りに震えた。

「どのような行為ですか」

訊きたくない質問だったが、訊かないわけにはいかない。

「胸を触ったり、揉んだりしました」

悔しげに祐未は唇を噛んだ。

「わたしは身体に触れてほしくないので、米原の身体を強く振り払いました。すると、米原は怒ったのかわたしに覆い被さろうとしたのです。わたしは恥ずかしさと怒りで米原の身体を突き飛ばしました。すると、あの男は叫びながら階段を転げ落ちていったのです。放っては置けないと思って米原が横たわっている踊り場まで駆け下りましたが、あの男はすでに死んでいたようです。息がなかったのです。わたしは怖くなってそのまま雙葉小学校近くの自宅まで逃げて帰りました」

祐未はわずかの間、静かに瞑目した。

傷害致死か殺人かは微妙なところかもしれない。米原を突き飛ばした行為に、殺人の未必の故意が存在するか否かが争点だろう。また、生じた結果については過剰防衛には該当するだろうが、行為には減刑の余地はある。また、事件の前提となっている米原のさまざまな犯罪行為は、祐未の量刑にはじゅうぶん考慮されるだろう。

「勝沼さんと森川さんに事件の話はしたのですか？」

　吉将はゆっくりと訊いた。

「翌日、報道を見て、森川さんがわたしのところに電話してきました。実は森川さんと勝沼さんは、以前から米原のことを心配していたのです。でも、わたしはあの屈辱的なできごとについてほかの誰にも話していません。いまここでお話ししたのが初めてです」

　祐未はほっと息をついて言葉を継いだ。

「けれども、コンサートなどにとつぜん姿を見せなくなった米原に不審の念を抱いていたようです。また、米原との取引で被害に遭っていたお二人は、階段での事件のことも感づいていたようです。わたし自身は今回のことも一切お話はしていません。ですが、森川さんから航空券が送られてきました。『コンクール頑張ってください』というメモだけがついていました。わたしはお礼の電話をしたときにも事件のことを話せませんでした。また、森川さんもなにも訊きませんでした。『当日、勝沼と羽田空港に見送りに行きます。ふだんの力を出してください』と励ましてくれただけでした。わたしは事件後、コンクールに参加することをあきらめていたのです。でも、森川さんたちに背中を押されて、心を決めました」

感に堪えたように祐未は言った。

この発言が真実だとすれば、勝沼と森川が勝手に祐未を守ったことになる。

「勝沼さんと森川さんは警察に出頭してお互いに相手に動機があると主張したのですよ」

静かな口調で吉将は言った。

「そうなのですか……あのお二人には迷惑を掛けてしまいました」

祐未は肩をすぼめた。

「二人はあなたをコンクールに出すために時間稼ぎをしたかったのですね」

吉将は念を押した。

「そうだと思います。勝沼さんと森川さんには本当に申し訳なく思っております」

祐未はうつむいて答えた。

事件発生後すぐに勝沼と森川はそれぞれ相手の犯行だと思わせる動機を申告しにきた。初動捜査は目撃証言を捜すことをはじめ重要な時期である。一時的にせよ、捜査の主軸は見当違いの方向に進みかけた。また、二人の証言の裏取り捜査員を割かなければならなかった。捜査を混乱させる効果はあった。しかも勝沼と森川は、祐未を出国させるまでの時間を稼げればよかったのだ。

「正しい方法とは言えません。でも、二人の気持ちはわかるような気がします」

刑事としては口にすべき言葉ではなかったかもしれないが、吉将の本音だった。

「わたしは正しい処罰を受けます。勝沼さんと森川さんを助けてください」

祐未は大きく目を見開くと、熱っぽい調子で言った。

この願いに安易に返事はできない。だが、勝沼と森川は送検しても犯人隠避罪では起訴されないような感触を吉将は持っていた。

「きちんと罪を償って、四年後のコンクールに挑戦なさってください」

麻衣が言葉に力を込めた。

「ありがとうございます。お言葉を胸に、なんとか頑張って参ります」

一語一語に吉将は祐未の強い覚悟を感じた。

前方を見つめる祐未の目には澄んだ光があった。


「彼女を救えなかった……」

山手が丘署に向かうタクシーのなかで、森川が低い声でつぶやいた。

「あと少しで出国させられたのにな」

悔しそうに勝沼は歯嚙みして答えた。

「やっぱり俺たちは素人だ。あんなウソをついても警察はすべてを見抜いてたんだな」

力なく森川は言った。

「少しでも捜査を遅らせて、コンクールにだけは出してやりたかった」

勝沼は唇を噛んだ。

「今回のエリザベート王妃国際音楽コンクールに出られたら、祐未さんは優勝したかもしれなかったんだ」

思いは森川も同じだった。勝沼と二人で力を合わせ、彼女を送り出したかった。

「彼女の『鬼火』を聴きたかったな」

勝沼は淋しげに言った。

フランツ・リストの超絶技巧練習曲集第五曲『鬼火』は、今回のコンクールの課題曲のひとつだった。祐未が得意とする曲でもあった。

「あの日……スロバキア大使のお嬢さんだった祐未さんが助けに来てくれなければ……」

石造りの湿っぽい取調室を思い出して森川は言葉を継いだ。

「俺たちはどうなっていたかわからない……」

「ああ、彼女は永遠に俺たちの女神さ」

詠嘆するような声で勝沼は言った。

「これから祐未さんにはつらい日が続くだろうが、ずっと俺たちで守っていこう」

言葉に思いを込めて森川は言った。

「もちろんだ。俺は自分にできる限りのことをする」

勝沼の声音も力強かった。

「まずは俺たちを逮捕してもらおう。そうすれば今回の詳しい事情と祐未さんがどんなにすぐれた人かを警察に訴えられる」

森川の言葉に勝沼は打てば響くように応えた。

「ああ、警察署に着いたら、あの夏目さんのところに出頭だ」

「その前にしっかりした弁護士を彼女につけよう。すぐに山手が丘署に行ってもらうんだ」

いくぶん焦りを感じながら森川は言った。

「まかせろ、俺はスゴ腕の弁護士を知っている。刑事弁護にも強い女性ローヤーだ」

勝沼はスマホを取り出した。

「頼んだぜ。相棒」

森川は勝沼の肩をぽんと叩いた。

窓の外にはみなとみらい地区のランドマークタワーや観覧車が近づいてきた。

ベイブリッジから望む朝の海が目に痛いほどに青く輝いていた。

罪は光に手を伸ばす

吉川英梨

吉川英梨（よしかわ・えり）
一九七七年埼玉県生まれ。二〇〇八年『私の結婚に関する予言38』で日本ラブストーリー大賞エンタテインメント特別賞を受賞しデビュー。著書に、「原麻希」シリーズ、「新東京水上警察」シリーズ、「十三階」シリーズ、「警視庁53教場」シリーズ、「海蝶」シリーズ、「感染捜査」シリーズ、『ダナスの幻影』『雨に消えた向日葵』『桜の血族』『悪い女』など。

八王子警察署は眺望が独特だ。南東側は西東京屈指の歓楽街であるJR八王子駅界隈(かいわい)で高層ビル群やタワーマンションが見える。北側は浅川の河川敷で、秋川丘陵の向こうに秩父(ちちぶ)山塊と、晴れた日には赤城山まで見える。その山々が西から南へと連なり、陣馬(じんば)山や高尾山とをつなぎ、富士山が顔をのぞかせる。

妖しく煌(きら)びやかな繁華街の喧騒(けんそう)と豊かな自然をぎゅっと凝縮した町、それが東京都八王子市だ。

地域課の三木恭人(みきやすひと)は、大卒で警察学校を出て八王子警察署に配属になった。二十四歳の巡査、つまりは下っ端だ。毎日先輩から怒られてばかりだが、今日は『指導係』だ。

女子更衣室から活動服姿の女性警察官が出てきた。交番勤務の警察官が着るその制服をまだ着慣れていなくて、初々しい。

「警視庁警察学校、一三四〇期沢田教場の宮武(みやたけ)エミ巡査です。今日一日よろしくお願いします」

彼女はこの春に警察学校に入校し、実務修習のため八王子署にやってきた。一週間ここで実務を学び、警察学校に戻る。

「指導係の三木恭人巡査です。よろしく」

　手本で敬礼をする。エミも敬礼で返したが、手首に角度がついてしまっている。直してやった。

「学校はどう」

「はい、なかなか大変です」

　警察学校の学生は髪型にも厳しいルールがある。男子は五分刈りか坊主、女子はベリーショートヘアで、薄化粧しか許されない。エミも子供っぽく見える。

　三木は階段を下りながら、エミの書類を確認する。

「地域課志望なんだ。珍しいね。女性はたいてい交通課でしょう」

　女性警察官はミニパト乗務が定番だ。地域課は四交代制で夜勤があるし、華がない。最近は刑事志望の女性警察官も増えたが、地域課の方はさっぱりだ。

　エミは曖昧（あいまい）に微笑（ほほえ）んだだけだった。

「それじゃ西八王子駅前交番に向かいますけど、都内の駅前交番の中でも平和なトコだよ」

「八王子駅北口交番が凄（すさ）まじそうですからね」

　エミが苦笑いした。

自転車に乗りながら尋ねたが、答えはなかった。無口な子だ。

「八王子に詳しいの？」

「あ、八王子市民です」

「なんだ、そうだったのか。どのあたり？」

「八王子駅前界隈は歓楽街だからね。キャッチや風俗店も多いし、駅から徒歩五分の場所に暴力団事務所もある」

暴行傷害、窃盗事件の取り扱いがとにかく多い。昭和のころはヤクザの抗争もあった。

「西八王子駅前交番は落とし物か道案内が殆どだから、安心して」

交番に到着した。申し送りをして交代したあと、揃って交番の前に立つ。すでに朝のラッシュアワーを過ぎている。駅前ロータリーは人がまばらだ。老人や子連れの主婦、たまに学生風の人を見かける。

午後になって大学生から自転車窃盗の申し出があった。所定の用紙に記入してもらい、盗難の場所を確認する。

「南口のコンビニの前です」

三木は場所を聞いてがっくりする。

「自転車が発見されましたら、連絡します」

青年を見送り、三木は書類を取る。

「さてこの事案はこっち行き」

『高尾警察署』と記された引き出しに、書類を入れた。

「西八王子駅の南口は高尾警察署の管轄でしたね」

「そう。うちで取り扱いはできない」

八王子市は広大なので、三つの警察署に管轄が分かれている。JR八王子駅周辺と北東部を管轄しているのが、八王子警察署だ。西の山間部を管轄し山岳救助隊がいるのが高尾警察署。アウトレットモールや、みなみ野というプチセレブの住宅街を擁している南東部は、南大沢警察署が管轄している。

再び三木はエミと交番の前に立ったが、十六時になっても人はまばらだった。

エミの実務修習は十七時十五分までだ。あと一時間ちょっとしかないのに、事案がない。

「今日は暇だな。これじゃ研修にならないね」

三木は署の地域課長に電話をかけた。

「自転車窃盗が一件あったのですが、南口だったんですよ」

「高尾署管内じゃ、しょうがない」

「僕は指導係として評価シートを書かねばならないんです。書類一枚書かせただけじゃ評価のしようがないんですが」

「事案を探すから、一旦署に戻ってこい」

エミを連れて八王子警察署に戻った。課長が分厚いビラの束を持って待っていた。

「高尾警察署のヘルプだ。該当地域に配ってきて」

ビラには殺人被害者の女性三人の顔写真が載っている。

「ソロキャン連続殺人のビラですか……」


今年に入ってから関東・中部地方のキャンプ場で、女性ソロキャンパーを狙った殺人事件が連続している。一人でキャンプをしている女性を撲殺し、山中で遺体を焼いて遺棄するという手口だ。

一件目は群馬県の榛名山、二件目は埼玉県の長瀞町のキャンプ場、三件目は長野県の赤岳で起こった。

死体遺棄現場は、充電式のライトが近くの木の枝に取りつけられ、黒焦げの遺体にスポットライトを浴びせていた。被害者三名に面識がないことから、愉快犯の犯行だろう。群馬、埼玉、長野と犯行現場が南下している。次は東京ではないかと警視庁も警戒しているようだ。

三木は高尾山の西側にある南浅川キャンプ場に向けてパトカーを走らせる。

「撲殺したあとに遺体を焼くのは変だよなァ」

助手席でビラを見ていたエミが顔を上げた。

「被害者の遺留品が全てテント内に残ったままだったらしいよ。身元はすぐわかるだろうに、わざわざ山中へ運び出して遺体を焼く。しかもスポットライトつき。遺体の身元を隠すための行動ではない」

「詳しいんですね」

「僕は刑事課志望なんだ。ちょいちょい情報を集めているよ」

人を殺すことではなく、焼くことに快楽を覚える犯人だろうか――そんな推理を署の強行犯係の刑事に披露したら「卒配の新人が推理ごっこか」と笑われたが。

「それにしても、高尾署管内の自転車窃盗事件は調べられないのに、ビラ配りは手伝わされるなんて、なんだかな」

三木は運転しながら肩をすくめた。

「高尾署管内でキャンプができる場所は無数にありますからね。毎日回ってビラを配り続けるのは大変だと思います」

高尾山は年間で三百万人が訪れる。世界で最も登山客が多いことでギネス認定されているほどだ。小規模所轄署の高尾署では警視庁作成のビラを配り切れないのは仕方ない。

都道を折れて砂利の林道を進む。駐車場の先にキャンプ場はあった。近くには南浅川の源流にあたる沢がある。トイレは設置されているが、管理人は十六時までしかいないようだ。今日は月曜とあって人はまばらだった。

　駐車場にパトカーを停める。夏休みのいま、水遊びをしている小学生くらいの男児が五人いた。ひとりは沢に立ちションをしている。親たちはバーベキューをして酔っぱらっていた。髪の色がみな派手だ。八王子のヤンキーかなと推測する。

　三木は男児たちに声をかけた。

「トイレがあるんだから、沢で立ちションはよくないよ」

「関係ねーし」

　男児たちは親たちのもとへ逃げて行った。酒の入った親たちは、三木やエミを見て嫌な顔をした。警察官が来て台無しと思っているのだろう。三木は家族連れにビラを配った。

「これ、女性ソロキャンパー狙いでしょう？　うちみたいな子連れは狙わないんじゃないの」

　派手なネイルをした母親が答えた。

「そうかもしれませんが、お子さんもいらっしゃいますので、警戒をお願いします。子供だけの川遊びも危険です。くれぐれも目を離しませんように」

「はいはい、わかりましたー」

　家族連れと沢の間にひとりテントを張っている女性を見つけた。夕食の仕込みを始めている。鶏肉(とりにく)を手際よく切り分けていた。

「こんにちは。八王子署の者です」

女性はぎろりと三木とエミを見据えるも、手を止めない。

「実は、関東近郊の山々で女性ソロキャンパーを狙った事件が相次いでおります」

「ええ。ソロキャン連続殺人でしょう」

背後のテーブルに別のまな板があり、根菜と包丁が転がっている。

「包丁を二本も持ってきているんですね」

気になって尋ねた。

「肉と野菜は道具を分けないと、食中毒が怖いでしょう。キャンプ場ではあまり洗剤を使いたくありませんから」

顎(あご)で家族連れを指す。女性たちがおしゃべりしながら、沢で食器を洗っていた。洗剤を泡立てて、沢の湧(わ)き水で洗い流していた。

キャンプ家族を忌々(いまいま)しげな目つきで見る彼女の傍らには、切り株にナタが突き刺さっていた。薪割(まきわ)りに使ったのだろう。

「身分証などをお持ちでしたら、見せていただけませんか」

刃物を持ちすぎている気がしたので、バンカケする。女性はウエストポーチのファスナーを開け、運転免許証を出した。背後にいたエミがメモを取る。成田栞(なりたしおり)、二十六歳。

現住所は東京都世田谷区だった。

「お仕事はなにをなさっているんですか」

　栞は鎖骨が浮き出て目は落ちくぼんでいる。

「ヨガのインストラクターです」

　栞のスマホにプッシュ通知が届いた。内容を確認し、栞は天を見上げる。

「ひと雨降りそう」

　西から黒い雲が流れてきていた。栞はタープを組み立て始める。

　三木は沢にいちばん近い場所に陣取る男性二人組に声をかけた。レジャーシートの上にペンチやドライバー、電動工具などが散らばっていた。キャンプになぜこれほどの工具を持ってきているのだろう。男性二人組というのも珍しい。彼らは沢のそばにくっついてしゃがみこんでいた。

「こんにちは。八王子警察署です」

　二人組は驚いた様子で振り返った。ひとりは手にコントローラーのようなものを持っていた。

　あっ、とエミが沢を指さす。ラジコンボートが上流へ進もうとしていたが、転覆した。

　二人は慌てて沢の中に入り、ラジコンボートを引き上げている。

「すみません。なにかの競技ですか？」

「いえ、大学でスクリューの研究をしています」

二人は八王子市内にある武工学院大学の学生だった。実験の邪魔をしてしまったことを詫び、ビラを配って注意喚起した。彼らは日が暮れる前に帰るとかで、反応は薄かった。

次に、テントの設営もままならない様子の中年女性にビラを配った。

「えー怖い。次は八王子なんですか」

「念のため、注意をお願いします」

「やだー。雨まで降ってきた」

三木の制帽にも雨粒が落ちる。家族連れも空を見上げた。武工学院大学の学生二人は機材が濡れないように慌てて片付けをしていた。栞はタープを組み立て終えたところだ。中年女性は雨の中で大きなナップザックを探り、雨合羽を探している。見かねた栞が声をかけている。

「どうぞ、うちのタープに入ってください」

「すみませーん、初心者で……」

三木はパトカーから雨合羽を取ってこようかと思ったが、ビラは濡れてしまうだろう。

「先にパトカーに戻っていて。あと一枚配ったら、僕も戻るから」

エミに残りのビラを持たせて、三木はキャンプ場の外れにいる男性に声をかけた。男性はテントの入口で登山用のロープを淡々と結んでいた。

「八王子警察署の者です。すみませんが、身分証明書をお持ちですか」

男性は舌打ちし、スタンドに設置してあったスマホの録画ボタンを止める。

「失礼しました。撮影中でしたか」

「あとで編集しますんで、いいですけど」

財布からマイナンバーカードを取り出す。

「運転免許証は」

「免許を持っていません」

「ここまではどうやって来たんですか」

「電車とバスですよ」

「これだけの荷物を背負ってとなると、最寄りバス停からの移動が大変ですね」

男性は福沢聡一（ふくざわそういち）、四十五歳。現住所は渋谷区のマンションになっている。

「失礼ですが、ご職業は」

「御覧の通り、ユーチューバーです」

マンションの部屋番号から察するに、タワーマンションの三十一階に住んでいる。福沢のバックパックにはトレッキングポールの他、ピッケルまで装備されていた。

三木はビラを渡し、立ち去った。

雨に打たれながら車に戻る。栞のタープの前を通った。もう一人のソロキャンパーと仲良くなったのか、互いに自己紹介をしていた。

「荒川優子と言います。四十にしてカジテツなんです。恥ずかしい」

「こんなご時世ですからね。女性が生きていくのは大変ですよ」

大学生たちはきまり悪そうな顔で三木を見ていたが、目が合うと慌てて目を逸らす。家族連れはテーブルの下で三木に中指を立てていた。福沢はビラを丸めて、焚火の火の中に放り込んでいる。

エミはパトカーの助手席で濡れたビラをタオルで拭いていた。

「もう十七時か。急いで帰ろう」

警察学校は全寮制だ。外出するにも許可が必要で、門限破りにはペナルティがある。

「週末と違って平日のキャンプ客はバラエティに富んでいますね」

エミが話しかけてきた。

「ガラの悪い家族にヨガインストラクター、実験大学生、初心者キャンパーにユーチューバー。確かにいろんなのが来てたな」

署に戻り、日報に取り掛かった。エミが書いた日報を確認したが、ビラ配りの現場について『特異動向なし』と書いていた。

「本当に気になった人や不審者はいなかった？」

　エミは首を傾げる。

「僕だったらユーチューバーの福沢のことを日報に残すよ。不審な点が多かった」

　キャンプ用品を大量に持っているにもかかわらず、クルマを持っていないことがまず気にかかった。

「渋谷から公共交通機関を使ってあそこまで来るのは相当に骨が折れる。警察に運転免許証を見せたくなかったのかも」

「しかし、マイナンバーカードは見せたんですよね」

　不審点はまだある。

「キャンプ用品が全て新品に見えた。その割にロープワークには慣れていたからベテランキャンパーと思われる。なぜ持ち物が全て新品なのか。なにかトラブルがあり使えなくなって、一から買い揃え直したのかも」

「トラブルというのは？」

　ソロキャン殺人――とはさすがに口に出せなかった。推理が飛躍しすぎだ。

「もしかして三木さんは、福沢がソロキャン殺人の犯人だと思ったんですか」

　そこまで短絡的に結び付けてはいなかったが、警察学校の学生に否定的に問われると、ついムキになってしまう。

「ビラを配ったのに、その場で丸めて焚火に放り込んでいたし、この界隈の山は雪山でもないのにピッケルまで持っていたんだ」

「装備が新品だったことにしろ、キャンプや登山の初心者なのかもしれませんよ」

「ロープワークには慣れていた」

「船や馬術でも習いますから、ロープワークができるだけでキャンプ初心者ではないとは言い切れません」

――この学生、意外とズケズケ言う。

三木は時計を見上げた。

「もう十八時だ。寮の門限に遅れるから、早く帰った方がいいよ」

エミは警察学校に帰っていった。

日報に戻る。福沢のことを記そうとしたが、とことん筋の通るダメ出しをされて、書く気が失せた。副署長がやってきて紙を渡される。

「指導係お疲れ様でした。宮武巡査の評価シートを頼むよ」

言葉遣いや態度、服装など、三十項目のチェック表があった。

「最終的に警察学校の担当教官のところへ集められるからね」

自分が学生のころはどう記されていたのだろう。実務修習後に教官から現場での態度について怒られた記憶がある。必死にやったつもりだったが、厳しい評価を下されていたに違いない。三木はチェックシートを記しコメントも添える。

『真面目に取り組んではいるが、認識に甘さがある。不審者や事案を見逃してしまう恐れあり』

十段階評価で三をつけた。

＊

佐々岡修（ささおかおさむ）は八王子警察署の交通課に勤務している。交通規制係の係長だ。八月上旬にある八王子まつりの交通規制計画書の最終確認と関係各所への連絡などで多忙な毎日だ。今日は警察学校から実務修習生を受け入れなくてはならない。

「警視庁警察学校一三四〇期沢田教場の宮武巡査です。今日一日よろしくお願いします」

ミニパトに乗っている交通課の女性警察官たちが「かわいいー」「ういういしいー」とメイクを直しながらエミを品定めしている。誰かに指導を頼むつもりだったが、十九歳の少女をあの手練れ（てだ）の女警軍団に放り込むのは気の毒に思えた。

「今日一日、僕が指導係を務めますので、一緒にがんばりましょう」

「はい、よろしくお願いします」

佐々岡は早速、ミニパトのハンドルを握って交通規制現場に向かう。

「宮武さんはうちの娘と同い年なんですよ」

「そうでしたか」

「自分の娘と同い年の新人を指導する日が来るなんて、僕も年を取ったものです」

「全然、若そうですけど」

ちょっと嬉しい。信号待ちのときにサイドミラーで前髪を直したが、髪はすっかり薄くなり、白いものが増えた。もう五十路を過ぎて何年か経った。

ミニパトは甲州街道に入った。

「来月はこの界隈を全て通行止めにしなくちゃならないんですよ」

「八王子まつりですね」

「お、よくご存じで」

「私、八王子市民なんです」

「そうだったんですか。どちら？」

エミはどうしてか、苦笑いでやり過ごした。

「じゃあ、当日はぎっしり出店が出るとか町会の山車が回るとか、たまに山車が電線に引っ掛かって界隈が停電するとか、いろいろ知っていますね」

エミは面白そうに笑った。

「山車や出店は知っていますが、停電は知りませんでした」

ウィンカーを右に出し、歩行者天国になっている西放射線ユーロードの入口にミニパトを停めた。ＪＲ八王子駅につながるこの道は、路地裏にかけてびっしりと飲食店や風俗店が軒を連ねる。暴力団事務所もあるし、ひったくりや喧嘩、キャッチによるトラブルが多い。八王子で最も治安が悪い場所だ。

「昼間は平和な一帯だけど、放置自転車や駐車違反のクルマも多い。今日はその見回りと規制をしましょう」

ＪＲ八王子駅に向かって歩く。平日の昼間なので、学生や老人、子連れの女性の姿が目立つ。早速、放置自転車を見つけた。普段は民間の委託会社に放置自転車の取締りは任せているが、今日は勉強のために処理する。

「さて。まずは防犯登録番号をメモしてください」

エミはノートにペンを走らせた。

「盗難自転車の可能性もありますので、届が出ていないか、無線で確認しましょう。二人で行動している場合は、ひとり現場に残っていてください。持ち主が戻ってくる可能性がありますから」

「はい。わかりました」

「僕が残っていますから、まずは一人でがんばってみて」

エミは緊張気味に頷きパトカーに戻ったが、すぐに引き返してくる。

「署から大至急戻るようにと無線が入っています」

大きな事案が隣の高尾署であったらしい。

佐々岡はエミを連れてパトカーに戻る。無線を取り、状況を尋ねた。

「高尾署管内南浅川町にて、女性キャンパーが行方不明になっているとの一一〇番通報あり。現在、関東近郊で頻発している女性ソロキャンパー連続殺人事件発生の恐れ」

佐々岡はスマホで交通課長に電話をかけた。

「女性キャンパーが不明ということですが」

「ああ。山をさらうことになる。八王子消防や消防団からも百名近く捜索の人が出ているから、八王子署からも三十人は出したい。お前の係は何人出せる」

「半分出しましょう」

エミと目が合った。

「私も行きます。修習生も連れていきますよ」

昼前、高尾山の西の山裾(やますそ)にあるキャンプ場に到着した。現場の駐車場はパトカーの他に鑑識車両、人員移送車両、山岳救助隊のジープなどが並んでいる。消防車も多数駆けつけていた。エミが青くなる。

「ここは昨日ビラ配りした場所です」

被害者と面識があるかもしれない。

佐々岡は現場の捜索の指揮を執っているはずの、高尾警察署の山岳救助隊の隊長を探した。エミを伴い事情を話すと、隊長は血相を変えた。

「実は、行方不明の女性は二名おるのです」

規制線を越えて、キャンプ場に案内される。テントが二つ残っていた。

「昨夕は、橋の近くに家族連れが、沢べりに大学生二人組、女性ソロキャンパーが二人いて、奥にユーチューバー男性がキャンプを張っていました」

エミが説明し、残された二つのテントを見て黙り込んだ。ひとつは真新しいテントで、若干歪(ゆが)んでいる。素人が組み立てたものだろうか。もう一方はタープが傍らについて、広々と場所を取っている。やぐらに組んだ焚火の上に薬缶(やかん)が残っていた。

「行方不明になっているのは、この二つのテントの持ち主です。双方とも貴重品が残されたままです」

初心者ふうのテントは荒川優子という四十歳の女性のものだ。焚火の跡やタープが残されているのは、成田栞という二十六歳の女性のテントだという。

佐々岡はエミに尋ねる。

「二人にビラを配りましたか」

エミが震えながら、頷いた。

「確かに配って注意喚起しました」

「その時の様子を詳しく教えてください」

隊長がエミに迫った。

「成田栞さんはベテランキャンパーふうです。刃物を三種類持参していて、注意喚起しても鼻で笑っていました。荒川優子さんはキャンプに慣れていない様子で、成田栞さんにフォローしてもらっていました」

「二人は顔見知りだったのか？」

「いえ、ここで知り合ったようでした」

佐々岡は隊長に尋ねる。

「他に三組いたそうですが？」

「管理人によると、大学生二人組が昨夕のうちにキャンプ場を立ち去っています。家族連れは夜が明けて引き揚げていったようです」

「では、ユーチューバーだという男性は」

「彼は朝の九時過ぎに帰りましたが、管理人が八時にここへ来てすぐに、テントはあるのに女性二人の姿が見えないと知らせてきたそうです」

双方のテントとも入口がファスナーで閉まっていたそうだ。男性だから、女性ソロキャンパーに下手に声をかけたり勝手にテントを開けたりはできないだろう。

「管理人が二人を探している間に、男性は帰宅してしまったそうです」

話に割って入ってくる警察官がいた。

「そのユーチューバーは福沢聡一という男ですよ。現住所を控えていますから、すぐに事情を聴きに行くべきです」

西八王子駅前交番の三木巡査だった。昨日、エミを指導していたと隊長に説明する。

「大学生の方は武工学院の学生だそうだね。大学に確認をしよう」

隊長が続けて三木とエミに尋ねる。

「家族連れの方は？」

エミがノートを捲り返した。

「黒と白の高級ミニバン二台で乗り付けていました」

エミはナンバーも控えていた。

「何か不審点があったの？」

「白の方はバンパーに擦った痕があったので、念のために」

隊長は部下に伝え、佐々岡に頭を下げた。

「では、お二人は沢の反対側の捜索をお願いします」

パトカーに積んであった長靴に履き替える。警杖を持ち、橋を渡って対岸へ向かった。けもの道はところどころ途切れている。

「警杖の先で地面を突きながら異物がないか確認するわけだけど、特に埋め戻したところは突いたときの感触がやわらかい。そのあたり、感覚を研ぎ澄ませて捜索するように」

エミは警杖を握り、大きく頷いた。

捜索開始から二時間経った。普段は警杖を使わない佐々岡は、一キロあるその長い棒で腰まである雑草をさらい続ける作業に、三十分で音を上げた。エミも遅々として進んではいないが、丁寧にぬかりなく捜索をしている。

太陽が南中にさしかかるころ、キャンプ場から北西へ二キロの地点を捜索していた消防団が、焼け焦げた死体を発見した。

「死体が焼かれたとなると、やっぱりソロキャン連続殺人だったのか……」

佐々岡は呟いた。

「成田栞か荒川優子、どちらでしょうね」

もうひとりが見つからない限り、捜索の手を止めることはできない。

佐々岡とエミは昼食後、再び捜索に入った。続報が入る。佐々岡はエミに撤収を伝えた。

「もうひとりが発見されたそうだ」

「容体は？」

「亡くなってた。顔を殴打されているそうだ」

一方は焼かれ、一方は撲殺か。個人の判別はすぐにできないらしい。

「遺体発見現場に行こう。これから遺留品捜索が周辺で行われるはずだから」

遺体発見現場は、林道を外れ三百メートルほど西側に下りた緩やかな斜面の一帯だった。かつては小川が流れていた谷間だろう。木がまばらに生える、開けた場所だった。

佐々岡は規制線越しに死体を見た。黒く焦げて衣類は焼け落ちている。鑑識捜査員が、ケヤキの木の枝に括（くく）りつけられた充電式ライトを撮影していた。日がまだ高いのでわかりづらいが、点灯しているようだ。発見が夜だったら、ぞっとする現場だろう。

「死体にスポットライトを浴びせるなんて、犯人はどういう神経の持ち主だろうな」

「しかし、今回に限ってどうして被害者が二人なんでしょうか」

群馬や埼玉、長野の現場では、被害者はひとりだった。

「模倣犯の可能性もあるのかもしれないね」

佐々岡はスーツを着た男に声をかけられた。

「やっぱり佐々岡だな」

「ああ――重原（しげはら）か」

警察学校時代の同期同教場の仲間だ。重原は誰よりも昇進が早く、いまや警視正で捜査一課長だ。

「こんな田舎まで捜査一課長が出張ってきているのか」

「ソロキャン殺人は全国が注目している事件だ。ガイシャの数が一人多いとなればマスコミも騒ぐ。君はその子の指導係だって？」

重原捜査一課長が顎でエミを指した。

「前日にガイシャと接触したとか。借りるぞ」

エミの腕を引き、規制線をくぐろうとした。佐々岡は慌てて止める。

「なぜその子を連れていくんだ」

「どっちが成田栞でどっちが荒川優子なのか。彼女なら見分けがつくかもしれない」

「遺体を見せるんですか。まだ警察学校の学生ですよ。この間まで高校生だったんだ」

「だが警視庁に採用された警察官で給与も支払われている」

エミが心配で、佐々岡もついていく。

灯油で焼かれた死体は人の形がわかる程度だ。周辺の草木も焦げている。黒いベッドに沈む黒い塊のようだった。

「推定身長は百六十センチ前後。いまわかっているのはそれだけだ」

エミは黒焦げの死体を前に取り乱すことはなかった。

「成田栞はヨガのインストラクターをやっていると言っていました。やせ型で筋肉質です。荒川優子は中肉中背だったと思います。身長差がありませんでしたので、これでは判断はできません」

重原は返事もせず、エミを次の遺体発見現場に促した。黒焦げの死体も衝撃的だったが、顔を潰された死体は血生臭い。顔面を鈍器で何度も殴られたのだろう。鼻が潰れて皮膚は割れている。

重原も凝視しないようにしているが、エミはじっと見下ろしている。

「成田栞は上下黒っぽい服装でした。荒川優子は白いTシャツにエスニック柄のショートパンツ、黒のレギンスを穿いていました」

重岡が顔面が潰れた遺体が穿いているエスニック柄のショートパンツを指さし、部下に叫ぶ。

「こっちの死体が荒川優子、焼かれた方が成田栞の可能性が高い。その線で遺体の身元確認しろ」

遺留品も見つかっているようだ。ブルーシートの上に、血のついたスコップが置いてある。鑑識が指紋の採取をしていた。

重原が佐々岡に命令する。

「まだ遺留品があるかもしれない。修習生と一緒にもう少し近辺をさらってくれ」

十六時、佐々岡とエミが遺留品捜索を続けている間も、無線機で情報が入ってくる。付近の林道で荒川優子所有の水戸ナンバーの軽自動車が乗り捨てられていたそうだ。成田栞のＳＵＶはキャンプ場の駐車場に置きっぱなしだった。

「もしかしたら、荒川優子はソロキャン殺人に巻き込まれたのかもしれないね」

佐々岡は呟いた。エミの警杖の先からカツンと音が鳴る。草をかきわけた。泥に半分埋まった空き缶だった。この界隈は林道や登山道から外れているから、ゴミは珍しく、動物の糞や死骸が多かった。佐々岡はさっきイタチの死体を見つけた。エミはタヌキの糞を長靴で踏んでいた。

「一連のソロキャン殺人犯のターゲットは成田栞だけだったということですか」

「そう。荒川優子は異変を察して、犯人の後をクルマでついていった。遺体を焼いているところを見てしまい、犯人に気づかれてスコップで撲殺された」

エミが思い切った様子で言う。

「私は成田栞がターゲットにされたことにちょっと違和感があるんですよね」

成田栞は包丁二本を持参していた上、ナタまで振るうベテランキャンパーだった。

「見た目も目つきもちょっと怖かったです。雨雲の行方も逐一チェックして、抜かりない感じがしました。一方の荒川優子は初心者丸出しでテントもろくに張れていませんでした」

「なるほど。犯人が狙いやすいのは、成田栞より荒川優子か」

エミの警杖が鈍い音を立てた。なにかある。佐々岡は腰丈の草木をかきわけた。

男が倒れている。

「えぇっ」

驚いて尻もちをついてしまう。

Tシャツに短パン姿の男だ。血の気はなく、青白い。口の端から嘔吐の痕跡が見えた。目が充血していて、カッと空を睨みつけている。

夕方、佐々岡はエミを八王子警察署に送り届ける。八王子市内はどこの街道も混雑する時間だ。ショッピングモールのイーロン高尾の近くまでくると渋滞にはまった。

「とんでもない研修日になっちゃったね。ごめんね」

エミはパッと顔を上げた。

「どうして佐々岡さんが謝るんですか」

「いや、高尾署から応援要請があったとはいえ、連れていくべきじゃなかったよ。修習生が遺体を発見なんて、前代未聞じゃないか」

エミは再び視線を落とした。右手の平をじっと見ている。

「黒焦げの死体とか顔が潰れた死体は、あまり現実感がなかったので、まだ平気だったんです」

男性の遺体の方に、エミは衝撃を受けたようだった。

「警杖が男性の死体にぶつかったときの感触が、手に残っちゃってて……」

それは目で入る情報よりもリアルに、人の死を実感させるのかもしれない。

佐々岡はサイドブレーキを上げ、エミの小さな頭をポンポンと撫でた。

「大丈夫。被害者は感謝しているよ」

「え……」

「警察官が自分の死を重く受け止めてくれることは、嬉しいんじゃないかな」

「重原捜査一課長は、あの身元不明男性が一連のソロキャン殺人犯ではないかと疑っていましたが」

検視がすぐに行われ、口元からアーモンド臭がしたと聞いている。青酸カリを飲んだ人に見られる所見だ。服毒死した可能性が高い。

八王子警察署に到着した。佐々岡はすぐに現場に戻らなくてはならない。玄関口で別れた。

「今日一日、お世話になりました」

現場に戻りながら、エミの評価シートをどう書くか、考える。欠点が見当たらなかった。

『明るくて社交的だが冷静沈着。実務に問題もなく非常に優秀』

十点満点をあげるつもりだ。

＊

市川有貴(いちかわゆうき)は今日早めに八王子警察署の刑事組織犯罪対策課、強行犯係に出勤した。隣接する高尾警察署管内で三人の変死体が発見されたのだ。高尾署は小規模所轄署なので人手が足りるはずがなく、八王子署から応援要員として指名される可能性が高い。張り切って出勤する。係長が朝食のおにぎりをかじりながら顔を上げた。

「お前、早いな」

「高尾署の件の応援要員ですが」

「行きたいか」

「そりゃあもう！」

管轄を跨(また)ぐ連続殺人な上に三体の関連不明の変死体が上がっている。これは大変な事件だ。解決できたら、捜査本部のメンバーに警視総監賞が授与されるはずだ。市川は警部補試験に落ち続けている。早く手柄が欲しかった。

「お前、今日は警察学校の学生の指導係だろ」

市川はがっくりする。

「タイミング悪すぎ。なんでこんなときにガキの面倒なんか……」

係長は書類を見て、考える顔になった。

「例の修習生、昨日は捜索に駆り出されて遺体を発見しちゃってるね」

「まじすか。まだ十代でしょう」

「しかも女性だ」

「あちゃー。トラウマもんっすよ。警察学校辞めちゃうんじゃないですか」

リクルートスーツ姿の地味な女性が、おずおずと声をかけてきた。

「本日、刑事課で研修をさせていただく、警視庁警察学校一三四〇期沢田教場の宮武巡査です」

辞めずにちゃんと来た。

「よろしく。指導係の市川です。昨日は死体発見しちゃったんだって？」

エミは苦笑いするにとどめた。

「ご飯が喉を通らなかったとか、夢に死体が出てきたとか。大丈夫だった？」

「疲れていたので、よく食べてすぐ寝ました」

係長が書類を捲り、眉を上げた。

「君、一昨日は生前の被害女性二人にビラまで配っていたそうだね」

市川は手を叩く。

「そこまで事件に食い込んじゃってるなら、もう捜査本部に連れてっちゃいましょ」

「お前、自分が捜査本部のメンバーになりたいだけだろ」

係長は止めはしなかった。市川はエミを連れて早速、高尾署に向かう。

第一回の捜査会議は報告が多く、終わったのは十一時半だった。市川は関係者の家宅捜索の手伝いに割り振られた。出発前にエミと署の食堂で早めの昼食を摂ることにした。

エミが発見した男性の遺体の身元はわかっていないが、司法解剖の結果、青酸カリによる服毒死と判明した。現場の周辺に青酸カリが入っていた容器はなく、自分で飲んだのか故意に飲まされたのか、まだ判断できない。

「血痕が付着したスコップの報告が興味深いな」

カツカレーを食べながら、市川はエミに振ってみた。ついこの間まで女子高生だったコにはピンと来ないだろうが、いま話し相手は彼女しかいない。

「血痕は荒川優子のものでしたね。持ち手に残っていた指紋は、身元不明男性のものと一致したとか」

エミがノートを見返しながら応えた。彼女はもりそばをすすっている。

「重原捜査一課長は、身元不明男性が一連のソロキャン殺人の犯人で、現場で服毒自殺したと見ているようだけど」

四人目の犯行を荒川優子に目撃されてしまい、スコップで撲殺してしまった。贖罪の念に駆られて、その場で服毒自殺したというわけだ。エミは首を傾げる。

「ちょっと違う気がします」

「おっ。気が合うねー」

思わず握手の手を差し伸べる。エミは戸惑ったふうだが、握手は返した。

「これまで四人も殺してきた犯人が、ターゲット以外の女性を殺しちゃったくらいで自殺するかっつうの」

「私もそう思います。しかもスコップを持ってきた意味がわかりません。過去三件の殺人では遺体は焼かれているだけで、埋められていません。スコップは必要なかったはずです」

なかなか鋭い指摘だ。

活動服姿の警察官がエミに声をかけてきた。

「あ、三木さん」

エミが立ち上がり、一礼する。三木は西八王子駅前交番の巡査で、エミの研修の指導係だったらしい。

「君さ、捜査本部にいるのなら、福沢聡一を推してほしいな」

「推すというのは……」

「だから犯人としてだよ。あの日、現場にいた不審者は福沢だけだ。ユーチューバーのふりして裏の顔は快楽殺人犯の可能性がある」

市川は三木に物申す。

「君さ、証拠もなしになに言ってんの。そもそも地域課だろ。交番で地域の平和を守ってろよ」

現場の三体の遺体や凶器などの物証から、福沢の痕跡は一切出ていないのだ。三木はきまり悪そうに、立ち去った。

「さて、そろそろ行くか」

市川は爪楊枝(つまようじ)を捨てた。エミが慌ててそばをすする。

「ひとつ教えてあげる。帳場が立ったらそばは食っちゃだめだよ」

帳場というのは、捜査本部の隠語だ。

「そばは細く長い。捜査本部が細く長く続いたらそれはもうお宮入りのこと。短期決戦でホシをあげて勝たなきゃいけないから、みんなカツカレーを食うの。刑事になるなら、覚えておきな」

エミは驚いたように首を横に振った。

「私は地域課志望です」

市川の方こそ驚いた。三木が立ち去った方向を指さす。

「あんな素っ頓狂(とんきょう)な推理をするようなやつが先輩から叱(しか)られずに存在できる部署なんか、君にはもったいないよ。洞察力もある。死体を発見したことにしろ、君は持ってる。刑事に向いているよ」

　エミは冴えない顔をする。


　午後は、事件当日キャンプ場にいた家族連れの素性を洗った。八王子市内に住む兄弟一家で、一週間前に兄が電柱を擦る物損事故を起こしていた。

「兄の片岡來斗は三崎町で飲食店を経営しているのか」

　三崎町は駅前の歓楽街にあたる。雑居ビルが林立し、飲食店や風俗店がひしめく。

「弟の玲太はボクシングジムの経営をしています。どちらも同じビルに入居していますね」

　ビルの名前は片岡ビルディング。一九八〇年に建築された。

「パパからビル一棟を相続して悠々自適の生活、平日の昼間っから家族でキャンプってとこだな。羨ましいもんだ」

　念のためエミにマルB照会させる。

「暴力団員として登録されているかどうかの確認ですね」

　エミは照会センターに電話をかけた。ちゃんと警察学校で照会業務を習ってきている。たどたどしかったが、問題なく調べられた。

「片岡兄弟の登録はありませんでした」

十七時十五分になり、終業のチャイムが鳴った。市川はねぎらう。

「今日一日、お疲れ様でした。ところで予備日はどうするの」

実務修習は五日間行われるが、たいていの所轄署は研修できる課が四つしかない。一日かけてひとつずつ課を回るが、余った日は予備日として、希望する課でもう一度実習をする。

「地域課に行く予定です」

「ダメダメ、君は刑事課だよ。明日、もう一度ここに来ること。俺から上司に話しておくから」

片岡兄弟の兄の來斗は、JR八王子駅直結のタワーマンションに住んでいた。弟の玲太は、ひよどり山という八王子市北東部にある丘の上に大邸宅を所有している。この界隈は暁町（あかつきちょう）と呼ばれ金持ちが多い。有名時代劇俳優が住んでいることで地元では有名な町だ。來斗は弟の自宅へ顔を出した帰り、ひよどり山の細い坂道のすれ違いでバンパーを擦ってしまったらしい。

自宅への聞き込みは明朝にエミを連れて行うが、片岡兄弟の夜の商売を確認しておきたい。來斗の飲食店はガールズバーで二十一時から五時まで営業、玲太のボクシングジムは二十四時間営業だった。

二十一時半ごろ三崎町に向かった。ボクシングジムでパンフレットをもらい、ガールズバーに入る。首の皺が目立つセーラー服姿の女性がテーブルについた。二杯ひっかけて引きあげる。いまのところ両店舗に不審な点はない。

八王子警察署で仮眠を取り、午前五時ごろに再び片岡ビルディングを訪れた。

ボクシングジムはがらんどうだったが、奥から男の呻き声が聞こえた。市川は足音を忍ばせて、リングの先の廊下を抜けた。突き当りにサウナ室がある。マッチョな男二人が絡み合っていた。

男色の現場だったか。市川は引き返し、非常階段から会員制バーのフロアに向かった。扉が開け放たれ、従業員がゴミを出していた。來斗がくわえたばこで金の勘定をしている。ソファではダブルのスーツを着た男と純金のネックレスをした男が酔いつぶれていた。手首まで刺青が入っている。従業員は扱いに困っているようだ。

「店長、どうします」

「しーっ。刺激すんな」

地元のヤクザに飲ませている店のようだが、見たところ違法行為はない。奥からバスローブ姿の女性が現れ、カウンターの内側で勝手に酒をあおる。売春を勘繰るが、現行犯でないと摘発は難しい。

突然、首根っこを摑まれた。

「てめえナニモンだコラ!」

廊下に叩きつけられる。玲太だ。ボクシングジムからついてきたのか。來斗も店から出てきた。

「どうした」

「こいつ、昨夜からビルの中をうろついてる」

刑事だと名乗るべきか。絞り上げればこの兄弟は悪さの一つや二つは出てきそうだが、ソロキャン殺人とは関係がなさそうだ。適当にごまかして退散するべきだった。

「てめえコソ泥だな。先週もやられたんだ。玲太、警察呼べ！」

それはまずい。絶対にまずい。

目の前の古いエレベーターがチンと鳴る。扉が開き、リクルートスーツ姿の女性が姿を現した。エミだ。修習生が一体何をしにきたのか。エミはぎょっとしたように市川と片岡兄弟を見た。全てを察したようだ。

「八王子警察署……」

〝で研修中の〟という言葉をものすごく早口に言う。

「宮武巡査です。窃盗犯検挙にご協力、ありがとうございます」

玲太はあっさり手を放した。

「なんだ、デカに張り込まれてんじゃん」

ばかじゃねーの、と來斗が市川を鼻で笑う。

「ではまた後程、聴取に伺いますので」

エミに引っ張られて、エレベーターに乗り込む。扉が閉まった。エミが上目遣いにこちらを見ていた。これでよかったかと先輩の反応を窺っている。

「ありがとう。よくここにいるとわかったね」

「実は私も気になっていたんです。研修前に片岡ビルディングの前を通り過ぎてみたら、非常階段に市川さんの姿が見えて」

市川は拝む。

「上司には言わないで」

「もちろんです」

「あと、『こころの環』にも書かないで」

警察学校で学生たちがつける日誌のことだ。教官や助教が毎日チェックする。エミはクスクス笑っていた。

午前中は武工学院大学の学生二人に聴取をして、白判定を出した。午後にユーチューバーの福沢聡一を訪ねようとしたが、係長から館町にある東八医科大学病院に行くよう指示された。

「荒川優子の司法解剖が行われたんだが、遺族が押しかけている。対応してくれ」

荒川優子の両親は八十歳近いらしい。

「遅くにできた子供だろう。優子は四十歳独身で定職につかず、フラフラしていたようだが、大切なひとり娘だ。最期の姿を見ると言ってきかない」

　高尾山の東部にある館町へ向けて国道を走る。

「俺、苦手なんだよね。遺族対応」

　東八医科大学病院の広々とした駐車場に面パトを停め、市川はエミの肩を叩いた。

「手こずったら、今朝みたいなフォローよろしくね」

　エミは白い目で市川を見た。修習生とは思えない。もう立派な相棒だと市川は思う。

　ロビーで用件を伝え、法医学教室フロアの解剖室に向かう。優子の両親は廊下の待合椅子にぼんやりと座っていた。早速、娘の姿を見たいと拝まれる。

「顔面をスコップで何度も殴打されています。DNA鑑定ですでにご本人と結果が出ていますから、無理に見る必要は……」

　やんわりと市川は説明した。両親は迷い始める。生前の元気な姿のままで記憶しておくべきか。最期の姿まで見届けるのも親の務めと考える人もいるだろうが、顔面が崩壊している我が子の姿がトラウマになってしまうかもしれない。母親が申し出る。

「では後ろ姿だけでも、見せてもらえませんか」

「ご遺体をうつぶせにするということですか」

「はい。後ろ姿なら、なんとか」

医師が了承した。市川はエミに問う。

「どうする。ここにいてもいいし、手伝ってもいいし」

「手伝います」

エミは毅然としていた。二人で感染予防のエプロンを身に着け解剖室に入った。助手が遺体にかかっていた白布を捲る。市川は写真でしか見ていなかった。胃からせり上がるものを必死に抑える。助手が頭部と肩を持ち、市川は腰のあたりを、エミが足を持ち、そうっとうつぶせにさせた。顔面がぐらつかないように、専用の枕で固定する。エミが白布をかぶせようとして、手を止めた。

「腰にやけどの跡がありますね」

右腰から臀部にかけて赤くなっていた。一部はケロイド状で皮膚がつっぱっている。助手が教えてくれた。

「それは古傷です。事件とは無関係でしょう」

両親を中に入れた。父親は両手を合わせて涙を流す。母は古傷だというのに、やけどの跡を見て卒倒してしまった。てんやわんやの中、市川のスマホに係長から電話がかかってきた。エミに指示する。

「すぐに救急車呼んで」

「でもここは病院ですよ」

「なら誰か呼んできて！」

係長からの電話に出た。

「身元不明男性の素性がわかった」

市川は騒がしい廊下を出て、階段の踊り場まで下りた。

「信本佳孝、四十二歳。現住所は八王子市清川町。昨日の朝、妻が近隣の交番に行方不明届を出している」

ソロキャン事件のホンボシの素性が判明した。市川は早く捜査本部に戻りたかったが、失神した母親の介抱でエミがなかなか面パトに戻ってこない。病院を出るころにはもう夕刻で、市内の主要幹線道路が渋滞していた。

「署に着くのは十七時だな」

今日の実務修習は終わりだ。

「遺族対応も面倒だし、余計な看護に手を焼いて、事件捜査の醍醐味を全く見せてやれなかった」

市川はため息をついた。

「事件捜査の醍醐味って、なんですか」

エミが唐突に尋ねてきた。

「容疑者にワッパを掛ける瞬間がクライマックスだよ。点と点が繋がって事件の筋読みができるとか、つじつまが合った瞬間とかも、テンションあがるね。刑事として血沸き肉躍るというか」

エミは悲し気に市川から目を逸らした。

「だから私、刑事課がイヤなんです」

思いがけない言葉だった。

「凶悪事件が起こると血湧き肉躍る。それぐらいの心意気じゃないと強行犯の刑事は務まらないんだと思いますが、私はそういう心意気になりたくないです」

八王子警察署に戻った。エミはそそくさと警察学校に帰っていった。市川は早く捜査本部に戻り、現場で服毒死していた信本佳孝なる人物の素性を知りたい。

急いでエミの評価シートに向かった。正直、あの態度にむかついてはいる。だがここで感情を出すのは大人げないし、ごちゃごちゃ考えるのも面倒くさい。

『いろいろと優秀ではある』

十点満点の評価を出した。

＊

関口麻奈美(せきぐちまなみ)は一人娘を保育園に預け、急いで八王子警察署の生活安全課に出勤した。

育児休暇を取って復帰したばかりだ。朝から家事育児を大急ぎで終わらせて出勤する。更衣室で着替えながらパンをかじった。

　デスクの脇にリクルートスーツ姿の若い女性が立っていた。

「今日一日、実務修習でお世話になります。警視庁警察学校一三四〇期沢田教場の宮武巡査です」

　心の中で「忘れてた！」と叫ぶ。

「よろしくね。えーっと宮武さん」

　昨夜は保育園の閉園時間を過ぎてしまいそうだったので、書類仕事を放置して帰宅していた。午前中はそれを片付けようと思っていたのに、学生の世話をしなくてはならない。

「とりあえず、説明しなくちゃね」

　麻奈美はエミをパーテーションで区切られたソファに案内した。途中、上司からエミの人事書類を受け取る。

「地域課と交通課は済んで、刑事課は二日間も体験してきたのね。刑事志望なの？」

「いえ。本当は地域課に予備日をあてる予定だったのですが、諸事情あって……」

　刑事課の指導係は市川有貴になっている。

「市川君に強引に連れ回されたのね。あいつ面倒臭いでしょう。無駄に熱い」

エミは苦笑いした。

「市川さんと親しいんですか」

「ここは刑事課と事件がかぶるのよ」

改めて麻奈美は名刺を渡した。少年係の巡査部長、主任だ。

「八王子市は管内で少年犯罪件数がワーストワンなの。もうずっとよ」

昔からヤンキーや暴走族が多い。八〇年代ごろは地元の暴力団事務所が不良をバックアップしていて質(たち)が悪かった。交通課と生活安全課少年係は道路で暴走少年たちと取っ組み合い、路地裏では刑事課と生活安全課少年係がヤンキーたちと体当たりしてきた歴史がある。

「今日で研修最終日なんでしょ。オオトリを飾るのにはうってつけの係だわ」

ガハハと笑い飛ばして見せる。どの事案を手本にするか申し送りの書類を確認していると、係長が声をかけてきた。

「関口は修習生と高尾署の手伝いに行ってくれ。ソロキャン連続殺人の容疑者宅の家宅捜索を手伝ってほしいそうだ」

容疑者宅には娘がいるのだそうだ。

清川町は北浅川沿いの小さな住宅街だ。明け方まで降っていた雨で、河川敷の木々の葉が濡れている。朝日を反射していた。

「実務修習初日からあの事件に絡んじゃってるんだね」

助手席のエミからソロキャン殺人の話を聞き、麻奈美は驚いてしまう。

「気持ちは大丈夫？」

エミは少し驚いたように、麻奈美を見た。

「生前の被害者たちと接触してたんだよね。翌日には凄惨な死体になってる。それってかなり心の負担になるよ」

「そういう経験があったんですか」

エミが遠慮がちに尋ねた。

「喫煙で補導した子が不登校の子だったの。いじめが原因。親御さんに引き渡した翌日、学校で自殺しちゃった」

麻奈美はいまでも、少年を見送ったときの背中が忘れられない。

「連続殺人とか、マスコミが詰めかけて大騒ぎになる事件に比べたら、小さな事案だけどね」

「…………」

「忘れない、と思ってる。あの子の背中だけは」

目頭が熱くなってきた。

「いけない。すぐ泣く」

慌てて指で目頭をぬぐった。エミは熱いまなざしでこちらを見ていた。

「私、そういうの、好きです」

「えっ。なに急に。ほめてる？」

笑い飛ばしておいた。

捜査車両で住宅に到着した。新興住宅地の一角に規制線が張られている。警察車両が路上駐車しているが、見物人は殆どいなかった。平日の午前中だから、子供は学校へ、両親は仕事で留守宅が多いのだろう。

パトカーを降りる。捜査一課の刑事たちの話し声が聞こえた。

「ホシは事件当日の朝、いつも通りに出勤したが、夜八時を過ぎても帰宅せず、電話も通じなかったそうだ」

「勤務先の方は？」

「九時に出勤し、十八時には退社しています。特に変わりはなかったということです。勤務態度はいたって真面目（まじめ）、誠実な人柄で堅調に仕事をしていたそうです」

麻奈美はエミに呟く。

「この家の主が犯人で間違いないのかしら」

「捜査本部はその方向で捜査展開しているみたいですね」

麻奈美は『生活安全課』の腕章をつけ、規制線の中に入る。空っぽの段ボール箱が次々と中に運びこまれていく。エミを連れて玄関の中に入った。強行犯係長に声をかける。

「生安の少年係です。娘さんのお世話に来たのですが」

「助かるよ。奥さんから聴取できなくてさ」

十六畳くらいのリビングダイニングの横に、小さな和室があった。妻の信本彩がぺたんと座っている。娘を膝の上で抱いていたが、もう小学生くらいで、膝上に抱く年齢ではない。娘は棒のような手足を持て余している。麻奈美は膝をつき、丁重に挨拶した。

「家宅捜索の間、娘さんを預かりますので、立ち合いと聴取に協力してもらえませんか」

妻の彩は控えめながらワンポイントの入ったネイルをしていた。ノーメイクで後ろにまとめた髪は乱れ気味だ。娘は不安そうに麻奈美とエミを見比べている。

「いま、いくつ？」

麻奈美の問いに母親が答える。

「七歳です」

「小学校一年生かな。ランドセル見たいな」

娘は無言で母の膝から立ち上がり、二階の子供部屋へ向かう。水色のランドセルを見せてくれた。麻奈美はエミを紹介する。

「このお姉さんはね、まだ十九歳なんだよ。警察官になるお勉強中なの」

エミも娘と視線を合わせた。

「宮武エミです。お名前を教えてくれる？」

娘はランドセルから教科書を出し、氏名欄を示しただけだった。

「信本美玖ちゃん？」

美玖は頷いた。

「おしゃべりするのは嫌い？」

美玖は目を逸らした。

「学校で好きな教科はなに？」

強行犯係の刑事が部屋に入ってきて、麻奈美に耳打ちする。

「あの子、事件のショックで口がきけなくなっている。無理させないように」

美玖はベッドの上に膝を抱えて座り、親指をしゃぶっている。エミがプリキュアやサンリオのキャラクターの話などを振っているが、反応は薄い。

今度は市川が入ってきた。

「あれ、また現場に来てんの」

エミを見咎めた。

「今日は生活安全課です」

「そういうことね。ここも家宅捜索するんで、一旦子供を連れて外に出てくれるかな」

市川は相変わらず一方的だ。麻奈美はエミに指示する。

「庭で遊ばせておいてくれる？」

「わかりました」

麻奈美は世話をエミに任せて、母親の彩を探した。彩はリビングで刑事に囲まれ、震えていた。女性刑事はいないのだろうか。

「夫はとても大人しい人です。連続殺人なんてするはずがありません」

「登山の趣味はないということですが」

「はい。私も夫もインドア派です。休日は自宅でのんびり過ごしています」

麻奈美が見ただけでも、家庭内に登山やキャンプ用具は一切見当たらなかった。カウンターに写真がたくさん飾られている。レジャーの写真は一枚もない。結婚写真、美玖が誕生したときの写真、七五三の写真が飾ってあった。信本は大柄で銀縁の眼鏡をかけている。まじめで優しそうな男性だ。入学式の写真の中で美玖の手を大事そうに握っていた。

「夜遊びもしないし、お酒もたばこもやらない物静かな人でした。あんなわけのわからない犯罪をするような人じゃないです。主人はなにかに巻き込まれてこんなことになったのではないでしょうか」

タイミングを計り、麻奈美は彩に質問する。

「美玖ちゃんのことですが、指しゃぶりがあるようですね」

彩は少し変な顔をした。

「指しゃぶりは二歳でやめさせたはずですが」

「さっき、子供部屋で親指を……」

彩はリビングの掃き出し窓を開けて、庭を見た。エミに付き添われ、美玖は駐車スペースにチョークで絵を描いていた。右手でチョークを握り、左手の親指をしゃぶる。その脇(わき)には雨に濡れた軽自動車が停まっている。

「こんなことになって、指しゃぶりが復活してしまったのかもしれませんね。言葉も出ないようですが」

「昨晩、パパが亡くなったと伝えたときからです。泣きもしないし、悲しみもしない。ずっと無表情です」

「事件の晩は?」

「パパの帰宅が遅いので寂しがりながらも、八時には寝てしまいました」

麻奈美は掃き出し窓から美玖の様子を見守る。少々乱暴な絵の描き方をしていた。心が千々に乱れているのだろう。

背後でしゃがんでいたエミが手招きしてきた。麻奈美は玄関から外に出る。エミが急ぎ足で近づき、耳打ちしてくる。

「ちょっと気になることが……」

駐車スペースの地面を指さした。美玖がチョークで描いた殴り描きだ。小学校の黄色い帽子をかぶり水色のランドセルを背負った少女を描いている。股の間を赤いチョークで塗りつぶしていた。チョークがみるみる減っていく。

「美玖ちゃんの指しゃぶりも気になります」

「お父さんの件で不安になって、再開しちゃったようだけど」

エミは大きく首を横に振る。

「左親指に吸いだこがあります。日常的に指しゃぶりをしているのではないでしょうか」

父親の事件があるずっと前から、指しゃぶりが再開していたということか。

「さっき見せてくれた教科書も気になりました。折り目がありません。こっそり中を見たのですが、ノートは全て白紙でした」

「学校に行っていない、ということ？」

美玖の状況を係長に相談したところ、高尾署の捜査本部で報告するように言われた。

「捜査会議は一三〇〇（ヒトサンマルマル）からだって。急いで食べちゃおう」

八王子警察署の食堂で麻奈美はラーメンをすすった。エミは天ざるを食べている。

お盆を持った市川が行き過ぎ、引き返してきた。

「宮武さん、そばはダメって言ったじゃない」

勝手に麻奈美の隣に座った。

「今日は海老天をのせました。エビみたいにパッと弾ける（はじ）ように事件が解決しますように、って」

「なにそのこじつけ」

市川は苦笑いで、カツカレーをがっついた。なんの話をしているのか麻奈美にはわからない。

「聞きましたよ、信本の娘が性的虐待を受けていた疑いがあると」

市川が麻奈美に言った。麻奈美は美玖のチョークの絵の画像を見せた。

「これはあからさまだね」

七歳になるのに吸いだこができるほど指しゃぶりしていることや、不登校のことも話した。

「学校によると、五月の連休明けから学校には来ていないみたい。理由もよくわからないそうよ。家庭訪問してもいつも不在」

「誰が性的虐待をしてたのかな」

「ちなみに担任教師も副担任も女性だった」

　エミが付け足す。

「同居家族で男性は父親の信本だけです。夫婦ともども男の兄弟はなく、母方の両親は東北です。父方は八王子市上川町に実家があり、頻繁に行き来があるようです」

「じゃ、祖父か父親だな」

　市川が筋読みする。

「もし信本が娘を性的虐待する倒錯者だとしたら、一連のソロキャン連続殺人を起こす根拠になりうるよな」

　エミがきっぱり否定した。

「それはないと思います」

　麻奈美は驚いた。警察学校の実務修習生にしては現場の刑事に強く物を言い過ぎだ。

　麻奈美が実務修習に出たときは、目の前の事案に対処するのが精一杯で、現役警察官に意見を述べる余裕はなかった。気が付いたことがあっても、恐れ多くて指摘も否定もできない。これまで何人か実務修習生を指導してきたが、みんな同じような様子だった。

　エミはお構いなしだ。

「娘を性的虐待する人間は基本的に小心者ではないでしょうか。小さな子供、なおかつ家庭内で支配している娘に手を出す時点で、相当に気弱な人物だと思うんです。ソロキャン殺人は大人の女性を狙っています。犯行の手口も大胆ですから、我が娘に手を出す犯人像と一致しません」

「ちょっと宮武さん。プロファイリングでもしているつもり?」

麻奈美の咎めに、エミははたと我に返った顔をする。

「すみません。出しゃばりすぎました」

市川は苦笑いだ。

「別にいいじゃん。宮武さんは刑事課の修習のときからこの調子だ。犯罪心理学でも専攻していた?」

「高卒なので……。普通科です」

「推理小説マニアかなにか? 本格ミステリ好きとか」

麻奈美は小説を読むのが好きだが、本格ミステリと呼ばれるジャンルだけは苦手だ。素人探偵が主人公の場合、警察がバカっぽく描かれるからだ。警察は組織捜査が基本だ。ただひとりの名探偵を中心とした捜査活動はしない。名もなき者たちが地を這うような緻密な捜査活動をして、ようやく真実を見つけ出す。だから市川のように独りよがりの捜査をする刑事も好きではない。

麻奈美はエミに違和感を覚えた。

昼食の後、高尾署に移動して捜査会議に参加した。信本家の家宅捜索ではソロキャン殺人に関する物証は出なかった。事件当日の夜も、信本の足取りがよくわからないという。

「最寄りのバス停から自宅まで、監視・防犯カメラはありません。八王子駅からバスに乗り、十九時半に最寄りバス停で降りた姿は確認できましたが、以降の足取りがわかりません」

信本家所有の軽自動車の動きも徹底的に調べられていた。

「清川町の自宅周辺の防犯・監視カメラを確認しましたが、信本家の軽自動車は映っていませんでした」

キャンプ場最寄りのバスに乗る姿はなく、タクシーを拾った形跡もないという。

「徒歩で現場に行ったというのか」

捜査一課長の重原が苦々しく呟いた。「徒歩ですと歩いて二時間半かかります」と大まじめに答えた刑事を、重原は叱り飛ばした。

とげとげしい雰囲気の中で、麻奈美は美玖の性的虐待疑惑を報告した。重原が市川と同じようなことを言い出す。

「もし信本が娘を性的虐待していたとしたら、女性ソロキャンパーも狙いそうだな」

刑事捜査支援センターのプロファイリングチームが否定する。

「実の娘を性的虐待する男性というのは、外の女性や大人の女性には手を出さない、出せないことが多いです」

エミの見立てと全く同じだった。

麻奈美はエミを連れて、上川町に住む美玖の祖父母宅を訪ねた。祖父は車椅子に乗っていた。

「五年前に脳梗塞（のうこうそく）で倒れて、右半身不随なんです。会話も殆どできません」

祖母が麻奈美やエミを和室へ案内しながら言った。祖父が美玖を性的虐待することはできない。麻奈美はすぐに帰りたかったが、お茶が出された。

祖母はよくしゃべる人だった。

「息子は本当にいい子でしたよ。大人しくて従順で、親に逆らったこともありません。殺人事件の犯人だなんて、断じて違います。うちの子は人がいいから、誰かに騙（だま）されてあんなことになったに違いないんです」

マシンガンのようにしゃべり続けながら、滂沱（ぼうだ）の涙を流す。ティッシュで洟（はな）をかみ、聴取の合間に車椅子の夫も気遣う。

車椅子の夫は微動だにせず、縁側から外を見ている。上川町は殆どが秋川丘陵だ。谷間に道路や住宅街がある。夕方に差し掛かり、ひぐらしが鳴き始めていた。

広々とした庭には砂利じきの駐車スペースがある。ウェルキャブがぽつんと停車していた。

「昔はあそこに三台もクルマが停まっていたんですよ。夫はクルマが好きでしたし、裏山へ山菜取りに出かけたりもするので、軽トラックも所有していました。ドライブ用のスポーツカータイプのクルマと、家族で出かけるためにミニバンもあったんですけどね」

夫が脳梗塞に倒れ、全て売り払ったようだ。

「この人、口がきけなくなったけれど、いつも怖い顔で庭を睨んでいるんです。がらんどうの駐車場を見て、きっと俺のクルマはどこだって怒っているに違いないわ」

クルマ好きの男にとって、ウェルキャブは物足りないかもしれない。

「私はクルマの運転ができないから、通院や買い物は息子頼みだったんです。これからは何をするにも彩さんに頼まなきゃならないと思うと、気が重いわ……」

あまり嫁姑（よめしゅうとめ）の仲が良くないのだろうか。麻奈美の視線で察したか、祖母は慌てた様子で微笑んだ。

「彩さんはいいお嫁さんよ。でもしょっちゅう福島の実家に帰っちゃう。なんでも実家のメッキ工場の経営が傾いているとかで、たまに手伝いに行っているみたいなのよね。工場なんて危ないから美玖ちゃんを連れていかないでほしいんだけど」

彩は美玖を連れて頻繁に帰省しているのか。美玖はそこで性的虐待を受けていた可能性もある。

ウェルキャブの横に高級SUVが停車した。ブランド物のバッグを持った中年女性が降りてくる。

「ああ、やっと娘が来てくれたわ」

祖母が立ち上がる。信本の姉だろう。美玖にとっては伯母にあたる。彼女は離婚してバツイチだという。かなり羽振りがよさそうだ。

「うちの娘と来たら港区に住んでいるのに里帰りしないのよ。彩さんは福島でも毎月のように帰っているのに」

信本の姉はエステ店を経営しているという。

「この度は弟がなにをやらかしたのか、本当に申し訳ありません」

麻奈美やエミに頭を下げる。家族に対してはちょっと薄情に思えた。

「もし弟が事件を起こしていたのだとしたら、店の評判がどうなるか……」

祖母は出かける支度を始めた。心労の種がたくさんあるに違いないが、生活をしていかねばならない。

「お父さんのオムツを買いに行かなきゃならないの。デイサービスも新たに申し込みをしたいのよ、前に使っていたところは職員さんが辞めちゃって……」

玄関先にスロープを出し、車椅子を外に出す。信本の姉は慣れていない様子で、四苦八苦している。ウェルキャブの昇降装置を下ろし車椅子の父を乗せたが、途中でバキっと音がした。トランクに積んでいた台車を昇降装置が挟んでしまったようだ。

　麻奈美とエミも手伝い、なんとか車椅子の祖父を車内に収めた。ようやく麻奈美は美玖の性的虐待疑惑について切り出した。

「ええっ、美玖ちゃんが？」

　信本の姉が眉毛を吊り上げた。祖母ははなから、彩の実家の問題と決めつけた。

「あちらの工場は男性だらけでしょう。泊まり込みの人もいるって言っていたわ。刑事さん、すぐに逮捕して！」

　カチ、カチ、と背後から音が聞こえた。

　無言を貫く車椅子の祖父の脇で、エミが懐中電灯をいじくっていた。スイッチを入れて、光を確かめている。それは細くて弱々しい光を放っていた。

「なにしてるの？」

「あ、すみません」

　エミは慌てた様子で、懐中電灯をウェルキャブの中に戻した。信本家の物らしい。

「人の家の物を勝手に触っちゃだめよ」

　エミが手袋を脱ぎ、スーツのポケットにしまいながら重ねて謝る。

　――わざわざ手袋をしていた。

エミはあの懐中電灯を、事件に関する物証と見ているのか。麻奈美はエミに対する強い違和感の正体にようやく気が付いた。

彼女は十九歳にして、殺人捜査の現場に慣れている。

「今日一日、ありがとうございました」

十七時十五分、エミの研修が終わった。

「一週間お疲れ様でした」

世話役の副署長がやってくる。最終日なので、エミは各部署へ挨拶回りをするらしい。麻奈美は評価シートを急いで出すように言われた。深く考える暇もなく、麻奈美は評価シートに記入した。

『光るところはあるが、上司や先輩の意見にわざわざ口出しする出しゃばりな面がある。組織捜査を乱さないか、不安が残る』

彼女の背景になにがあるにせよ、組織捜査のコマになれないということはすなわち、警察官にむいていないということだ。十段階評価で二をつけた。

＊

十七時半、八王子警察署長は署の一階にある署長室で書類仕事に追われていた。未決箱から書類を取り出し、現場から上がってくる様々な書類に目を通し、決裁印を押していく。

　隣接する高尾警察署で大規模捜査本部が立ち上がっている。八王子警察署からも応援要員を送り込んでいるので挨拶には行ったが、捜査会議に出ることはない。今日は一日、第九方面本部で署長会議があり、午後は八王子市役所の防犯対策課で地元の商店街防犯組合長と会合があった。署長にもなると管内の事案との接点は書類だけだ。署の顔として、外交に追われる。

　副署長がリクルートスーツ姿の少女を連れて入ってきた。

「署長、失礼します」

　少女が前へ促される。

「警視庁警察学校一三四〇期沢田教場の宮武エミ巡査です。一週間、お世話になりました」

　署長は未決箱に入っていた実務修習生の評価シートを取り出し、ソファを勧めた。署長を前に硬くなっている若者を見て、自分にもこんな時代があったなと微笑ましく思う。

「一週間よくがんばりましたね。なにか印象に残っていることはありますか」

　評価シートにざっと目を走らせる。評価が両極端だ。三や二と低い評価を受ける一方で、満点をつけている指導係もいた。

「どの課もやりがいがありました」

どんな実務をやったのか確認し、署長は目の玉が飛び出るほどに驚いた。

「君……ソロキャン連続殺人の捜査にだいぶ食い込んでいたみたいだね」

偶然だろうが、事件前日には被害者たちと接触があったようだ。しかも容疑者と目される信本の遺体まで発見している。

こういう警察官を『事件を持っている』という。たまにいるのだ。異動の先々で大事件に遭遇し、手柄を上げていく。

署長は宮武明嗣（あきつぐ）という刑事を思い出していた。同期の仲間だった。苗字が同じだからエミと親子かと察する。訳あって警察を辞めた後は探偵事務所を開いたと聞いたが、いまは同じ釜（かま）の飯を食った他の仲間とも音信不通だ。

副署長が言う。

「高尾署の捜査本部で彼女は大活躍だったそうですよ。事件の筋読みが得意だそうで」

署長はエミの顔を観察した。

――やはりあの宮武の娘か。

宮武は現場に残る物証や状況など、方々に散らばる点を線にし、大胆に筋読みする男だった。捜査本部の方針には従わずに一匹狼（おおかみ）で捜査する。上からは嫌われていたが手柄の数は同期一だった。

署長は秘書にコーヒーを三つ頼む。

「どうです宮武さん。ソロキャン連続殺人の筋読みを聞かせてもらえませんか」

エミよりも、副署長が驚いている。警察学校の学生相手に何を質問しているのかと思っているに違いない。エミは戸惑った様子ながら、さらりと言った。

「私は、犯人は二人いるのではないかと思っています。信本彩と荒川優子です」

副署長が注意する。

「荒川優子は被害者ですよ。そういうことを簡単に口にするのはいただけません」

「まあまあ、聞いてみようじゃないか」

署長は続きを促した。エミは小さな声で続ける。

「厳密に言えば、群馬と埼玉、長野そして八王子と四件起こった連続ソロキャン殺人事件の犯人は、荒川優子です」

コーヒーが出されたが、エミは続ける。

「信本を殺害したのは、妻の彩です」

根拠を示してもいないのに断言する。声も大きくなってきた。

「今回はキャンプ場での犯行であり、平日の夜間にしろ、十メートル圏内に別のキャンパーが二組、子供も含めると総勢十名もいました。しかし誰も悲鳴を聞いていないし、目撃者もいません。成田栞は警戒心なく犯人を自身のテント内に招いたに違いありません。栞は、初心者ぶっている優子に隙をつかれて撲殺されたのではないでしょうか」

副署長が唸る。

「確かに、優子と栞が親しくしていた目撃談はあったが……」

副署長は高尾署の捜査本部の応援に行っているので、事件の詳細を知っている。

「優子は同じ手法で女性ソロキャンパーを殺害してきたのだと思います」

「動機はなんですか。女性ばかりを狙った犯行だから、男性の快楽殺人という見立ての方がしっくりくるが」

「これまでの被害者に性的暴行を受けた形跡はありません。私は優子の臀部に残るやけどの跡が気になりました。ケロイド状でしたから、重症だったに違いありません。幼少期の重度のやけどのトラウマと、遺体をわざわざ焼いてスポットライトを浴びせるその行動に、関連があるような気がします」

署長は思わず、副署長と目を合わせてしまった。

「一方の信本家です」

エミはエンジン全開で推理を語る。かつての宮武を見ているようだった。

「信本が娘に性的虐待をしていたとしたら、妻の彩に殺害動機ができます。実家がメッキ工場ということでしたから、青酸カリ等の劇物を比較的手に入れやすかったはずです。非力な女性は計画的に人を殺そうとするとき、毒物に頼るパターンが多いです」

一方で女性が男性を殺害するときに厄介なのが遺体の処理である、とエミは続ける。

「わざわざ外に遺棄せずに自宅で発見させればいいものを、それをよしとしなかったのは、家庭内を探られたくなかったから——すなわち娘の性的被害を表に出したくなかった、そんな母親の心情を感じます」

もはや署長も副署長も反論する隙がない。

「そこで活躍するのが、彩の義実家で使用していたウェルキャブです」

車椅子の昇降装置がついている。

「膝を抱えるような恰好にさせた遺体を毛布などに包んで台車に乗せてしまえば、簡単に自宅から運び出し、車に乗せられます。台車はウェルキャブのトランクにありました」

すっかりエミの勢いに巻き込まれている。どうにも抗えない圧倒的な流れがあった。

「彩は遺体を遺棄しに高尾の森へ行きました。どうしてあのキャンプ場を選んだのか——幹線道路を避けたかったからでしょう」

監視カメラやNシステムで足がつくと予想したのだろう。

「清川町から幹線道路を避けてたどり着ける森は、南浅川のキャンプ場付近しかないんです」

副署長は啞然としながら言う。

「つまり君は、ソロキャン殺人を犯し遺体を焼却していた荒川優子と、夫の遺体を遺棄しに来た信本彩が鉢合わせしてしまったと考えているのか」

「はい」

そんな偶然があるか。副署長と揃って失笑してしまう。

「それで——信本彩が荒川優子をスコップで殴打して殺害した？」

「はい。遺棄現場を見られてしまったわけですから、咄嗟に殺害してしまったのでしょう」

副署長は半笑いで反論した。

「君の推理に則ると、荒川優子はこれまでに四人を殺害してきた凶悪犯だ。一方の信本彩は夫を殺害したとはいえ、毒物に頼るほど非力だ。二人が鉢合わせしたとして、殺害されるのは彩の方じゃないか」

「荒川優子はキャンパーしか狙いません」

エミは断言した。

「ああいった連続殺人犯は、ターゲット以外の人間を安易に殺さない。自分の中で絶対的ルールがあり、それに反した犯罪はしないものです。一方、彩の方は娘と家族の秘密を守るための犯行ですから、なにがなんでもやり通そうとします。余計な殺人も簡単に犯してしまう」

確かにエミの推理は納得できる。もはやプロファイリングの域に達しているようだった。

「自分の欲望のために連続殺人を犯す荒川優子に比べ、彩は必死さが違います。死体を焼き終えた荒川優子は凶器を持ち合わせていなかったことでしょう。彩は夫を埋めるためにスコップを持ってきていた。咄嗟に凶器になりえます。娘を守るため鬼になった母親の方が圧倒的に凶暴です」

エミは遠い目になった。

「彩は気が動転したはずです。咄嗟に目撃者を殺害してしまったが、近くにはスポットライトを浴びた焼死体があった。優子がソロキャン殺人犯と気が付いたかどうかまではわかりませんが、夫の死体を埋める以前にパニックになったことでしょう。逃げるように撤収してしまった。血のついたスコップは失念したのか、持って帰りたくなかったのか。中途半端なまま現場を後にした」

「スコップには信本の指紋しか出ていないはずだ」

副署長が厳しく言った。

「あれは信本が庭仕事でもしたときについたものでしょう。彩はネイルをしていましたから、遺棄のときは軍手などをしていたはずです」

筋は通る。だが少々乱暴だ。物証はない。

「そもそも、なぜ彩が怪しいと思い始めたんだ？」

「美玖ちゃんが信本家の駐車スペースにチョークで描いた絵です」

副署長がうなる。

「あれで娘の性的虐待疑惑が出たんだったな……」

「それよりもっと確信できる事実があります。当日は雨上がりでした。濡れたコンクリートにチョークで絵は描けません」

隣の軽自動車は濡れていたというから、カーポートのない家なのだろう。

「しかし全く濡れていないスペースがありました。ちょうどクルマ一台分です。家宅捜索の直前まで、そこにクルマが停まっていたんだと思いました。しかし警察が来る前にどこかへ動かした。ちなみにもう一台の軽自動車は彩が日常使いしているものでしょう」

八王子市は電車の駅が南部にしかないので、車社会だ。ファミリー層では地方のようにひとり一台と複数台所有していることが多い。

「信本家にはもう一台、恐らくは信本が日常使用していたクルマがあったはずですが、どうして家宅捜索の直前に移動させたのか、不思議に思いました」

信本が使用していたのは実家のウェルキャブではないか。エミは信本家の実家に行ったときに直感したようだ。

「実家には運転できる人がいませんから、あのウェルキャブは所有者が実家の両親であっても、普段は信本が使用し、信本の自宅に駐車されていた可能性が高いです」

なぜわざわざ家宅捜索の直前に移動させたのか。

「警察に捜索されたくないクルマだから。犯罪に使われたからです」

署長はあくまで反論した。

「しかしあの広い高尾の森で、同じ時間の同じ場所で二つの殺人事件の犯人が鉢合わせするなんて、そんな偶然があるだろうか」

「当日は天候が不安定で、豪雨が降ったり止んだりしていました。豪雨の中で死体を遺棄するのは大変です。雨が止むのを待つでしょう。事件の晩に豪雨の合間の晴れ間があったのは、深夜一時半から二時の間だけです」

エミはスマホを出し、お天気アプリで見られる過去の降雨情報を見せた。

優子はテントの中で、彩はウェルキャブの中で、雨が止むのを待っていたというのか。

「遺棄場所についても、クルマが入れる林道から徒歩圏内で、なおかつ樹木が密生しておらず傾斜の緩やかな場所となると、あそこしかありません」

「だとしても、高尾の森は広い。納得できないなぁ」

エミはなおも推理を重ねようとしたが、突然、我に返った様子で口を閉ざした。

「すみません。警察学校の実務修習生が、生意気でした」

署長は慌てた。

「いや、実に興味深いよ。推理の続きを聞かせてくれ」

「とんでもないです。出過ぎました。一週間、本当にありがとうございました」

エミはそそくさと立ち上がり、警察学校に帰っていった。

一週間後、高尾警察署の捜査本部から、容疑者逮捕の一報が入ってきた。

信本の両親が所有するウェルキャブを押収し捜索したところ、現場の土がフロアマットから出た。運転席のシートベルトからは荒川優子の血痕が検出された。

彩は自供している。小学校に入ってすぐに夫が美玖に性的虐待を始めたのだそうだ。

〝誰にも言わないで。恥ずかしいし、上川のじいじとばあばを悲しませたくない〟

美玖に懇願され、彩は夫を殺害するまで追い詰められたようだ。

荒川優子のスマホは事件から二週間後にようやくロックが解除されていた。過去四人の被害者の焼死体画像が残っていた。両親によると、小学校一年生のときに河原で転び、キャンパーが放置した炭の上に尻もちをついて大やけどを負ってしまった。やけどの跡を揶揄(やゆ)され学校に行けなくなり、以降、趣味でソロキャンプを始めるまで、引きこもりだったそうだ。

全て、エミの筋読み通りだった。

署長はかつて八王子で起こったとある未解決事件を思い出していた。あの捜査本部でも宮武明嗣はエミのように圧倒的な筋読みを披露し、捜査幹部を差し置いて後輩たちを動かし、そして――。

自滅した。

副署長を呼び出す。

「例の未解決事件はどうなってる」

八王子警察署管内で唯一、懸賞金がかかった未解決事件だった。

「今月も寄せられた情報はなく、進展はありません」

「もう何年経つのか……」

あの事件で唯一の目撃者の少女が、警察官になるわけだ。

*

週末、エミは警察学校の外泊許可を取り、一カ月ぶりに八王子市の実家に帰ってきた。

父の明嗣は書斎として使っている四畳間の窓辺に揺り椅子を置き、うたた寝をしていた。

デスクは事件資料が山積みだ。壁の至るところに遺体写真が張り出されている。それはエミが幼いころに見た景色でもあった。

テレビがつけっぱなしになっている。ソロキャン連続殺人事件の報道がされていた。

「お父さん。ただいま」

父は薄目を開けて、こちらを見た。

「エミか」

「うん。なにか作ろうか。お昼食べた？」

「いや。まだだよ」

床に弁当の食べ残しやビールの空き缶が散乱していた。拾い集めていると、父に訊かれる。

「高尾山の事件、えらい複雑怪奇だなと思ったら、遺棄現場がかぶっただけだったんだな」

「そうみたいね」

「お前が実習に行っていたころだろ。捜査に関わったか」

「まさか。学生だよ。そもそも管轄が違うし」

エミは掃き出し窓の遮光カーテンを開けた。父が嫌がる。

「閉めてくれ。資料や写真が傷むから」

「……ごめん」

父はずっと光を嫌っている。

エミはゴミを片付け、ベランダに出た。九階で遮るものが周囲になく、眺めはよい。

とある未解決事件の現場がよく見える。

枯れかけた植物に水をやった。ぐんぐんと水を吸い込む乾いた土と、太陽へ茎を伸ばす植物を見て、信本家のウェルキャブに転がっていた細い懐中電灯を思い出した。

信本彩は夫を殺害し、死体を遺棄しに高尾の森へやってきた。雨が止み、クルマのエンジンを切ったとき、ヘッドライトが消えた森の漆黒の闇に彩は絶句したはずだ。あんな小さな懐中電灯では暗すぎて歩くこともままならなかっただろう。

それでも娘のため、彩は台車ごと夫の遺体を下ろして、暗闇に閉ざされたけもの道を進んだ。

連続殺人犯の荒川優子は遺体を焼き終えて、充電ライトを設置していたころか。彩は遠くにその光を見て、外灯と勘違いしたのではないか。登山をしない彩は、そんな場所に外灯があることの不自然さにも気が付かない。夫を毒殺する青酸カリは用意できても、夜の森に死体を遺棄する際の光源については、あの小さな懐中電灯ひとつで事足りると考えていた甘さがある。彩は無意識に光へ吸い寄せられてしまった。だから二つの殺人事件は『遭遇』してしまったのだ。

エミは太陽へ手を伸ばす植物にたっぷりと水をやった。

「わかるよ。わかる」

エミは配属先の希望を警察学校に出したばかりだ。八王子警察署と書いた。エミもまた光が欲しいのだ。

不適切な行い

葉真中顕

葉真中顕（はまなか・あき）

一九七六年東京都生まれ。作家。二〇一三年『ロスト・ケア』で日本ミステリー文学新人賞を受賞しデビュー。一九年『凍てつく太陽』で大藪春彦賞、日本推理作家協会賞、二二年『灼熱』で渡辺淳一文学賞を受賞。著書に、『絶叫』『ブラック・ドッグ』『コクーン』『政治的に正しい警察小説』『Ｗ県警の悲劇』『そして、海の泡になる』『Ｂｌｕｅ』『ロング・アフタヌーン』『鼓動』など。

1

雨戸を開けると、空には雲ひとつなかった。先週、地面を湿らす程度の雨が降ったきり、ずっと晴天が続いている。今年は例年にない空梅雨のようだ。

朝食を済ませて、さっと歯を磨き、パジャマからスーツに着替え、身支度を調える。居間の奥の仏壇の水を替え、線香を一本取り出す。ライターで線香を焚き、仏壇の香炉に立てる。りんを鳴らし、手を合わせる。

今日もしっかり、務めを果たしてくるからな――息子、正義の位牌に誓うところまでが、私の朝の日課。最近の言葉で言うならルーティーンだ。

そのさなか、スーツのポケットの中でスマートフォンが振動した。取り出して画面を見る。最近、老眼が進んできて裸眼では文字がぼやけるが、辛うじて〈屯倉署　刑事課〉と表示されているのがわかった。警電からの着信だ。

画面をタップして、電話に出た。

〈佐原（さはら）係長、ご苦労様です。み、水越（みずこし）です〉

昨夜の当直番だった若手の刑事である。

「どうした？」

あと三十分もすれば署で顔を合わせる私に、わざわざ電話してくることから、なんらかの緊急事態だということは察せられた。水越の声色もいつになく硬い。重大事案だろうか。

〈死体（ロク）が出たと、通報がありました〉

案の定だった。

〈場所は千間沢（せんげんさわ）。女性。埋められていたようです。あ、えっと、地域課員が急行しています。自分も、連絡を回し次第、向かいます〉

普段は冷静な水越も珍しく慌てていることが伝わってくる。

千間沢は、ここX県屯倉市の北部に位置する山地だ。そんな場所に埋められていたということは、十中八九、殺人（コロシ）だ。

「わかった。俺も直行する」

〈お願いします。すぐに位置情報送りますので〉

「頼んだ」

電話が切れた数秒後、またスマートフォンが振動し、現場の位置情報が送られてきた。

便利なものだと思う。備品として一人一台のパソコンが支給されたのは、もう十年以上前だったか。今や捜査にＩＴ機器を使うのは当たり前だ。

そのことに限らず、私が任官した三十年前と比べると、警察組織はずいぶんといろいろなことが変わった。私が新人の頃はまだ上司や先輩の鉄拳制裁も珍しくなかったが、今、そんなことをすれば立派なパワハラだ。

一方で変わらないものもある。たとえばそれは治安を守る公僕としての責任だ。どれだけＩＴが発達しても、結局は「人間」の仕事であるという部分も変わらないだろう。

気づけば私もベテランと呼ばれる歳になった。今は屯倉署刑事課の係長として「刑事一係」を率いている。古い時代の悪弊は引き継がず、この三十年で培った経験を部下たちに伝え、鍛えてゆくのが、今の私の役目だと思っている。

もちろん、自ら現場に出て、だ。

「どうやら事件みたいだ。行ってくるよ」

私は今度は声に出して正義の位牌に告げて、立ち上がった。

2

惨い。ひと目、そう思った。

千間沢の西の麓。山道から脇にそれた森の中。クヌギの木がまばらに生える空間に、その死体は横たわっていた。衣服はなにも身につけていない。全身が土で汚れている。髪の長さと体型で女性だとわかる。その右の上腕から前腕にかけて、左の二の腕、乳房の片方、腹、両の太腿、そして顔の頬の部分の肉が削がれており、骨が露出していた。眼窩に収まっていたはずのふたつの眼球もなくなっている。

なんとも、惨い。

私が到着したときには、すでに先着した捜査員らによる鑑識作業が始まっていた。連絡をくれた水越も、それに加わっている。県警本部にも連絡済みで、ほどなく検視官が臨場し、この場で検視を行う手はずだという。

「第一発見者は、近隣に住む老夫婦です。近隣と言っても住まいは一キロ近く離れてますが、今朝の五時過ぎ、ウォーキングがてら、山菜採りに訪れたところ、死体を見つけたそうです。今、車両でより詳しく話を訊いています」

鑑識作業を仕切っている鑑識係の大貫が説明してくれた。

この森の反対、千間沢の東側にハイキングコースが整備されて以来、こちらには滅多に人は訪れないらしい。発見者の老夫婦も、普段人が行かないからこそ、山菜が採れるのではないかと、思いつきで訪れたようだ。

「そこに埋まっていたんでしょうね」

大貫は死体の傍らの地面を指さした。そこには雑に掘り返したような大きな穴があった。

「タヌキの仕業か」

「たぶん。まあアナグマかもしれませんが。動物で間違いないでしょう。匂いで餌が埋まっていることに気づいて、引っ張り出して、食ったと思われます」

死体の肉が削げているのは、比較的柔らかい部分だ。

タヌキやアナグマ、あるいは野犬などの野生動物は、雑食で人の肉を食う上に、高い穴掘能力を持っている。一メートル以上の深さに埋めた死体でも掘り返してしまうことがあるという。そうした話を聞いたことはあったが、実際に目の当りにするのは初めてだった。

「死後の経過時間と、死因は？」

大貫はかぶりを振った。

「わかりません。掘り返されてからさほど時間は経ってないでしょうが、どのくらい地中にいたのか。地中では死体の腐敗進行速度が遅くなるのは間違いないですが、条件によりますからね。まあ、検視で詳しく死体を調べれば、経過時間はある程度しぼれると思います。ただ、死因の特定は不可能でしょう」

「そうか。いずれにせよ、死体遺棄は確定だな」

「それは間違いないでしょうね。動物が死体を掘り返すことはあっても、埋めることはないですから。埋めたのは人です。十中八九、殺人と思われます」

大貫は一報を受けたときに私が思ったのと同じことを口にした。

長閑と言われるこの屯倉市では大事件だ。マスコミの注目を集めるのは間違いないし、署には捜査本部が設置され、大々的な捜査が行われるだろう。

いくつかの偶然が重なり、こうして死体が発見されたことは不幸中の幸いだ。もしも野生動物が掘り返さなければ、そしてそれを人が見つけなければ、この女性は行方不明者の一人に数えられていた可能性が高い。死んでしまった者に幸も不幸もないかもしれないが、せめて犯人に酬いを受けさせたい。

そのためには、まずは身元だ。この女性がどこの誰かを明かすことが、捜査の一丁目一番地になる。

犯人は死体を全裸にして埋めた。万が一、死体が発見されても身元をわかりにくくするため、と考えるべきだろう。衣類や所持品は別で処分したに違いない。犯人の周到さが窺える。

私は改めて、その惨い死体を見つめた。

残っている部分の肌の感じや、髪の毛、額、鼻筋などからして、老人ではないのは確かだ。子どもでもない。断定はできないが、四十より下の若い女性ではないだろうか。

顔立ちはほとんど原形を留めていないが、輪郭はある程度わかる。

——正義。

反射的に息子のことを思い出した。あいつも人里離れた山地で命を落とした。

もっとも正義は殺されたわけではない。事故だった。一昨年(おととし)の夏、ここ千間沢ではない県内の別の山で登山中、岩場から滑落してしまったのだ。まだ大学生になったばかりの十九歳だった。

私はそれまでに刑事の立場で、何人かの我が子を亡くした親に会ったことがあった。彼らの哀しみや無念を理解していたつもりだったが、逆縁が我がことして降りかかってきたとき、それらは実際に経験しないと本当にはわからないものなのだと思い知った。

妻は心労が重なったこともあり、今でも実家で療養している。私だって本当に立ち直れているのか、わからない。この胸の奥には、重い哀(かな)しみが鎮座している。

しかし、私までもが塞ぎ込んでしまえば、きっと天国のあの子を哀しませることになる。

——俺、大学出たら任官試験、受けます。父さんみたいな立派な警察官になりたいんだ。

大学に合格した記念に家族で外食したとき、正義は、そう言ってくれた。言ってくれた。法学部を選んだのは法律の知識を学ぶためで、趣味の登山は体力づくりを兼ねてのことだった。

あいつが警察官になりたいと言ったのはあのときが初めてではなかった。小学生の頃から、作文に「将来の夢は警察官」と書いていた。親の仕事に漠然と憧れる子どもは少なくないそうだが、正義は思春期を過ぎてもその気持ちを持ち続けていた。私は何度か、テレビドラマのように格好いい仕事じゃないぞと、現実の警察官の大変さを話して聞かせたが、むしろその度に意欲を高めたようだった。

私はあいつが幼い頃から、道理に合わないことはするな、約束は守れと厳しく躾けてきた。それを煙たがる様子もなく、この背中を追おうとしてくれていた。順調に行けば、私が定年する少し前に正義が任官し制服に袖を通すことになるはずだった。

この女性にも父親はいたはずだ。もちろん母親も。彼らは、娘がこのような目に遭っていることを知らないだろう。あまりに不憫だ。

不意に、ぷうんと、アルコールの臭いが漂ってきた。それと重なるような、間延びした声。

「あらら、こら、悲惨なことになってんなぁ」

振り向かなくても誰かわかった。

我が刑事一係の問題児。いや、問題爺と言うべきか。ベテラン刑事の柿沼だ。

「飲んでるんですか？」

私が一瞥すると、柿沼は悪びれずに、にへらっと笑って、そのごま塩頭を掻いた。

「いやあ。今日は非番だもんで。迎え酒としゃれ込んでたんですわ」

こうした重大事件が起きた際は、非番の者でも呼び出される。が、この男には声をかけなくてもよかったのにと、正直、思う。

「それはお休み中、ご苦労様でした」

「いやあ、暢気に休んでられんですよ」

皮肉を言ったつもりなのだが、柿沼には通じなかったようだ。

そんなこと言うなら、せめて酒は抜いてこいよと思う。

手前味噌かもしれないが、私は刑事一係の部下たちをどこに出しても恥ずかしくない刑事に鍛え上げている自負がある。しかし、この柿沼だけは別だ。

柿沼の階級は巡査部長、役職は主任。刑事一係では私に次ぐナンバーツーの立場だ。が、年齢は私より八つ上で、しかも私が新人時代、最初に配属になった署の先輩だった人物である。どういう天の配剤なのか、柿沼はあの頃からほとんど出世もせず、今は屯倉署で私の部下になっている。

正直、やりにくい。部下ではあっても一応、先輩なので話しかけるときは敬語を使うし、他の部下のように「指導」するわけにもいかない。

柿沼が、模範となるような刑事ならそれでも問題はないのだが、残念ながらそうではない。昔は、少し緩いところのある先輩だと思っていたが、長い時間をかけてその緩さに磨きがかかったようだ。朝礼への遅刻や、申し送りの不徹底など、後輩の見本にならない不適切な行いを日常的に繰り返す。捜査でペアを組ませた刑事から、やたらと休憩を取りサボりたがると報告を受けたこともあった。

これでは他の者に示しがつかないと思い「いい加減にしてください！」と怒鳴りつけてやったこともあるが、「すまん、すまん」とへらへら受け流すばかり。さすがに頭に血が上り「その態度はなんですか」と襟首を摑めば、「暴力反対。パワハラじゃねえですか」などと宣う。

処置なしだ。

幸いと言っていいのか、柿沼は今年で五十九歳。来年には定年を迎える。それまでは、反面教師として、利用するしかないと思っている。今回の捜査では、役に立たなくていいから、せめて足は引っ張ってくれるなと祈るほかない。

その柿沼は、身をかがめ死体を覗き込むと、「んー？」と、首をひねった。

「どうかしましたか？」

尋ねると、柿沼はこちらに顔を向け、「あー、やっぱ、なんでもねえです」と、大げさに肩をすくめた。

やっぱって、なんだよ？　なんなんだ、この人は！

柿沼が妙に思わせぶりな態度を取ることは珍しくないので、私はただ憤りを覚えるだけだった。しかし、おそらく彼はこのとき、隠し事をしていたのだ。

3

死体発見の数時間後、県警捜査一課が応援に乗り込んできて、屯倉署には捜査本部が設置される運びとなった。

千間沢死体遺棄事件――署の大会議室の入口に、そんな事件名を書いた紙が貼られ、中にはホワイトボードや、電話機などの備品が運び込まれた。

捜査本部では、どうしても主導権は県警が握り、我々所轄署の刑事は、そのサポートをすることになる。全体の指揮をとる「捜査主任官」を務めるのも県警捜査一課の管理官だ。

しかし現場で遠慮する必要も気後れする必要もない。むしろ連中をリードするつもりで捜査にあたれ――私はそう部下たちに発破をかけた。

精鋭部隊とされる県警捜査一課は、基本的に一本釣り、すなわち見込みのありそうな所轄の刑事をスカウトする形で捜査員を補充している。所轄の刑事にとって捜査本部に加わることは、アピールのチャンスでもあるのだ。私の部下たちなら、今回の捜査を通じて、捜査一課から誘いを受ける者も出てくるはずだと、密(ひそ)かに思っている。

検視とそののちに行われた科学鑑定の結果が出たのは捜査三日目のことだった。死体発見現場で大貫が言っていたように死因は特定できなかったが、死亡時期については概(おおむ)ね三ヶ月前だろうと推定された。

その翌々日、捜査五日目には、死体――被害者――の身元が判明した。

県の歯科医師会を通じ照会を依頼したところ、被害者の歯形と歯の治療痕から、市内の歯科医院で治療歴のある女性だと特定できたのだ。その日の夜の捜査会議で、全捜査員に情報が共有された。私が被害者の身元を知ったのもそのときだった。

「被害者(マルガイ)の名前は、西郷優花(さいごうゆうか)。西郷隆盛の西郷に、優しいに、花で、西郷優花です。歳は二十四歳――」

会議室の前方で担当の捜査一課の刑事が報告をした。歯科医院の受診記録によれば、西郷優花の住まいは市の南側の住宅街にある『カーサ屯倉南』というマンションの一室。受診時に提示した保険証が、国民健康保険のものだったことから、企業に勤める正社員ではなかった可能性が高い。そのほか、詳しい素性は現時点では不明。急ぎ、数名の捜査員と鑑識班がそのマンションに向かっているという。

続いて管理官が、今後は西郷優花の住まいを捜索するとともに、職業や交友関係など、身辺を洗ってゆくことを確認した。被害者の身元が判明したことは大きな前進と言えるだろう。

が、私は報告を聞きながら奇妙な感覚に囚（とら）われていた。

西郷優花という名前を知っている気がしたのだ。知り合いに西郷という姓の者はいない。自分が関わった事件の関係者にもいなかったはずだ。では、なんだ？　いわゆるデジャビュというやつだろうか。それにしては、はっきりと覚えがあるのだが。

その正体がわかったのは、会議が終わった直後、部下が二人、私の元にやってきたときだ。

水越と、刑事一係の紅一点、女性刑事の宮原（みやはら）だった。

二人とも、表情を強張（こわば）らせていた。

「あの、係長、被害者（マルガイ）の、西郷優花という女性なんですが、以前、相談に来て……」

水越が神妙な顔つきで口を開いたとき、思い当たった。

「もしかして、脅迫で被害届を出した女性か」

「はい」と、水越が答え、隣で宮原も頷（うなず）いた。

たしか、暴力的な恋人と別れようとしたら脅迫を受けたと相談に来た女性が、一度は被害届を出したものの、すぐに取り下げたため捜査には至らなかった事案だ。水越と宮原が担当し、私は調書と口頭での報告を受けた。その女性の名前が、西郷優花だった。

調書に書かれた字面を思い出した。

「同一人物なのか？」

念のため尋ねると、宮原が「はい。間違いないです」と答えた。

「脅迫の事実は、あったのか？」

二人は顔を気まずそうに見合わせ、宮原が口を開いた。

「本当に、あったんだと思います。西郷さんが最初に相談に来たとき、対応したのは私でした。恋人に別れを切り出したら、首を絞められて、殺すと脅されたって話していました。実際、首のところに痣もできていて、私はもうその時点で被害届を出してはどうかと提案したんですが……」

宮原は一度言葉を切り、眉間に皺を寄せた。

「そのとき署にいた柿沼さんが割り込んできたんです。こんなことで被害届出されても受理するわけにはいかないって」

「突っぱねたのか」

「はい。証拠がないだろうって。西郷さんは、痣ができるくらい強く首を絞められて、本当に殺されるかと思ったって、訴えたんですが、診断書がなければ証拠にならないって」

たしかに、証拠のない訴えを真に受けて事件化すれば、冤罪を生みかねない。この世には他人を嵌めるために虚偽の被害を訴える者もいる。だが、柿沼のことだから、そうした心配をしたわけではなく、単純に仕事を増やしたくないと思ったのだろう。

宮原も同感のようで、しかめ面のまま続けた。

「あの人、面倒だったんだと思います。本来だったら、被害届は全部受理すべきなのに」

警察活動の規則をまとめた「犯罪捜査規範」では、そう定められている。現実の実務では、明らかに虚偽だったり、刑事事件にはならないトラブルを元にした被害届は受理しないこともあるが、この西郷優花のケースは、宮原の言う通り、受理すべきだろう。

「でも、結局は受理したんだよな」

「はい。その次の週に西郷さんもう一度来て、今度は証拠もあるって。SDメモリーカードを持ってきたんです。そこにはっきり男の声で『ぶっ殺すぞ！』って声が録音されていました。西郷さん、わざと別れ話を切り出して、恋人が怒る様子をスマートフォンで録音したそうです。そのとき、ちょうど柿沼さんがいなくて、水越さんと」

宮原が隣の水越に水を向けた。水越は頷き、続きを引き取るように口を開いた。

「宮原から事情を聞いて、柿沼さんがいないうちに受理してしまおうって、自分たちの判断で受理することにしたんです」

なるほど。その音声データは脅迫罪の証拠になりえる。西郷優花は危険を冒してまで証拠を用意したのか。そうした詳細は調書ではわからなかった。しかし、だったら、なぜ。

「西郷優花は、そうして証拠まで用意して被害届を出したのに、すぐに取り下げたんだよな?」

「そうなんです」引き続き、水越が答えた。「被害届を出して、確か二日後の深夜、西郷さんが署にやってきて、たまたま自分が当直で対応しました。改めて恋人と話し合ったら、向こうの態度が変わって円満に別れることができたんで、被害届をなしにしたいと」

「それで、取り下げに応じたのか?」

「結果的には……」

私は思わず顔をしかめた。

「おまえ、その恋人から被害届を取り下げるように脅されたとは考えなかったのか」

「それは何度も確認しました。西郷さんは、恋人は被害届のことはまだなにも知らない、せっかく円満に別れられたのに、警察沙汰になったら逆恨みされる。逮捕して一生刑務所に入れられるなら、そうして欲しいけど、それができないなら、なにもしないで欲しいと……」

たしかに円満に別れられているのであれば、警察が介入することが藪蛇(やぶへび)になりかねない。

「その言い分はわからんじゃないが、その場で、はいそうですかと、応じるもんじゃないだろ」

「もちろん、自分の独断ではなく、電話で判断を仰ぎました。柿沼さんに、なんですけど」

　また、あの男の名前が出てきた。

「じゃあ、判断したのは、柿沼……さんか」

　一瞬、呼び捨てにしかけ、一拍遅れて「さん」をつけた。

「はい。柿沼さんは、そもそもただの痴話げんかだったんだろうし、警察がしゃしゃり出た方が、ややこしいことになる、取り下げに応じろ、と」

　そういうことか。柿沼が背後でうろちょろしていたわけだ。

「あれ、三月だったよな」

「そうなんです。ちょうど三ヶ月前、でした」

　答えた宮原の声は震えていた。

　西郷優花の死亡時期と重なる。

　その恋人とやらが、殺して埋めた――そんな筋が容易に想像できる。やはり脅して被害届を取り下げさせていたのか。あるいは本当に円満に別れたが、なにかきっかけがあって逆恨みされたのか。

いずれにせよだ。もし恋人が犯人なら、トラブルを把握しておきながら、事件を防げなかったことになる。

「まずいぞ」

私自身、被害届が出されたことと、それがすぐに取り下げられたことは、調書で知っていた。妙な話だとは思ったものの、特に追及はしなかった。甘かった。だが、今更悔やんでも詮無い。今できる最善を尽くさなければ。

ひとつ、気づいたことがあった。

「おまえらは、さっき会議で名前が出て被害者（マルガイ）が西郷優花だと気づいたんだな。現場ではわからなかったか?」

「あの、私は、現着が遅れて、死体（ホトケ）を目にしなかったので」と、宮原。

「自分は見ましたが、顔立ちもわからなくなってましたから。言われて、思い返せば、そうだったのかと思いますが」と、水越。

だが、現場でも気づいたやつがいたんだ。柿沼だ。

やつが死体の顔を覗き込んでいた理由がわかった。

なにが、なんでもねえです、だ!

辺りを見回すと、私たちがなにやら深刻そうに話し込んでいるからか、会議室に残っている県警の刑事たちが、ちらちらこちらを窺っている。

私は、大きく息を吐いた。

「とにかく、上に報告しよう。宮原、刑事部屋からそのときの調書とってきてくれ」

「はい！」

宮原は、駆け足で会議室を出ていった。

「俺たちは先に説明しよう」

水越を促し、前方に設置された幹部席にいる管理官の元へ向かう。

これは屯倉署にとっては不祥事になるかもしれない。しかし、隠すことはできないし、隠すわけにはいかない。相談を受けたときの調書には多くの情報が含まれるだろうし、西郷優花の恋人が有力な被疑者なのは間違いないのだから。

4

「いやあ、こりゃあどうも面倒なことになりましたなあ」

柿沼にはまったく悪びれる様子がなかった。

「柿沼さん、あんた、どうして西郷優花が最初に相談しに来たとき、横やり入れたんですか」

「あんときは証拠がありませんでしたからな。我々が冤罪をつくり出したらまずいでしょう」

署の中央階段、屋上手前の踊り場。普段ほとんど人が訪れることはなく、湿った空気が揺蕩(たゆた)っているこの空間で、私は柿沼と向き合っていた。

捜査開始からちょうど一週間。今日は朝から空に梅雨らしい灰色の雲が広がり、雨を降らせている。

三月に西郷優花が被害届を出したときの調書と、応対した水越と宮原の弁により、彼女の素性ははっきりとした。

西郷優花は二年ほど前から、屯倉駅駅前の繁華街にある『ジュピター』というクラブでホステスとして働いていた。未婚で歯科の診療記録にもあった『カーサ屯倉南』で独り暮らし。昨年の秋頃から、客だった尾崎洋司(おざきようじ)という男と付き合うようになったという。

この尾崎洋司が件(くだん)の脅迫をしていたという恋人だ。現在二十八歳で、父親が経営する『尾崎殖産』という不動産会社に籍を置いている。地元の不良の間では有名な存在で、未成年の頃から複数回の補導歴があり、成人後は傷害で二度も逮捕されている。しかしその二度とも父親が金を積んで被害者と示談し、不起訴処分となっている。父親は市内では名士ということになっているが、息子に甘いことでも有名らしい。

画(え)に描いたようなどら息子である尾崎洋司は、気にくわない相手のことは父親の人脈を駆使してでも徹底的に追い込むところがあり、恐れられている反面、友人や後輩にはいつも気前よく奢っており、不良の間では人望があるようだ。

西郷優花も付き合う前から尾崎洋司の名前は聞いたことがあったらしい。そんな「有名人」が、足繁く店に通い、情熱的に自分のことを口説いてきたことでその気になり、付き合うことになったという。初めのうちは頼もしいと思っていたが、次第にその粗暴な性格や素行の悪さに付いていけなくなった。大怪我をするような暴力は振るわれていないが、大声で罵倒されたり、頬を張られたりといったDVもあったようだ。

今年に入ってから西郷優花は何度か別れ話をしてみたが、応じてもらえず、脅迫を受けるようになった。このことは勤め先の『ジュピター』の同僚にもこぼしていたという。

そして西郷優花は、警察を頼ることを決意した。

最初に相談に来たのが、三月二日。水越たちが述べたように、このときは柿沼の横やりが入り被害届を出せなかったが、その六日後、三月八日、西郷優花は証拠となるSDメモリーカードを持参してきて、被害届を出し、受理された。しかし、三月十日の深夜、それを取り下げた。

西郷優花が最後に『ジュピター』に出勤したのは三月九日。被害届を取り下げる前日だ。そしてこのとき同僚の女性が、西郷優花が仕事が終わったあと店の外で、誰かとスマートフォンで話しているのを見かけている。相手も話の詳しい内容も不明だが、西郷優花が「そんなこと言われても困る」と言っているのを聞いていた。そして西郷優花は店に来なくなった。マネージャーが何度か電話してみたが、つながらなかったそうだ。

死体発見後の聴取によると、西郷優花が尾崎洋司と揉(も)めていることは『ジュピター』の関係者はみな知っており、なにかトラブルがあったのかと思ってはいたが、巻き込まれることを恐れ、誰も確認しようとはしなかったようだ。「水商売の世界では急にキャストが無断欠勤してそのまま退店することは珍しくないんです。事情もそれぞれですから、深く追及しませんでした。けれど、まさか、死んでたなんて夢にも思いませんでした」とは『ジュピター』のマネージャーの弁。同僚だったキャストたちもみな、似たり寄ったりの、言い訳めいたことを言っている。

鑑識が西郷優花の住まいである『カーサ屯倉南』の部屋を詳しく調べたところ、壁の巾木(はばき)の隙間に少量の血液が付着しているのが発見され、DNA型から西郷優花のものだと断定された。

こうした情報から上層部は、尾崎洋司を最有力の被疑者とした。

プライドが高い尾崎洋司は、西郷優花が被害届を出したことを知り強い憤りを覚え、殺意を抱いた。態度を改め円満に別れる振りをし、西郷優花に被害届を取り下げさせ、その上で彼女の自宅で殺害。死体を千間沢に埋めた——といった筋読みだ。

私もそれが一番可能性が高いと思う。しかし証拠は今のところ何もない。西郷優花が殺害されたのは、おそらく被害届を取り下げた直後なのだが、いつかはわかっていない。ゆえにアリバイから容疑を絞り込むこともできない。

今のところ参考人という形で、尾崎洋司から何度か話を訊いているが、彼は「俺も急に優花と連絡が取れなくなって心配していた」などと述べている。今年に入ってから別れ話を持ちかけられたことは認めたが、そのことで西郷優花を脅してなどいないし、彼女が警察に被害届を出したことも知らなかった、と証言している。

自白を取れれば話は早いが、聴取を担当した捜査一課の刑事によれば、尾崎洋司は、悪い意味で警察馴れしており簡単に落ちる相手ではなさそうだということだ。

西郷優花が被害届を出したときに提出したSDメモリーカードがあれば、決定的な証拠とは言えなくても、突破口になりえる。少なくとも脅迫の容疑での逮捕は可能だろう。被害届の取り下げ時に西郷優花に返却したそうだが、彼女の部屋からは見つかっていない。スマートフォンや携帯電話の類もだ。自らへの疑いをかわすため、殺害時に尾崎洋司が奪って処分した可能性がある。

捜査本部の誰もが解決まであと一歩のところまで来ている感触を得ているが、その手前に壁があるような状況だ。

加えて我々屯倉署にとって問題なのは、三月の時点で、西郷優花に被害届を取り下げさせず、捜査を始めていれば、今回の事件を未然に防げた可能性はきわめて高いということだ。

私は柿沼に問いを重ねる。

「じゃあ、取り下げの方はどうです。三月十日の夜、水越から判断を仰ぐ電話があったんですよね」

「ええ。話を聞いてね、そりゃまあ円満に別れられるなら、茶々入れることもねえだろうと、応じていいんじゃねえかと思いましてね」

「深夜ですよね。せめて一日待つとか、慎重に判断しようと思わなかったんですか」

「今思えばね、その方がよかったような気もしますが……。あんときは、善は急げって思ったんですよ」

やはり柿沼は悪びれもしない。

何言ってやがる、あんたは仕事を減らしたかっただけだろう。次の日になって私の耳に入れれば、取り下げに反対されると見越してのことだろう。いや、そうだったら、まだいい。

「柿沼さん、あんた、まさか嚙んでないよな」

私は柿沼をまっすぐに見て尋ねた。

「は？」

「正直に言ってくれ。あんた、西郷優花が相談に来たこと、それから被害届を出したこと、尾崎に漏らしてないか。水越に被害届を取り下げるよう指示したのも、尾崎のためじゃないのか」

「おいおい、そりゃ、なんぼなんでもだ。そんなことするわけねえだろ」

柿沼の顔から、へらへらした笑いが消えた。さすがに怒ったか。それとも、怒った振りをしているのか。

「柿沼さん、『尾崎殖産』の近所に住んでいるよな」

調書を読んでいて気づいたことだった。尾崎洋司の勤め先であり、実家でもある『尾崎殖産』は、市内の柿沼の住まいのある町にあった。

柿沼はわかりやすく顔をしかめた。

「それがなんだってんすか。管轄内に住んでんだから、そういうこともあるでしょうよ」

「まあな。それで『尾崎殖産』の社長、尾崎洋司の父親は、あんたの町の町内会長でもあるっていうじゃないか。ひょっとして面識があるか」

「そりゃ……。尾崎さんは顔の広い人だし、会えば挨拶くらいするよ」

「尾崎洋司のことも前から知っていたか？」

「有名な不良息子だからね。でも、俺が一方的に名前を知ってただけで、話をしたこともないですよ」

「だったら、最初に西郷優花が相談しに来たときも、尾崎洋司の名前が出た時点で、

『尾崎殖産』のどら息子だって気づいたわけだな」

柿沼はふて腐れたように舌打ちした。

「いちいち言うようなことじゃねえでしょ。佐原さん、あんた俺が、尾崎さんが知り合いだから、忖度したとでも言いたいのか」

「知り合いだからじゃなくて、『尾崎殖産』に恩を売りたいからだ。定年後の身の振り方を考えてな」

定年後の再就職先の確保は切実な問題だ。大して出世もせずコネを使えそうもない不良刑事にとって『尾崎殖産』のような市内の有力企業に貸しをつくることは大きいはずだ。

「そんなわけ、ねえでしょ」

柿沼は鼻を鳴らした。

「柿沼さん、上層部はこの件、重く見てるぞ。あんただけじゃなくて、俺や水越たちも、いったん、捜査から外されることになったんだ」

先ほど管理官から告げられた。捜査幹部たちは、事件が解決したあと責任追及されることを恐れているのだろう。

「へえ、そりゃ本当に面倒なことになっちまってますな」

柿沼は口角を上げた。その態度に憤りを覚えた。

「ふざけるな！」

私は柿沼の襟首を摑み、身体を壁に押しつけた。

「あんた、もし、尾崎のために動いたなら、正直に言え！」

あとから発覚するくらいなら、こちらから報告した方がましだ。

「ちょっと、勘弁してくれよ。んなこと、してねえって。単に仕事を増やしたくなかっただけだよ。わかんだろ」

柿沼は私の身体を押し返しながら、言った。

「仮にそうだとしても、問題だ！」

「悪かったよ。俺の判断が間違っていた。管理官にもそう言うよ。それでいいだろ。佐原さん、手ぇ離せよ。これパワハラだぜ」

柿沼はそんなことを宣い、私の手を振り払った。

5

俺の判断が間違っていた――そう柿沼が認めたところで、あいつ一人の問題では済まないだろう。屯倉署全体の不祥事ということになる。この先のことを思うと胃が痛い。
刑事部屋に戻ると水越と宮原の姿があった。私は二人に「ちょっといいか」と声をかけて、空いている会議室へ促した。

「――そういうわけで、捜査から外されることになった」

私が告げると、二人は顔を見合わせ、ほぼ同時に「申し訳ありません」と頭を下げた。

「顔を上げろ。悪いのは柿沼だ。おまえらは、とばっちりを食ったようなもんだろ」

今度は柿沼のことを呼び捨てにした。

水越も宮原も県警捜査一課への配属を希望していた。今回の事件で、捜査本部に加われたことはまさしくチャンスだった。二人とも私にとっては子どものような存在で、手塩にかけて育て、鍛えてきた。特に水越は捜査一課でも十分通用するだけの実力を備えていると思う。しかし、こんなことがあったのでは、引き抜かれることは当面ないだろう。

柿沼の不適切な行いのせいで、将来のある若手がわりを食うのは、忍びない。

でも、と宮原が口を開いた。

「柿沼さんがああいう人なのは、わかっていたことです。そもそも最初に西郷さんが相談に来たときから、私があの人を関わらせなければ、こんなことには、ならなかったかもしれません」

「まあな。たしかにそうかもしれん。だが、たらればを言っても詮無いだろ」

私は息をついて、水越に視線を向けた。

「水越、おまえもな。柿沼なんかに判断を仰がなければな」

あれはある意味決定的だった。怠け癖のある柿沼に判断を仰げば、被害届の取り下げに応じろと言うことは十分予想できたはずだ。もう取り返しがつかないが、残念だという思いで言ったのだが、水越は「本当に、申し訳ないです」とまた謝った。見ると、顔色も悪い。自分を許せないのかもしれない。

「終わったことは仕方ない。おまえたちはまだ若いんだ。同じことを繰り返さないように、今後に活かせ」

「はい」

「はい……」

二人は返事をした。水越は顔色が悪いままだ。よく見ると口元が震えている。

「おい、水越、そんなに落ち込むな」

水越は顔を上げると「はい」と返事をした。その声にも覇気がなく感じる。

単に落ち込んでいるだけではなく、体調でも悪いのだろうか。

死体が発見されたと電話で連絡をくれたとき、水越の声が妙に上ずっていたことを思い出した。あのときは、大きな事件に緊張しているのかと思ったが、ずっとどこか具合が悪かったんじゃないのか。

そんな思いを巡らせているうちに、ふっと思い出したことがあった。

「ああ、そう言えば、水越、おまえ――」

私は特に何か確信や疑念があったわけではなく、ただ思い浮かんだ疑問を口にしただけだった。

「――どうして、死体が埋められていたってわかったんだ？」

あのときの電話で、水越はたしかに「埋められていたようです」と言っていた。しかし、発見時、死体は埋まっていなかった。野生動物に掘り返された上に一部白骨化していたのだ。近くに掘り返した跡はあったが、通報者が「死体が埋まっています」と通報したとは思えない。

あの電話は、署からかかってきたから、水越が現場を直接見て、そう判断したわけでもない。先に現着した捜査員から連絡があり、情報を持っていたのだろうか。

そんなふうに考えていた。

「え、あ、それは……」

水越は目に見えて動揺していた。いつの間にか、はあはあと、はっきり聞こえるほど荒く息をしていた。

「おい、水越、どうした？」

「水越さん、大丈夫？」

「ごめん、なさい」

水越は絞り出すような声で謝罪の言葉を吐き出した。そして、一度椅子から立ち上がると、その場で土下座をはじめた。その両目からは涙を溢れさせていた。

「ごめんなさい、ごめんなさい、ごめんなさい、……ごめんなさい！　自分が、やりました」

おそらく水越は、ずっと罪悪感に苛まれていたのだろう。隠蔽工作がいつかばれるのではないかという恐怖に怯えていたのかもしれない。もともと真面目な男だ。自ら犯した罪を隠し、すべてなかったことにして、生きてゆくことなどできなかったのだろう。図らずも私が、彼の犯行を間接的に裏付けるような質問をしたとき、良心と保身の間でぎりぎり張り詰めていた糸が、切れたのだろう。

しかしこのときの私は、その突然の行動に驚くばかりで、この期に及んでまだ、水越が何をやったと言っているのか理解できていなかった。

水越本人が口にするまで。

「自分が、西郷優花さんを殺して、千間沢に埋めたんです！」

6

「取り調べを行っている捜査員によれば、動機は、紛失、だそうです」

署の会議室。先週、水越が座っていたのと同じ場所で、その菰田肇（こもだはじめ）という男は私と向かい合っている。彼は話すときほとんど表情が変わらない。顔立ちは若いのに髪は真っ白だ。何歳（いくつ）くらいなのだろう。私より年上なのか下なのかもわからなかった。

「紛失、ですか？」

私は訊き返した。どういうことだ？

「はい。水越巡査は、西郷優花さんから証拠として預かったＳＤメモリーカードを紛失してしまったそうなんです。それも、その日のうちに」

証拠品の紛失は、あってはならないミスだ。しかし稀（まれ）に起こりえるミスでもある。指の先に乗るほどの記憶媒体であるＳＤメモリーカードは、多くの事件できわめて重要な証拠品として扱われる一方で、紛失のリスクが高い。

「あいつはそのミスを隠すために、西郷さんを殺したっていうんですか？」

「結果的にはそうなったようです」

菰田は能面のような無表情で言った。年齢不詳のこの男は、県警の監察官。警察官の不祥事を取り締まる言わば「警察の警察」である。

先週、この会議室で犯行を自白した水越は、現在、かつて彼が配属を願っていた県警捜査一課の刑事たちから取り調べを受けている。私は五日間の自宅待機を命じられたのち、署に呼ばれ、監察官からの聴取を受けることになった。待機中は情報をシャットアウトされた。関与を疑われているわけではないのだろうが、直属の上司なので責任ありと見られているのだろう。

　菰田は続ける。

「預かったはずのSDメモリーカードがどこを探しても見つからないと焦った水越巡査は、三月九日の夜、西郷さんに電話して、被害届を取り下げるよう頼んだそうです。自分のミスをうやむやにするために」

　クラブ『ジュピター』の同僚が証言していた西郷優花の電話の相手は、水越だったのか。

　西郷優花は取り下げを拒否したという。当然だ。彼女はわざわざ尾崎洋司を怒らせて証拠となる音声を手に入れたのだ。そうまでして受理させた被害届をすぐに取り下げろなどとは、到底、受け入れられないだろう。

　水越は直接、西郷優花の住まいを訪れ、説得しようとした。

「西郷さんは夜中に自宅に訪れてまで被害届を取り下げさせようとする水越巡査を不審に思い、署に抗議すると言ったそうです。水越巡査としては、そんなことになれば、更に問題が大きくなる。そして、もうこうなったら、西郷さんを――」

　殺すしかない。そう考えて、水越は西郷優花を手にかけた。首を絞めて殺してしまった。揉み合った拍子に西郷優花は怪我をして血を流した。拭き取ったつもりだったが、巾木の隙間にわずかに残っていたようだ。

水越は死体を千間沢に埋め、ちょうど当直だった翌日の三月十日、西郷優花が被害届を取り下げたことにした。怪しまれないように、柿沢に電話して取り下げに応じていいか判断を仰いだ。これは賭けだったが、柿沢ならまず間違いなく応じろと判断すると思ったという。

ミスを隠そうとしてより悪い事態を招いてゆく、愚かさの雪だるまのようだ。

「なお、水越巡査が紛失したSDメモリーカードは、署内で発見されました。廊下のタイルの隙間に挟まっていたようです。気づかないうちに落としてしまったのでしょう。水越巡査は署内はくまなく探したつもりだったようですが、見つけられなかったみたいです」

つい、ため息が漏れる。

「あいつ、なんで、そんな馬鹿なことを……」

「わかりませんか?」

菰田はこちらをまっすぐに見て問うた。彼は、私と対峙してからほとんど表情を動かしていない。ポーカーフェイスを保てることは、警察官にとって重要な資質だが、監察官になる者なら尚更だろう。

「もちろん、ミスをしたとき、それを隠したくなる心理はわかります。証拠品をなくしたとなれば、なんらかの処分を受けることは確実です。しかし勇気を持って、相談して欲しかった。結果論ですが、今回のケースはみんなで署内を探せば見つかったかもしれない。大きな不祥事にならないで済んだかもしれないのに」

そもそも、ミスを隠そうと考えること自体が、不適切なのだ。しかも相談に来た市民に被害届を取り下げさせようとし、あまつさえ殺してしまうだなんて。切羽詰まったとはいえ、水越がそんなことをする人間だったとは、未だに信じられない。いや、信じたくないのか。

「上司として責任は感じています。しかし私なりに職務に誠実であれと伝えてきたつもりです。正直、裏切られたという気持ちも強くあります」

私は本心を口にした。警察がピラミッド型の組織である以上、部下が不祥事を起こしたとき上司も責任を問われるのは、仕方ない。しかし私に何か非があるわけでもない。その無念くらいは言葉にしてもいいだろう。

「なるほど」

菰田はポーカーフェイスのまま頷き、数秒沈黙したあと口を開いた。

「水越巡査はなぜ紛失したことを正直に言わなかったんだと思いますか？」

「それは……何らかの処分を受けると思ったから、じゃないのですか」

私はなぜ改めてそんなことを訊かれるのか、よくわからなかった。

「実は私も昨日、水越巡査本人への聴取を行ったのですが、彼は怖かったからだと言っていました」

「そうですか。処分を恐れる気持ちは、私にもわかりますが……」

「いえ、あなたが、です」

「え？」

私が？　私の何が怖いというのか。

「水越巡査は、あなたにミスを怒られるのが怖かったから、なかったことにしたかったと証言しました」

なんだ、そりゃ？

ついあきれてしまった。

「怒られるのが怖いって、そんな、子どもじゃないんだから」

「精神的に強い負荷を与えられるような怒られ方を何度もしていれば、大人でも、たとえ訓練を受けた警察官であっても、強い恐怖を感じるのではないでしょうか」

菰田はやはりポーカーフェイスのまま言った。

「私が、そういう怒り方をしていると？」

「していないんですか？」

言いがかりをつけられている気分になってきた。

「そりゃあ、それなりに厳しくはしています。警察(われわれ)の仕事は基本的には失敗が赦(ゆる)されないものですから。ドンマイでは済まない。そういうもんでしょう」

「たしかに警察の業務は一般企業よりシビアな面があるのかもしれない。治安組織である以上、上下関係も厳しいものがあるでしょう。しかし、当然ながら、何でもありではない。佐原警部補、あなたは、水越巡査を始めとする部下たちに、度を超して厳しい指導を行っていませんか。あなたのやっていることはパワハラだと、指摘する声もあります」

パワハラ、という言葉で思い当たった。そうか、そういうことか。

「もしかしてそれ、柿沼さんが言ってるんですか？」

菰田は答えないが、私は肯定と受け取った。

「あの人は、自分のだらしなさを棚に上げて、私が注意するとすぐそういうことを言うんですよ。パワハラだとかなんとか。でもね、私はそんなことはしません」

「柿沼巡査部長ではありません」

「は？」

「むしろ柿沼巡査部長は、あなたより年上のため部下の中で唯一パワハラを受けていないと聞きました」

「どういうことです？　それじゃあ、まるで私が柿沼さん以外にはパワハラをしているみたいじゃないですか。とんでもない。しませんよ」

「漢字ドリル」

　菰田がぽつりと発した場違いな単語に戸惑った。

「え、何です？」

「漢字ドリルです。調書に誤字があった部下を呼び出し、宿直室で徹夜で漢字ドリルをやらせたことがありますか？」

　ああ、そのことか。なぜ、今出てくるのかわからないが、私は頷いた。

「ええ、まあ、あります」

「あなたは部下を指導するときは必ず床に正座をさせ、『ゴミ屑』『死ね』などの人格を否定するような言葉をよく使い、ときに部下自身に『私は役立たずのゴミ警官です』と言わせていますね」

「そういうこともありますが……」

　そんなの部下を鍛えるためには当たり前の厳しさじゃないか。俺は今、何を訊かれているんだ？

「柿沼巡査部長以外の部下全員に、県警捜査一課への配属を目標とすることを強要していますね」

「いいえ、強要なんてしていません」

「しかし、部下が他の目標を口にすると、あなたは『それでは駄目だ』と否定するのではないですか」

「否定なんてしませんよ。ただ、刑事なら捜一への配属は誰もが望むことでしょう。妙な遠慮はいらないと言ってやっているだけです」

孤田は何か考えるように目を伏せてから再びこちらを見た。

「今確認したような行為が、パワハラに当たるという認識はありますか？」

「はあ？」

思わず大きな声が出た。この男は何を言っているんだ？

「いや、どこがパワハラなんですか。若い頃、上司や先輩からさんざんぶん殴られた経験があるからこそ、自分の下の者にはそういうことは絶対しないと決めているんです」

孤田は、表情を変えないまま、目をしばたたく。

「もしかして、暴力を振るわなければパワハラではないと思っていますか」

「まさか。たしかパワーは権力で、ハラスメントは嫌がらせのことですよね。暴力を用いなくても立場を笠（かさ）に着た嫌がらせをすればパワハラになると、そのくらい、わかっていますよ。私はあくまで部下を鍛えるために適切な指導を行っているだけです」

「なるほど」

孤田は一度頷き、数秒の沈黙ののち、言った。

「はっきり言いますが、まったく適切とは思えません。申し訳ないですが、あなたの認知は歪んでいるようだ。あなたが部下にしていることは、立派なパワハラです。今回の不祥事は、それによって水越巡査が追い詰められ引き起こした側面もあると、私は考えています」

キツネにつままれる、とはこのことだろう。馬鹿馬鹿しい。そんなわけないじゃないか。

が、すぐにわかった。

ああ、そうか。この男は、妻と同じ誤解をしているのか。

正義が事故で死んだとき、妻は心労でおかしくなったのか、「あの子はあなたが追い詰めたから自殺した！」などと私を責めた。わざわざ私への恨み言を書いた遺書を捏造までして。遺書は部屋に残されていた。正義の筆跡だと妻は言うが、そんなはずはない。正義が私を恨み自殺するなどあり得ない。正義は私を尊敬してくれていたのだから。

正義は自発的に、私と同じ警察官になりたいと言い出し、そのために大学は法学部を受験し、体力作りのために登山を始めた。妻は私が押しつけたなどと言っていたが、そんなことはしていない。すべて、正義が自分の口で「そうします」と言ったことだ。私は父親としてあいつの手伝いをしてやっていただけだ。もちろん、適切に叱ったことは何度もあるが、追い詰めてなどいない。

あれは事故だった。正義が自殺したというのは、妻の妄想だ。

孤田もあのときの妻と同じく、警察官の殺人という大不祥事を前に、心労で混乱しているに違いない。ポーカーフェイスに見えるが、認知が歪んでいるのはこの男の方だ。

しかし孤田は曲がりなりにも県警の監察官。家のことしか知らない妻とは違う。きちんと説明すれば、わかってくれるはずだ。なあ、そうだよな、わかってくれるよな。

私は敢えて満面に笑みを浮かべ、力強く言った。

「それは誤解なんですよ。わかってもらえるまで説明します。どれだけ時間がかかってもね」

なぜだろう。ずっとポーカーフェイスを保っていた孤田の顔が引きつったように見えた。

いつかの山下公園

伊兼源太郎

伊兼源太郎（いがね・げんたろう）
一九七八年東京都生まれ。作家。二〇一三年に『見えざる網』で横溝正史ミステリ大賞を受賞しデビュー。二一年と二四年に「警視庁監察ファイル」シリーズが連続テレビドラマ化。著書に、「地検のＳ」シリーズ、『事故調』『外道たちの餞別』『巨悪』『金庫番の娘』『事件持ち』『ぼくらはアン』『祈りも涙も忘れていた』『約束した街』『リンダを殺した犯人は』など。

1

あれは……。三枝貴明(さえぐさたかあき)は瞬きを止めた。

普段はしない黒縁眼鏡をかけ、生えていないはずの顎鬚(あごひげ)を蓄えているが、同じ職場で一つ下の後輩――谷澤雅史(たにざわまさし)を見間違えはしない。人間は不特定多数の集団から見知った顔を瞬時に見つけ出す習性があり、刑事はその能力を日々磨いている。

変装――。

三枝はそれとなく周りを見回した。午後二時半、山下公園に近い高級ホテル『横浜グランドメゾンホテル』の喫茶ラウンジは、多くの利用客で席がほぼ埋まっている。サマーバカンス中の客や、土曜の大安とあって、これから結婚式に参加すると思(おぼ)しき老若男女の姿も多い。両家の顔合わせといった雰囲気の席もある。ぎこちなく両親同士が頭を下げ、若い男女が気恥ずかしげに微笑(ほほえ)んでいる。

三枝の一人娘は十四歳で絶賛反抗期中だが、あと十年もすれば自分もああして顔合わせに出席していてもおかしくない。娘と腕を組み、バージンロードを歩く時、どんな気分になるのだろう。絶対に泣かないと決めているものの、自信はない。

三枝の席から六つのテーブルを挟んだ席に、谷澤は一人でいる。出入り口に近い席だ。十五分ほど前にやってきた。夏物のスーツ姿だが、結婚式に参加するような気配も、頼んだ食事を待つ雰囲気もない。アイスコーヒーを飲み、時折視線を上げ、喫茶ラウンジの出入り口を見ている。こちらに気づいた様子はない。

谷澤はここで何をしているのだろう。四十四歳の男が土曜日に一人、コーヒーを飲みに来る場所ではない。そもそもそんな性格ではなく、暇もないはず。目下、同じ横領事件を捜査しているのだから。

三枝と谷澤は関内(かんない)署刑事課の一員として、横領事件の容疑者を追っている。関内署は県警本部のお膝元に位置し、元町、伊勢佐木町(いせざきちょう)、みなとみらい、野毛(のげ)といった横浜を代表する繁華街を管内に抱える大規模署だ。

事件の構図そのものは単純だった。横浜市内にある社員四十名の小規模な貿易会社『フジクラ通商』の経理担当、水谷紀雄(みずたにのりお)が十年間にわたり、架空の経費を毎月三万円ずつ、計三百六十万円を自身の口座に移していた。社長から相談を受け、関内署は捜査に着手し、提出された書類や関係口座などを精査した。用途までは解明できなかったが、金の動きは確かにあったため、一週間前、任意同行のために川崎市内の水谷のマンションに向かった。

水谷は二階のベランダから飛び降り、逃げた。三枝は玄関をノックする担当で、ベランダ側にも人員を配置していたが、かいくぐられた。四十八歳とは思えぬフットワークだったという。大学時代の友人によると、水谷は高校時代にラガーマンだったそうだ。

以来、水谷は姿を消し、足取りがまったく摑めない。逃亡した以上、犯行を全面自供したも同然だ。秋田の実家や、親類、大学時代の友人をあたっても空振りが続いている。銀行口座やクレジットカードの記録も途絶え、県内及び関東近郊のホテルにも手配したが、一報はない。通信会社にも協力を仰いでいるが、携帯電話に電源が入っていない。

一応、秋田の実家には捜査員が張りついている。

水谷は十年前に離婚しており、三枝は泉区内に暮らす元妻の田中容子にもあたった。

――うちには来ないですよ。もう十年近く会ってませんし、声も聞いてないくらいです。

――離婚される際、養育費や慰謝料はどうなったのでしょうか。

――要求しませんでしたし、向こうも話題に出しませんでした。円満離婚だったので。離婚後、生活は苦しくなりました。再婚後も、現在の夫の仕事があまり順調ではなかったんです。息子には辛い思いをさせました。小学生の頃、『入りたい』と言ったのに、サッカーのクラブチームに入団させてあげられなくて……。

金に困った時期ですら没交渉だったのだから、今更接触はないと言いたいのだろう。居場所の心当たりや頼る人物などについても『何も知りません』という返答ばかりで、田中容子は迷惑顔だった。離婚して十年も経てば、元夫について何も知らないのも当然だ。現在、田中容子には元町で小さなインテリアショップを営む新たな伴侶がいる。話を聞きに行った際、リビングに通され、隅のソファーで現在の夫が本を読んでいた。一ページも進んでいなかった。何かあれば割って入ってくるべく、聞き耳を立てていたのだろう。

ここ数年分の水谷の通信通話履歴を取り寄せたが、元妻との連絡は皆無だ。水谷元夫妻の口座記録を洗ったが、田中容子の言う通り、二人を結びつける金の動きはなかった。彼女は明日、和歌山県に出かける。息子が神奈川県代表として出場する、ハンドボールのインターハイの応援のために。息子は二年生ながらレギュラーだそうだ。

――すごいですね。おめでとうございます。

――親は何もしていません。本人の努力の賜物です。小学校の時にサッカーをできなかった分、いま、ハンドボールにぶつけているのでしょう。中学から始めて、すぐ夢中になっていました。

言葉とは裏腹に、弾んだ声だった。水谷の息子は他の子との経験の差を考え、サッカー部には入らなかったのだろう。

――親御さんも学生時代にスポーツを？
――私は美術部でした。
――水谷紀雄さんはスポーツをされていたのですよね。
――学生時代のことは存じません。思い出したくないと、何も話してくれませんでした。

息子の話題の時とは打って変わり、素っ気ない口調だった。容疑者の息子とはいえ、大会で活躍してほしいとは思う。袖振り合うも多生の縁というやつだ。

「どうかされましたか」

三枝は声をかけられ、思考を目の前の現実に戻した。

「いや、なんでもない。続きを頼む」

「了解です」ツチヤは広い肩をすくめた。「といっても、何もありません。野郎が国外に逃げた形跡はないってだけで」

ツチヤは情報屋だ。かつて三枝が神奈川県警捜査二課の下っ端だった時に出会った。映画やテレビドラマでは県警本部から所轄への転勤を左遷と捉える向きもあるが、実態はそうではない。双方を行き来する異動はいたって普通だ。

男はツチヤと名乗っているが、本名ではないだろう。深く詮索はしない。捜査の役に立てばいい。ツチヤは非合法な逃がし屋の事情にかなり詳しい。逃がし屋とは、夜逃げや国外逃亡を助けるグループだ。日本に数十あると言われている。

「そうか。引き続き網を張ってくれ。報酬はいつも通り出来高ってことで。ここは払っておく」

「ごちそうさまです」

ツチヤが席を立った。

情報屋との接触は一対一が基本で、上司にも同僚にも誰にも紹介しないものだ。三枝は大抵午後に会い、相勤の若手にはいま山下公園をふらつかせている。

だが、情報屋との接触場所について、三枝は例外的に二人に教えている。その一人が谷澤だった。情報屋と接触する場所を把握しあい、いつ何時もかち合わないよう、互いの領域には公的にも私的にも赴かない取り決めをしている。谷澤はそのルールを破り、いまこのホテルの喫茶ラウンジにいるわけだ。

三枝の視線は自ずと谷澤に向いていた。手持ち無沙汰そうにアイスコーヒーのグラスを手に取り、縁を唇に当てている。あの変装は、俺に悟られないための小細工ではあるまい。谷澤が眼鏡と顎の付け鬚の変装が得意だと知っているのだから。かといって、こちらの縄張りで情報屋と会うとも思えない。情報屋と会うのなら、いつも通り、馬車道の老舗喫茶店ですればいい。谷澤が視線を手元か喫茶ラウンジの出入り口に向けるだけなのは、こちらの縄張りを荒らすまいという最低限の配慮だろうか。

三枝は冷めたホットコーヒーを口に運ぶ。正直、行き場も打つ手もなく、情報屋のツチヤに一縷（いちる）の望みをかけた。収穫はなかった。

谷澤も切羽詰まった状況であるはずなのに、どうしてここで油を売れるのか。

関内署は所轄ながら刑事課に三係があり、水谷の横領事件の捜査には一係と二係が組み込まれた。課長である佐藤慎平（さとうしんぺい）の意向だ。

一係の係長である三枝と、二係の係長である谷澤。どちらを県警本部捜査二課の係長に推薦するのか、力量を競わせる意図だったに違いない。三枝と谷澤が係長になって以来、両係はこれまで同じ数の容疑者を逮捕してきているし、こう考えないと、あまり大きな事件（ヤマ）とは言えない横領事件に二つの係を投入した説明がつかない。

フジクラ通商関係者への聞き取り、資料分析、張り込みなどでも、両係は互角の結果を残した。秋田の実家に水谷が現れても、痛み分けになる。張り込む捜査員は一係と二係の計二名だ。

つまり、逃げた水谷の身柄を単独で確保した係が勝ちになる。

まさか、谷澤は糸口を摑んでいる？　競い合う状況下なら、捜査会議で一切報告しない気持ちも理解できる。自分だってしない。

くそ。

三枝は我知らず舌打ちしていた。警部補としてもう十五年近く過ごした。日々の業務が山積みで、警部への昇任試験の勉強をする時間なんてない。こちらの都合や気持ちに関係なく事件は毎日発生し、休みなんてなきに等しい。つまり、警部に昇任し、所轄の課長や本部で管理官となる道は拓けそうにない。だとすると、本部捜査二課の係長が自分の上がりポジションとなる。

気心知れた上司の下にいるうちに、さっさと本部の係長の座を摑んでしまいたいのが本音だ。一度逃すと、今度いつチャンスが巡ってくるかわからない。自分と同じように警部に昇任する機会を逸したまま、警部補として長年過ごす同世代は多い。下の世代もいる。運とタイミングが重要なのだ。もう四十五歳。事実上、今回が本部の係長の座に就くラストチャンスだろう。これを逃せば、定年まで一人の兵隊として県内を転々とすることになる。

兵隊としてではなく、本部で係を仕切る役回りとなり、係員を指揮し、手柄をあげてみたい。刑事畑に身を置く者なら誰だって胸に抱く望みだ。谷澤もここで本部捜査二課の係長の席を摑んでしまいたいだろう。

つと谷澤が席を立った。なおも周囲に目をやることもなく、驚くほど真っ直ぐ前に視線を据えている。その視線の先には——。

若い女が喫茶ラウンジの出入り口近くにいた。

女は露出が控えめながらも華やかなワンピースを着ており、谷澤を見るともなしに見ている。

谷澤は心持ち頬を緩め、若い女に向かっていく。聞き込みの相手、県警本部や他署での同僚といった雰囲気はない。それなら相勤もいる。ホステス、キャバクラ嬢、デリヘル嬢の気配もない。仕事柄、事件に巻き込まれた彼女たちの姿を多く見てきた。そうなると。

特別な相手……若い女との密会。あの若い女は谷澤にとって、単なる性欲の発散相手ではない。

谷澤は会計を済ますと、女とともに喫茶ラウンジを出ていった。このままホテルの一室に入るのだろうか。捜査中に、デートでどこかに出かけることはあるまい。相勤に情報屋と会うと断りを入れれば、一、二時間は自由になれる。三枝の縄張りであるこのホテルにいたのは、あの若い女にねだられたからか、つまらない男の見栄からなのか。

嫌な場面を見てしまった。谷澤には妻と子どもがいる。五年前に再婚し、息子は三歳になったばかりだ。

ガラス張りの清廉潔白さが求められる現代において、警官もその例に洩れない。勤務中に、それも暗礁に乗り上げつつある捜査中に不倫相手との密会は大問題だろう。そもそも警察組織は素行不良者に対して、シビアな判断を下す。不倫した上司が依願退職に至ったり、女遊びが派手なのが仇となり同期の昇進が消えたりした人事を見てきた。セカンドチャンスはない。年齢的に魔が差す時期の谷澤も……。

笑みを浮かべている自分に気づいた。三枝は親指と人差し指で眉根を強く揉み込んだ。何かが潰れる音がする。

今回の捜査で先を越されても、このネタを使えば引きずり下ろせる――。

無意識のうちに、そう思った自分がいる。もう一度、眉根を揉み込んだ。今度は何の音もしなかった。

俺は何を考えている? しっかりしろ。仕事で結果を出せばいいだけだ。そう己を叱咤しても、三枝の胸の靄は晴れなかった。

2

「何度いらしても、もう話すことはありませんよ」

フジクラ通商の経理、大野木靖は困惑顔だった。社長とともに、警察に被害届を出した人物だ。三十代半ばなのに顔は疲れ切っている。こういう顔は県警でもよく見る。疲れていない社会人なんて、日本には存在しないのだろう。

三枝はホテルで谷澤を見た後、山下公園で相勤と合流し、再び大野木のもとに赴いたのだった。会うのはもう三度目になる。

「何度も話すうち、不意に思い出す場合もありますので」

三枝は言った。実際、そういうケースもままある。他に足を向ける場所がないという大きな理由を、ここで明かす必要はない。

水谷と親しい友人宅、主な親類宅には人員を配置している。所轄単独の捜査なので網の目は粗い。昨晩の捜査会議で佐藤の命を受け、三枝と谷澤は自由に動き回り、何か手がかりを掴むよう求められた。佐藤は網に期待していないのだ。

大野木が憤然と鼻から息を吐いた。

「水谷さんのおかげでいい迷惑ですよ。こうして休日出勤しなきゃいけなくなったんですから」

こちらが大野木の自宅に行くか、警察署に来てもらうか、会社の会議室を使用するかの選択をしてもらった。フジクラ通商には大野木以外、誰も出社していない。

「では、もう一度、横領に気づいた理由から話してください」

「最初に気づいたのは五年前です。帳簿ソフトの数字に辻褄(つじつま)が合わない箇所があったんです。帳尻合わせの跡というか、なんと言うか」

「改竄(かいざん)された跡だと認識されたのですね」

「数字は嘘を吐(つ)きませんが、そもそも入力する数字が虚偽なら、どうしようもありません。数字に違和感があったんです」

「改竄可能な経理ソフトだったのでしょうか」

ええ、と大野木は頷いた。

「月末の最終的な売上額から引いた数字の分を、経費精算額に上乗せして差を埋めればいいんです。私は社員の経費精算を一手に引き受けていたので、数字の違和感に気づけました。最終確認は水谷さんが担当です。だから完成した帳簿を見る機会がなかったのですが、水谷さんが病欠の日、急にそれが必要になって私がプリントアウトしたんです。上司に提出した後、いい機会なので帳簿を見ていると、毎月必ず私の計算より三万円だけ支出——経費が増えていました。それは水谷さんの経費として計上され、売上から三万円が減っていたんです」

「後日、水谷さんに確かめたのですね」

「はい、大丈夫だとおっしゃるだけでした。納得がいかず、部長に相談したところ、数日後に先代の社長に呼ばれたんです」

「先代の社長はなんとおっしゃったんですか」

先代社長も当時の部長も鬼籍に入っている。

「問題ない、と。これはこのままでいいとおっしゃいました。うちは社員四十人ほどの小さな所帯ですので、私も口を閉じました。褒められた行為ではありませんが、一人の会社員としてそうするのが最善だと思って」

　大野木を責めるのは酷だろう。多かれ少なかれ、どんな組織でも起こりうる事態だ。警察だって不祥事が絶えない。

「大野木さんの判断にとやかく言う気はありません。続きをお願いします」

「そんな時に二代目社長となる、当時の専務に呼ばれたんです。先代の息子さんです。水谷さんの行為について質（ただ）されたので、説明しました。二代目は先代から水谷さんの行為を不問に付す旨を聞き、納得がいかなかったと。二人でもう一度先代社長のもとに行きました。二代目は『これは着服、横領だ。許してはならない』と先代に詰め寄ったんです」

「先代はどんな返答を？」

「横領だとしても別に構わない、と。やはり黙認のご意向でした」

「先代は黙認の理由についてなんと？」

「税金で国に取られるよりマシだから、とおっしゃいました」

　経営者の態度として解せない。だったら、年三十六万円を社員全体に還元した方がいい。頭割りし、ボーナスに上乗せすればいいだけだ。

「先代が水谷さんに命じ、何らかの裏金を作っていたとは考えられませんか」

　政治献金に使っていれば、事件はより大きくなる。

「ありえませんよ。だとすれば、額が少なすぎます」

それももっともだ。やるなら一回あたり最低でも百万円単位だろう。

「先代は水谷さんに目をかけていたり、血縁関係があったりとか、特別視する理由があったのでしょうか」

「血縁関係はありません。特に目をかけていたとも思えません」

「先代は大雑把な性格だったのでしょうか」

「細かい方ではありませんでした。義理人情に厚く、時にはどんぶり勘定……大雑把になることはありましたが」

「先代の判断について、二代目はなんとおっしゃいましたか」

「到底納得できない、と。ですが、専務も最終的には押し切られました。『オマエが納得しようがしまいが、社長の俺は納得してる。ぐだぐだ言うな』って。以来、私も口を閉じてきました」

典型的なワンマン体制だったらしい。

「大野木さんも横領しようと思いませんでしたか。馬鹿らしくなって」

「私にも生活があります。自制心もあります」

隣の相勤は頷くだけで、口を開かない。すべて前回も聞いた内容なので、頭の中で情報を照会しているのだ。

「先代が半年前に亡くなり、二代目は水谷さんに一度釘を刺しました。でも、相変わらず私の時の計算と最終的な数字に三万円の差があり、二代目が警察に言おうとおっしゃった次第です」

「水谷さんはお金を何に使ったと思いますか」

「見当もつきませんよ。酒、ギャンブル、女性関係には無縁な人でしたから。そんなの、表向きの顔かもしれません。実際、こうやって警察の方も捜査していますし」

これまでの捜査では、水谷の借金トラブルや私生活の乱れは浮き上がっていない。

「水谷さんが立ち寄りそうな場所に心当たりはありませんか。仲の良い友人、親類、好きな土地など」

すでに聞いているが、もう一度尋ねた。

「ありませ……」

大野木の言葉が不意に途切れた。前回はなかった反応だ。三枝は黙し、相勤を一瞥し、目で動きを制した。無言で続きを待つべき場面だ。こういう時は下手に相槌を打ったり、続きを促したりしない方がいい。

「そういえば」と大野木が言葉を継ぐ。「特に仲が良かった友人がいると聞いたことがあります。本当に何度も話しているうちに思い出すことがあるんですね」

「ええ、そのご友人はどなたでしょうか」

今までそんな情報は出てこなかった。

「高校時代の同級生だそうです。ラグビー部の仲間だとか。強豪校だったので花園を目指したらしいですよ。意外だったんですよね、水谷さんって、どちらかというとスマートな体型なんで。ほら、ラガーマンってみんな冷蔵庫みたいな体つきじゃないですか」

水谷は走って、トライを決める役割だったのだろう。捜査員を振り切れたのも、かつて鍛えた脚力があったからか。三枝は水谷が少し羨ましかった。今の自分には全力疾走なんてできない。中年太りとは縁遠いが、足がもつれ、転倒するのがオチだ。

「よく思い出せましたね」

「自制心って言葉からスポーツマンシップって言葉を連想し、記憶が蘇ってきたんです。横領なんてスポーツマンシップもクソもないじゃないですか。先代の社長がセールスマンシップとか経理マンシップとか、よくそうおっしゃっていたんです」

あの、と黙っていた相勤が口を開いた。

「水谷さんは会社で、高校時代の話をよくされたのですか」

「いえ。偶然でした。随分前……もう十年は経つでしょうか、誰かが得意先からラグビーの社会人リーグのチケットをもらってきたんです。サッカーとか野球ならともかく、誰が行くんだよと思っていると、水谷さんが手を挙げて。その社会人チームに仲が良かった同級生がまだ現役でいるって話になって」

「水谷さんの同級生だった方の名前はわかりますか」と三枝は聞いた。

「すみません、どの社会人チームだったのかまでなら」

当時のチーム名を教えてもらい、それから別の質問も重ねたが、他に新情報はなかった。フジクラ通商を出ると、相勤が「不思議ですよね」と言った。

「何がだ？」

「水谷は高校時代のことを大学の友人と会社の同僚には話していた。なのに、元妻の田中容子には話していません」

「近すぎるがゆえ、話せないこともあるんじゃないのか」

三枝はそう解釈していた。

「なるほど。その線もありますね。俺、無駄な質問をしちゃいましたか」

「いや。無駄な質問なんてないさ。助かったよ。これからも俺がしない質問をどんどん相手にぶつけてくれ」

「はい」相勤の顔が引き締まった。「俺にできることを全力でします。絶対、係長に勝ってほしいんで」

谷澤との競争を気にしてくれているのか。

「そうか、ありがとう」

「いえ。水谷の息子、青春を謳歌（おうか）してるんでしょうね」

「羨ましそうだな」

「羨ましいというか、こう毎日忙しいと、自分に青春があったのかさえ忘れてしまいます。学生時代があったのは間違いないんですけどね」

「学生時代だけが青春じゃないさ」

「青春って何なんですかね」

「光と影が一緒くたになった時間の塊じゃないかな。人生において最も楽しい時間と言い換えてもいい」

少なくとも、自分にとっての青春は学生時代ではない。つまらないわけではなかったが、授業中も、部活中も、下校中のくだらない無駄話も、同じクラスの女子にときめいた一時も、どこか他人事（ひとごと）だった。明日が来るのが待ち遠しかったり、夢中になったりしたことはない。

自分にとっての青春は――。

警官となって三年目の時分だ。佐藤と谷澤と三人で、下っ端として関内署管内を駆けずり回っていた頃。

ようやく仕事を覚え、少ないながらも自分で稼いだ金もあり、プライベートも充実していた。三人で休みを合わせたり、事件のない時はさっさと仕事を早く切り上げたり、宿直明けでも帰宅せずに顔を洗って眠気を吹き飛ばしたりして、馬車道の居酒屋やバーで酒を飲み、中華街で手頃な値段の飯を食い、あるいは伊勢佐木町の洋食屋で舌鼓を打った。朝まで飲み明かし、桜木町駅の立ち食い蕎麦屋でシメる日も多かった。男三人でおんぼろの車に乗り込み、本牧（ほんもく）から横浜ベイブリッジを渡り、大黒ふ頭に出て、もう一度逆方向に進むだけのドライブもした。

——せっかく関内署にいるんだから、ハマを満喫しよう。

そんな言葉を言い合って。

出世や昇進なんて「しゃらくさい」とさえ、嘯（うそぶ）いていた。

*

三枝と谷澤は二〇〇二年の同じ日、関内署に配属された。ともに刑事課への配置で、そこに五つ上の佐藤がいた。三人は課の若手で、会議資料の準備や先輩の湯飲みを洗うといった雑用を手分けしていくうち、自ずと仲が良くなった。指示がころころ変わる上司や横柄な先輩の悪口を言い合ったのも懐かしい。

配属された年の夏、谷澤は学生時代から付き合っていた女性と最初の結婚をし、娘が生まれた。三枝も佐藤も結婚式には当然参加した。二次会では裸踊りという、昔気質（かたぎ）の警官特有の下品な出し物まで披露した。もちろん、下は隠して。

――お先に幸せになりますんで。

谷澤は満面の笑みを浮かべ、頭を掻いた。

――そんなに生き急ぐんじゃねえよ。

三枝と佐藤はからかった。

谷澤の娘は病弱でよく熱を出したり、お腹を下したりした。奥さんだけでは手が回らず、三枝と佐藤が何度も谷澤と当直勤務を代わった。所轄では一週間に一度くらいの割合で当直勤務が回ってくる。ワークライフバランスなど見向きもされない時代だったし、軍隊並みに規律を重んじる組織では褒められた行為ではなかったが、上の連中の小言を無視した。特に佐藤は自分の子どもが生まれたばかりの頃、まったく面倒をみられなかったことを激しく後悔しており、『当直勤務の代わりなんていくらでもいるが、父親の代わりはいない』と、恐縮する谷澤に声をかけていた。

三枝も二人に助けてもらったことがある。目の前で空き巣犯を取り逃がしてしまった際、休み返上で聞き込みや張り込みを手伝ってくれた。真夏だった。炎天下に、二人は文句も言わず、汗を流し、蚊に食われ、日に焼け、黙々と動いてくれた。谷澤はこの時、眼鏡と顎の付け鬚という変装を自分のものにした。

――口髭を生やす人はほぼいないですけど、顎鬚は結構いますからね。なんか洒落た感じも醸し出せますし。これで逮捕できたら、怪我の功名ですよ。

──オマエなあ。

三枝は苦笑した。軽口を叩かれ、心が少し軽くなっていた。谷澤はそんな効果を狙ったのかもしれない。

三枝のミスから一週間後、空き巣犯を逮捕した。発見したのは佐藤で、主に追いかけ、取り押さえたのは谷澤だった。それなのに。

──手錠をかけてください。

──そうだ、オマエがやれ。

二人の厚意により、三枝が空き巣犯に手錠をかけ、ミスを帳消しにできた。

空き巣事件を解決した夜、打ち上げと称して野毛のハーモニカ横丁で朝まで飲み明かした後、山下公園に向かった。三枝が全額支払ったので懐は寂しくなったが、胸の内は温かかった。こんな先輩と後輩を持てて、自分はなんて幸せなのだろうかと。

園内には誰もおらず、波の音だけがして、水平線から昇る太陽が山下公園を包みこみ、三人を照らし、氷川丸と横浜ベイブリッジを輝かせていた。眩しく、目の奥に染みる朝陽が心地よかった。

遠くで汽笛が鳴った。

「この音は出航だな。帰港の時とは音が違うだろ」

佐藤がしたり顔で言い、三枝は眉を寄せた。

「本当ですか？」

「出航と帰港で汽笛の音を変える規則なんてないですよね」と谷澤も首を傾げる。「絶対、気のせいですよ」

「ほんと、お前らはバカ野郎どもだな。情緒もくそもねえ。心で聞けよ、心で」

また汽笛が鳴った。潮風が肌を撫でていく。

「やっぱ一緒ですよ」と谷澤が混ぜ返す。

「いつか俺も出航してみたいな」と三枝は呟いた。

「どこまでですか」

「海のはるか向こうまで……なんてな。現実的には、本部で係長になって部下を指揮して事件を解決する――そんな海原に出航してみたい」

「なんか、カッコイイこと言ってる風ですよ」

「出世なんてしゃらくさいけど、これくらいはさ。耳を澄ましてみろ、遠くから俺のための汽笛が早くもほのかに聞こえてくるだろ」

「完全に空耳です」

おいおい、と佐藤が肩をすくめる。

「それなら、刑事部長になる――くらい言えよ。係長になるなんて、その辺の海をクルージングする程度のスケールだろ」

「海を舐めると、痛い目に遭いますよ」

「言うじゃねえか」

佐藤が煙草に火を点け、海に向けて煙を吐き出した。谷澤が風で流れてくる煙を手で振り払う。

「三枝さんは直球勝負タイプだから、親分子分の係ができそうですね」

「なんだよ、直球勝負って」と三枝は尋ねた。

「例えば、迷い猫を探す時、三枝さんなら足を棒にして歩き回りますよね」

「だろうな、猫と暮らしたことないけど。他に手があんのか」

「俺ならビラを撒いたり電柱に貼ったりして網を張って、誰かが見かけるのを待つでしょうね」

「なるほどな。捜査の時だとどうなる？」

「そうですねえ……」と谷澤が考え込む。

「所詮、組織の駒だ。係長だって、課長からの指示がある。やり方の差は出にくいさ」

佐藤が言った。

朝凪の横浜港を三羽の白い海鳥が飛んでいる。海鳥は羽に朝陽をまとい、それぞれ金色に輝いている。

「三枝さんが出航する時は、港で大きく手を振って見送りますよ」

谷澤が冗談めかした。

二年後、佐藤と三枝が別々の所轄に異動した。以来、年賀状のやりとりやたまに顔を合わせる機会はあったが、県警本部や所轄で三人が揃(そろ)うことも、二人が被(かぶ)ることも、一年前に関内署で一緒になるまでなかった。

*

あの頃は本当に楽しかった。いつ、自分の人生は変わってしまったのだろう。いや、あの時すでに、光の裏に影が生まれていたのだ。昨年四月に関内署で再会した際、三枝と谷澤は別係の係長として争う相手同士に、佐藤は二人を競い合わせる立場になっていた。

三人で飲みにいくこともなく、誘われもしない。むろん、サシでも行っていない。佐藤にしてみればサシで飲みにいくと、片方への肩入れを疑われる。刑事課をまとめる上で、不要な対立を深め、指導力の是非を問われてしまう。かといって三人で行くにも各自懸案があって時間がとれないし、責任ある立場で当直が回ってくるので、日程の融通も利かせられない。

それどころか関内署で再会して以来、谷澤とも佐藤ともプライベートな話を一切していない。会話は挨拶程度で、会議でもほとんど目を合わせない。業務で手一杯という面もあるが、谷澤と競い合う立場なのが原因だ。佐藤にも気を遣わせたくない。

三人でゆっくり話す機会を持てていたら、谷澤とのレースに臨む心境もいささか違っていたのかもしれない。

3

「以上です」

報告を終え、三枝は席に座った。パイプ椅子が軋む。

捜査会議は午後九時から、関内署三階にある通称デカ桶部屋——刑事課の大会議室で始まり、一、二係の八組計十六人が今日の結果を持ち寄っていた。佐藤は窓を背にしてこちら向きに座っている。いつも通り佐藤から見て、向かって右側に一係が、左側に二係が陣取っていた。水谷の居場所に結びつくような情報は今のところない。

「じゃあ、最後に谷澤」と佐藤が命じる。

谷澤が立ち上がった。心なしか、すっきりした顔つきになっている。

水谷の大学時代の同級生を再度あたったものの、収穫はなかったという報告だった。

谷澤は当然、ホテルにいたことには触れない。夫婦仲がうまくいっていないのだろうか。四十を過ぎて、円満な夫婦生活を送る警官など皆無か。

「引き続き明日も各々の線を進めてくれ」

佐藤が締め括り、捜査会議は終わった。三枝が首根を揉み、腰を浮かせかけた時、谷澤が佐藤に近寄っていった。二人はこちらに背を向けて窓際に立ち、小声で言葉を交わし始めた。何を話している……。

「三枝さん、あれ」

隣で相勤がささやきかけてきた。三枝はそれとなく頷いた。

揃って残るのは、気になることを露骨に表しすぎる。

「先に出てろ」

三枝はメッセージが入ってきたていで、携帯電話を取りだした。視界に谷澤と佐藤の姿を入れつつ、携帯を見るともなしに眺め、二人の会話に聞き耳を立てた。二人は口を動かしているのに、何も聞こえてこない。優秀な刑事であればあるほど、自分たちだけが聞き取れる音量での会話ができる。

谷澤は女と密会しつつ、何か情報を手に入れたのだろうか。手柄を得るべく捜査会議では報告せず、佐藤には個別で告げている？

深く息を吸い、思考を再開する。なおも佐藤と谷澤は小声で何か話している。

二人に限ってこそこそした真似をするとは思えないが、歳月は人を変える。次第に焦りがこみ上げた。二人が三枝を省いて親密な付き合いを復活させているのなら、佐藤は谷澤に肩入れしていると判断していい。今回、絶対に負けられない。失点は致命的だ。

喫茶ラウンジを若い女と出ていく、昼間の谷澤の後ろ姿が瞼の裏にちらついている。

谷澤が佐藤から離れた。軽く会釈をしてきて、大会議室を出ていった。三枝はメッセージを返信したていで携帯をポケットにしまった。顔を上げると、部屋には自分と佐藤しか残っていない。

佐藤が歩み寄ってきた。

「明日はどう動く？」

「水谷の同級生に会いにいきます。仲が良かったっていう」

「そうか。さっきの報告にあった奴か」佐藤が頷く。「頼むぞ」

谷澤と何を話していたんですか？　喉元まで質問がこみ上げてきたが、三枝はかろうじて呑み込んだ。尋ねたところで教えてくれまい。佐藤が大会議室を出ていった。谷澤とは数分話し込んでいたのに、自分とは一言二言だけか……。

三枝は最後に電気を消して大会議室を後にすると、相勤が待っていた。

「どうでした？」

「さあな」と三枝は肩をすくめた。「飯にしよう」

「いつもの店にみんなを集めてます」

「了解、ありがとう」

水谷逃亡後、毎晩、一係独自の捜査会議を開いている。二係がいる前ではあげない報告もそこで聞ける。ただ、水谷の行方に結びつくような情報はまだない。谷澤も二係独自の捜査会議をどこかで連日開いているはずだ。あっちは何か手がかりを摑んでいるのだろうか。先ほどの佐藤との会話が引っかかる。

階段で一階に下りると、署は当直体制となっていた。エントランスにハの字形に長椅子が置かれ、そこに谷澤が向こうむきに一人で腰掛けていた。昼間は感じなかったのに、あいつも老けたな、と三枝は思った。若い頃に比べ、背中がひとまわり小さくなってている。筋肉量が減っただけでなく、長年の疲労が背中の肉を切り取っていったのか。自分の背中も、あんな風なのだろう。老いを意識し、いまのうちにと若い女に溺れたのか。

谷澤がおもむろに振り返った。

「お疲れさまです」

何の気負いも、てらいも、強張(こわば)りも、わだかまりもない声音だった。

「お疲れさん」と三枝は短く返した。

「なかなか難儀な事件(ヤマ)ですね」

「そうだな。ここでなにやってんだ？」

「三枝さんを待ってたんですよ。足音で三枝さんだとわかりました。顔は老けても、足運びの癖は変わりませんね」

「老けたのはオマエもだろ」

「確かに」と谷澤は微笑み、三枝の相勤に視線をやり、戻した。「五分程度、お時間をもらえませんか」

「ああ」三枝は顎を振り、相勤を促した。「先に出ててくれ。メシはいつものラーメン屋でいいだろ？」

一係だけの会議の存在を気取られないよう、適当にごまかした。

「ではお先に」

相勤が署を出ていき、三枝は谷澤の隣に座った。当直の無線も鳴っておらず、今のところ管内は平穏のようだ。

「普通に話すの、久しぶりですね」

「そうだな、どうかしたのか」

「今日の三枝さんの報告で昔を思い出したんですよ。佐藤さんと三人で遊び回ってた頃のこと。ほら、水谷の息子、青春してるじゃないですか。俺の青春は三枝さんと佐藤さんといた頃だなって」

谷澤も自分と同じ感懐を抱いたのか。

「一応、仕事もしてたぞ」

「ですね。三枝さんが失敗したりして」

皮肉か？　アンタは本部の係長にはふさわしくないと言いたい？　三枝は肩を上下させた。

「あの時は助かったよ」

「色々助けてもらったのは、こちらも一緒です。あんなに世話になったのに離婚しちゃってすみません」

「いいさ。人それぞれ事情があるんだから」

「耐えられなかったみたいです。事件があれば二十連勤なんか普通じゃないですか。家族団欒（だんらん）が恋しかったと元妻に言われ、ぐうの音も出ませんでした。こんな生活はもう続けられないって」

谷澤は呟くように言った。離婚理由を聞くのは初めてだった。

「離婚して、もう十五年です。早いですよね」

「そうだな。俺たちが前に関内署にいたのも、二十年前になるんだもんな」

「こりゃ、あっという間に死にますね。毎日が光の速さで時間が過ぎていって」

「間違いない」

他愛ない会話が懐かしく、胸の奥が痛い。

「前の奥さんと娘さん、元気なのか」

「らしいですね、おかげさまで」

「何よりだ。オマエと別れてからも律儀に年賀状をくれたけど、返しそびれてそれっきりだったからさ」

　どんなメッセージを添えるべきか悩み、結局付き合いをやめた。後輩の元妻なら差し支えもない。娘の成長を知らせる写真の年賀状をもらっても、何の感慨もない。もはや名前も憶えていない。

「会ってないのか」

「向こうも再婚して、川崎で新しい家庭を築いてますからね。最初の頃は娘と会う機会を設けてたんですが、向こうの旦那さんがあまりいい顔をしないというのでやめました。娘が十歳くらいの頃ですね」

「色々と気を遣ってんだな」

「反抗期をパスできたのは良かったのかもしれません。頭の中には可愛いままの娘がいるだけなんで。俺は運がいいんですよ」

　強がりにも聞こえる。

「ものは考えようだな」

「人生って面倒くさいですよね。だから楽しいんでしょう。コスパだのタイパだのクソ食らえですよ」

　谷澤は微笑んだ。

「同感だ。コスパもタイパも、俺たちの仕事には無縁な言葉だよな」

「三枝さんとこ、反抗期は？」

「絶賛、真っ只中だよ。しばらく一言も口をきいてない。生意気盛りだ。とはいえ、妻に任せっきりさ。家を出るのは早いし、帰るのも遅いし、休みもないだろ。申し訳ないが、ちょっと気は楽だな」

「またまた、話せなくて寂しいんでしょ？　あんなに病弱だったウチの娘は、もう二十歳ですよ。中学の時はバスケ部で、関東大会に出たんです」

「そいつは凄いじゃないか。ん？　元奥さんから連絡があったのか？　いまの旦那さんの目を盗んで」

「いえ。娘がバスケをやってたのは知ってたんです。同期の娘もたまたま同じ中学校にいて、そいつに教えてもらってて。いまの妻が応援に行こうと言い出して、困りましたよ」

「大変だな」

「離婚も再婚もするもんじゃないですよ」

　谷澤がじっとこちらを見ている。

「どうかしたのか」

「いえ。こうして会話できて嬉しい一方、少し哀しいなって」

谷澤が遠くを眺めるような目つきになった。

「そうか」

短く応じる以外、言葉が浮かんでこなかった。競争相手となった事態について、谷澤も思うところがあるのだろう。

「今の奥さんとは仲良くやってんのか」

「おかげさまで」

浮気相手とは？　質問が脳裡をかすめる。二十年前の間柄だったら口から出ていただろう。

「いま、どこに住んでいるんだっけ」

「大船でローン地獄ですよ。三枝さんは？」

「小机でローン地獄だ」

さりげなく探りを入れた自分がいる。刑事課に戻り、パソコンのキーボードを叩けば谷澤の住所も出てくる。だが、当直の者や他係の誰かが残業中だろう。画面を覗き見られたくない。年賀状の季節でもないのに、課員の住所を調べるのは不自然だ。

「また三人で朝の山下公園に行きたいですよ。で、今度も汽笛についてああだこうだ言うんです。誰かが異動する時、やりましょう。せっかく関内署にいるんだから、またハマを満喫しないと」

どちらかが本部の係長に栄転する時か。負けられない。

「ああ、そうしよう」

「俺、そろそろ行きます。すみません、つまらない話をしちゃって」

「いや。たまにはいいさ」

「じゃあ、失礼します」谷澤が腰を上げた。「やっぱ俺は運がいいですよ。三枝さんみたいな先輩を持てて」

「揶揄(からか)うな」

「本心ですよ。それでは」

谷澤が署を先に出ていった。背中はやはり小さく見える。

三枝はその場で相勤に電話を入れた。

「先に行っててくれ。俺は一カ所立ち寄ってから合流する」

詰めるべき点は詰めておこう。

横浜グランドメゾンホテルのフロントにひと気はなかった。この時間にチェックインする客は稀(まれ)なのだろう。誰だって一流ホテルでの時間を長く味わいたい。三枝は身分を明かし、別室で今晩の宿泊記録を見せてもらった。

谷澤雅史。前畑早紀。

偽名も使わず、谷澤は二名用の部屋を使用していた。三枝は携帯を取り出し、電話帳を開いた。記された緊急連絡先は谷澤の携帯番号だ。大船の住所を記し、女の方は東京の品川区在住だった。本名と電話番号の記載を鑑みると、住所も実際のものの確率が高い。谷澤本人が部屋を使用しているとみていい。

午後二時にチェックインしている。今夜、妻と子どもがいる部屋に戻らないつもりだろう。捜査なら家に帰らないことなど日常茶飯事だ。捜査だと言っておけば、妻は疑いもしないはずだ。

「今晩、この部屋の宿泊料はいくらですか」

「一泊四万円です」

警官は高給取りとは言えないが、決して払えない額ではない。あの若い女に本気で入れ込んでいるようだ。欲望に忠実なのは人間らしいが、警察組織の指揮官としてはふさわしくない。

「こちらの宿泊記録をコピーさせてください。正式な令状などを持ってきては、皆様も鬱陶しいでしょうから、いまこの場で」

「承知しました、少々お待ちください」と従業員が名簿を持って、部屋を出ていく。

ホテルに来てよかった。佐藤と谷澤が関係を深めているかどうか定かでないが、切札は持っておいた方がいい。

三枝は首根を揉んだ。切札を手にしたというのに、安心感も高揚感もない。本当に使うかどうか見定められない自分がいる。

使いたくないと言った方がいいのか。


「水谷とはもう何年も会っていませんし、連絡を取り合ってもいません」

水谷の高校時代の同級生はきっぱりと言い切った。

午後三時過ぎ、三枝と相勤はJR大崎駅近くの喫茶店にいた。同級生はラグビーの社会人選手を引退後、チームの親会社にそのまま勤め、現在人事部にいるという。元ラガーマンとあって固太りで、耳も潰れている。日曜日らしく派手なポロシャツ姿だ。

「高校時代とか大学時代に、こいつらは一生の友だちだと思っていても、結局、この歳(とし)になると縁遠くなっちゃって。みんな、どこで何をしてるんだか。年賀状のやりとりもいつの間にかしなくなりました」

「私も学生時代の友人とは十年以上顔を合わせていませんよ。そんなものなのでしょう」

三枝は言った。特に昼も夜もない刑事という職種を選んだ自分は、学生時代の友人と会うことも連絡を取ることも早々になくなった。それだけに谷澤と佐藤の存在は大きかった。こんな形で再集合したくなかった。いっそ再集合しないままの方が三人のためにも良かったのだろう。

「水谷さんが頼ったり、身を寄せたりする方をご存じないでしょうか」

「いえ、特に」

それからいくつか質問を投げたが、糸口となる返答はなかった。

「こちらからもいいですか？　あいつが……、水谷が何か警察のお世話になるようなことをしたんですか」

「水谷さんにお話を伺いたいだけです」

「どんな話についてですか」

すべてを明かす必要はない。

「申し訳ありません。捜査に関しては口外できないんです」

三枝は丁寧な口調で、きっぱりと言った。

「そうですよね」同級生はすっと息を吸った。「どんな事件の捜査なのかは知りませんけど、水谷は欲得で動く奴じゃないですよ」

「というと？」

「水谷はチームプレーに徹する奴でした。あいつはトライをとる役割なので、エゴむき出しで相手に突っ込んでいっても誰も責めないんですが、よりトライができそうな味方にパスする奴でした。ワン・フォー・オール、オール・フォー・ワン。言うは易し、なかなかできることじゃありません。選手にもエゴがあります。特に私たちは花園で上位を狙うチームだったので」

なるほど、とだけ応じた。クラブ活動と社会人の生活は違う。どんなに熱を入れたクラブ活動であっても、所詮は時間潰しの手段に過ぎない。そこで品行方正に誰かのために行動できても、社会に出れば誰しも生活のために汚れる。

「高校生だから金なんてみんな持ってないじゃないですか。しかも部活でアルバイトをする時間なんてなかった。初めて彼女ができた時、ひどい金欠でした。そんな時、水谷は『デート代に使えよ』って一万円を貸してくれました。高校生の一万円ですからね、大人になってからの一万円とは重みが全然違います。私は金を貸してくれとは一言も言ってないんです。あいつは誰かのために行動できる奴なんですよ」

そんな人間が容疑者になるとは皮肉な話だ。

「あいつが何かしたのなら、それは自分のためじゃないはずです」

水谷の同級生は真顔で言った。

人間は変わる。いい方にも悪い方にも。

自分だって変わった。かつては打算なく、全力で目の前の捜査に挑めた。出世や昇進なんてしゃらくさいとさえ嘯いていた。谷澤を蹴落としたいなんて一度も、微塵も思ったことはなかった。

水谷の同級生に話を聞いた後、三枝はトイレにいくと言って相勤から離れ、横浜グランドメゾンホテルに連絡を入れた。谷澤は午前十時にチェックアウトしていた。

午後八時、この日の捜査会議が大会議室で始まった。が――。

谷澤の姿はなかった。谷澤と相勤以外の二係はいる。単に遅れているだけではないだろうが、決定的な捜査ではなさそうだ。水谷を取り押さえるチャンスなら、一係に情報を伝えないまま他の二係も動員する。再び取り逃がしては元も子もない。有力情報を握ったから、もしくは摑める見込みがあるから、あの密会をするほどの余裕ができた？

佐藤が立ち上がる。

「谷澤は張り込みを切り上げるタイミングが摑めんそうだ。報告は個人的に聞いておく。共有すべき情報があれば、俺から連絡する。じゃあ、一係から今日の報告を頼む」

進展は今日もなかった。二係も成果はない。谷澤はどこで何をしているのか……。

会議は早々に終わった。一係も二係も、重たい足取りで大会議室を出ていく。佐藤が顎を振り、正面の席に三枝を呼んだ。

「明日はどう動く？」

「もう一度、人間関係を洗い直します」

他に動きようがない。水谷の行方に繋がる手がかりがないのだから。

「そうか」

「失礼します」

きびすを返そうとした時、佐藤が目元を緩めた。

「聞かなくていいのか、谷澤のこと」

「聞きたいのは山々でも、反則でしょう。端的に言えば、やせ我慢ですよ」

「ま、三枝ならそうなるわな」

「同じ立場なら、きっと佐藤さんも」

谷澤に肩入れしてるんですか？　聞くだけ無駄だ。違うと返答があっても、信じ切れない自分がいるだけだ。

「まあな。相変わらずだな」

「そうですか？　結構、変わりましたよ。佐藤さんだって煙草を止めましたよね。変わってるじゃないですか」

「立場やら肩書き、習慣やなんかの話じゃないさ。性根はそんな簡単に変わらん。三枝も谷澤も俺もな」

佐藤が懐かしそうに微笑んだ。

いまの発言が真実ならば、自分は最初から嫌な奴だったことになる。否定はしない。嫌な奴の素養がなければ、谷澤が若い女とホテル宿泊した件を確かめもしなかった。

「また野毛で朝まで飲み明かしたいですね」

「その時は三人とも奥さんに怒られるんだろうな」

「捜査の打ち上げってことで、大目に見てもらいましょう」

二人揃って苦笑いを浮かべた。

4

「水谷？　相変わらず何の連絡もありませんね」

午前中だけでなく、午後も空振りが続くのか……。三枝は内心で苦虫を嚙み締めた。

水谷の学生時代の友人を再度訪れていた。

千駄ヶ谷の小さな公園には蟬の声が響いている。

皆、会社員なので勤め先への訪問を敬遠され、営業での外出先の駅前や公園で待ち合わせていた。水谷の携帯は依然として電源が入っていないが、公衆電話から連絡が入ることはありうる。携帯の電源を入れずとも、手帳に連絡先を記していたかもしれない。

礼を言い、公園を出ていく水谷の友人を見送った。

「次、行こうか」

「はい。お次は築地(つきじ)です」

木陰を出ると、真夏の陽射(ひざ)しが照りつけていた。たちどころに汗が全身から滲(にじ)み出してくる。肌が焦げる音が聞こえてくるようだ。

ポケットで携帯が震えた。取り出すと、関内署刑事課と液晶に表示されている。耳に当てる。佐藤からだった。

「水谷の身柄を確保した。いま、任意同行でこっちに向かっている」

たちまち血の気が引いた。物音が遠ざかり、夏の盛りの暑さも感じなくなっていく。寒気すらする。一係のメンツから連絡はない。つまり、二係が身柄を確保したのだ。

「了解です」声を喉の奥から絞り出した。「誰が？」

「谷澤だよ」

ぐらりと視界が揺れる。

「どこで？」

「和歌山」

和歌山？　水谷とは縁もゆかりもない土地だ。谷澤はどうやって目星をつけた？　やはり情報を握っていたのか。

「水谷の息子がインターハイに出場したろ。会場に現れたんだ」

「え……」

「水谷も一人の親だったわけだ」

「元妻と連絡を取り合っていたんですか」

だとすれば、自分の失態だ。身柄を確保できなかっただけでなく、ミスが上塗りされる。元妻の田中容子に話を聞いたのは、この自分なのだ。

「いや、そんな気配はない」

「じゃあ、どうして息子がインターハイに出るとわかったんです？」

「さあな。ネットで何でも調べられる世の中だ。携帯を使わなくても、ネットカフェに行けばいい。いずれにせよ、谷澤が水谷の行動を読んだんだ」

「どうやって」

思わず呟いた。佐藤の返事はない。

足元のアスファルトが熱せられ、大気が揺らめいている。あるいは己の脳が揺れているための幻影なのか。先ほどから質問しか口に出ないのが歯痒い。

「ひとまずお疲れさん」

佐藤の労いの言葉が虚しく鼓膜に響き、通話が切れた。無音が耳に痛かった。視界はまだ揺れている。敗北の二文字が胸の奥で疼いている。

一昨日の晩横浜グランドメゾンホテルでコピーした宿泊記録が、鞄の中で重みを増していく。

午後八時、大会議室に谷澤が戻ってきた。二係が盛大な拍手で出迎える。みな、笑顔だ。かたや一係の顔は死んでいた。おざなりに拍手をするものの、生気がない。三枝も唇を引き締め、拍手で出迎えた。

三十分前、水谷を横領の疑いで逮捕した。任意の取り調べも谷澤が行い、水谷が犯行を認めた。横領した金は息子の部活動費として毎月元妻、田中容子が設けた息子の口座に匿名で振り込んだ、と供述した。息子が中学からハンドボールを始めたと知り、元妻に連絡し、振り込み先を聞いたのだという。捜査では元妻の口座記録は入手したものの、息子の口座までは確かめられていなかった。水谷が行方をくらませ、捜査班総出での捜索が最優先となったためだ。水谷は一度現金を下ろし、息子の口座に振り込んでいた。フジクラ通商の先代は薄々事情を察していたと思う、と水谷は話したという。

身柄の確保を含め、谷澤の大手柄だ。これからヨンパチ――四十八時間以内に水谷を送検しないとならない。明日以降も谷澤が取り調べを担当する。田中容子にも事情を確かめる流れになる。

谷澤が左側の最前列に座り、正面の佐藤が立ち上がった。拍手がやむ。

「みんな、ご苦労さん。ひとまず水谷の身柄を確保でき、逮捕もした。手錠をかけたのは谷澤だが、ここにいる全員が追いかけてくれた結果だ。俺からも改めてみんなに拍手を送りたい」

佐藤が拍手をし、その手を止めた。

「谷澤からも一言、頼む」

「俺もですか？」

「いいから、早く喋(しゃべ)れ」

「参ったな」

谷澤は不承不承立ち上がり、皆の方を向いた。三枝はその横顔を見た。晴れ晴れとした表情だ。途端に敗北感、悔しさ、情けなさが一緒くたになった感情が腹の底からこみ上げてくる。

「では、一言だけ。課長もおっしゃったように、手錠をかけたのがたまたま私というだけで、水谷逮捕は捜査班全員の手柄だと思う。一係も二係もお疲れさまでした」

優等生めいた綺麗事(きれいごと)をぬかしやがって。いっそ、『二係の勝ち、俺の勝ちだ』と宣言してくれた方がせいせいする。ただ、自分が谷澤の立場なら同じ発言をするだろう……。

二係が力一杯拍手をし、一係がぱらぱらと手を叩く。

「みんな、明後日(あさって)の夜は空けておけよ。ヨンパチが終わった後、軽く打ち上げをしよう。今日をもって捜査班は解散だ」

佐藤が笑顔で言った。

会議は早々に終わった。二係の面々が谷澤を取り囲む。笑顔で、親分の勝利を心から祝福している。

三枝はパイプ椅子の背もたれに体を預けた。軋む音と床がこすれる音が同時に鳴る。

このままでは、佐藤は今度の人事異動で谷澤を本部の係長に推薦するだろう。

だが――。

三枝は瞼をきつく閉じた。こちらには切札がある。谷澤を追い落とす切札が。いつカードを切るのがもっとも効果的なのか。次の人事異動まではまだ時間がある。次の捜査でも後れをとる可能性はある。ぎりぎりまでとっておくべきか。

しかし、本当にカードを切っていいのだろうか。

自分の一言で、谷澤の人生は隘路(あいろ)にはまる。素行不良で人事査定も一気に落ち、再起不能になりかねない。捜査ミスでの失点を取り返すチャンスはあっても、素行不良は一発アウトになる。家庭も瓦解してしまうかもしれない。黙し、素直に敗北を認め、栄転を諦めるべきではないだろうか。谷澤とは濃い時間をともに過ごした仲ではないか。

そっちの方が――。

「三枝さん」

谷澤の声がした。目を開けると、谷澤が真ん前に立っていた。周りには二係の面々と一係がまだ残っている。

「どうした」

「水谷の逮捕、三枝さんのおかげです」

さすがにこんな状況で皮肉を飛ばしてはこないだろう。まったく心当たりがない。

「どういうことだ」

「水谷の元妻から息子がインターハイに出場し、その応援に行くと聞き込んでくれたおかげなんですよ。水谷は元スポーツマンです。いえ、元スポーツマンじゃなくても、子どもの晴れ舞台を見たくない親なんて存在しませんから」

こいつ……。

こけにしやがった。同じ情報で自分は水谷の行動を読み切ったのに、アンタはできなかったのだと。一係も二係も佐藤もいる前で。頭の芯が冷えていくにつれ、腹の奥底が熱く煮えたぎってくる。

決めた――。三枝は熱い息を呑み込んだ。

「そうか。今日はいい酒を飲んでくれ」

「いや、やめておきますよ。明日も取り調べがあるんで」

「なら、早く帰って寝ろ。睡眠不足は頭の回転を鈍らせるからな」

「お気遣いありがとうございます。お礼だけ言いたかったんです。失礼します」

谷澤が一礼し、二係の面々を引き連れ、大会議室を出ていく。谷澤、おまえは余計なことをしたな。三枝はドアの向こうに語りかけた。

三枝は一係の面々を見回した。

「しけたツラするな。お通夜じゃないんだぞ」

湿った笑いがかすかに聞こえるだけだった。

「大人な対応だな」

佐藤が声をかけてきた。

「大人ですからね。俺の報告を聞いた夜、谷澤は和歌山行きを直訴してきたんですか」

「ああ。ある条件付きでな」

「条件とは？」

「何でもかんでもペラペラ喋る奴が上司で嬉しいか」

「いえ。失礼しました」

佐藤が肩をすくめる。

「いいさ。久しぶりに飲みにいくか」

「慰めは結構ですよ。それに疲れました」

早く一人になりたい。今晩佐藤と飲めば、二十年前の自分たちに向けて叫んでしまいそうだ。

どうにかしてお前らはこうなるなよ、と。

その夜、三枝はなかなか寝つけなかった。大きく寝返りを打つ。妻は隣のベッドで寝息を立てている。子ども部屋では娘も寝ているだろう。

目が冴えてしまい、脳も動きを止めない。身も心も休めた方がいいとわかっていても、どちらも言うことをきかない。こんな夜は初めてだ。日々蓄積される疲労で毎晩、お休み三秒なのに。

思考がまた巡り出す。

今日、どこかのタイミングで佐藤と二人になり、切札を使うのだ。ヨンパチはまだきていないが、任意同行にあっさり応じたのだから水谷は観念している。誰が取調官でも落とせる。ならば、さっさと谷澤の首を飛ばした方がいい。これを考えるのは今晩、何度目だろう。

もう眠るのは諦めよう。三枝はベッドを出て、妻を起こさぬよう足音や物音を立てずに居間に移った。

壁掛け時計を見る。午前四時前。頭の中にはホテルで入手した宿泊記録が浮かんでいた。谷澤や佐藤と過ごした二十年前の記憶も疼く。皆の面前で辱められ、宿泊記録を使って追い落とすと決めたのに、まだどこかで躊躇っている自分がいる。

甘ちゃんだ。そんな自分が嫌いではない。台所にいって水を一杯飲み、居間のカーテンを開け、ソファーに腰を下ろした。

夜が白みだし、世の中があっという間にオレンジ色に染まり出す。三人揃って山下公園で見た、あの朝焼けは一生忘れられないだろう。

思い出とは厄介なものだ。

5

六時過ぎ、早めに家を出た。妻も娘もまだ眠っている。この時間の出勤は日常だ。事件が起きれば朝も夜もない。小机駅から電車を乗り継ぎ、関内駅で降り、署には向かわず、山下公園まで歩いた。

いつかと同じように、晴れ渡った真夏の空から力強い陽射しが公園に降り注ぎ、氷川丸と横浜ベイブリッジを照らし、海を銀色に輝かせている。海鳥が鳴き、打ち寄せる波音がする。汗ばんだ体に朝の潮風が心地よい。

三枝は一人、深く息を吸い込んだ。さあ、行こう。羽が灰色の海鳥が空を飛んでいた。

七時半、署に出勤すると刑事課のフロアにはすでに佐藤がいて、他にもちらほら一、二係以外の捜査員がいる。三枝は佐藤のもとに歩み寄った。

「少々、お時間をもらえますか」

「ああ。構わないよ」

屋上に出た。空き缶があちこちに置かれ、煙草の吸い殻が刺さっている。

「暑いな」佐藤が目をすがめた。「どうかしたのか」

谷澤のことで……。そう言いたいのに声が出なかった。喉の奥で言葉が詰まっている。

しっかりしろ。お前はさっき山下公園で踏ん切りをつけただろ。

三枝は山下公園の方に顔をやって勢いよく息を吐き、佐藤に向き直った。

「谷澤のことです」

「何かあったのか」

「この前の土曜、勤務中に若い女と密会し、ホテルを利用しています」

口に出した瞬間、自分の体が数センチ浮いた気がした。

佐藤の表情は変わらない。

「見かけたのか」

「はい。横浜グランドメゾンホテルで。宿泊記録もあります」

三枝はポケットから折りたたんだ紙を取り出し、広げ、佐藤に渡した。佐藤は記録を一瞥し、顔をあげた。

「前畑早紀、か。三枝は聞き覚えないのか」

あるわけはない。谷澤の浮気相手など知るはずもない。そんなことを話し合う仲ではなくなった。

「はい」

佐藤は宿泊記録を三枝の手に戻した。少し、その手が震えている。佐藤は一度口をきつく閉じ、ゆっくりと開けた。

「そうか」

「前畑早紀は、谷澤の娘さんだよ」

三枝は足元がぐらついた。そんな……。なんとか踏ん張る。

「あの病弱だった？」

「ああ。あの子だ。よく当直を代わったろ。名前、憶えてないのか」

まったく憶えていない。元妻の旧姓が前畑？　結婚式に参加したとはいえ、同僚の奥さんの旧姓なんて記憶にない。いや、再婚で変わったのか。余計、わかるはずがない。

「今度結婚するんだとさ。まだ二十歳で結婚なんてな。そんなとこは谷澤に似てるよ。谷澤も早い結婚だっただろ。土曜は両家の挨拶が横浜グランドメゾンホテルであったんだよ」

そういえば、大安の土曜とあって両家顔合わせらしき姿もあった。

「俺は谷澤が別れてからも亜美（あみ）さん、元奥さんと年賀状のやり取りをしててな。その繫がりで教えてもらった」

　そうだ、谷澤の元妻は亜美という名前だった。

「亜美さんから相談を受けててな。今の旦那さんと話して、両家顔合わせの日に谷澤にも早紀ちゃんから報告させたいが、当の本人が頷かないって。上司として、谷澤に早紀ちゃんと会うよう命令した。あの夜、捜査会議の後に報告も受けたよ。これから娘との最後の夜を過ごします、と」

　谷澤が佐藤とこそこそ話していたのは礼を言うためだったのか。谷澤は、娘と会うのを向こうの旦那が嫌ったと言っていた。実際は自ら線引きし、十歳で会うのを止めたのかもしれない。

「残念だよ。三枝がこんな真似をするなんてな。俺は谷澤に頼まれてたんだ。お前が水谷の行き先に見当がつくよう、それとなく示唆してほしいと」

　谷澤が捜査会議に出なかった夜、あいつが何をしているのか聞かないのかと佐藤に問われた。あれか。

「まさか、あいつが和歌山行きにつけた条件って……」

「ああ。三枝が気づけば、三枝を現地に向かわせてほしい、現場で役割を交代すると。水谷の息子と母親がインターハイで和歌山に行くと聞き込んできたのはお前だからな」

　しまった、谷澤もほのめかしていたのだ。関内署のエントランスで久しぶりに口をきいた際、会話の流れで娘が関東大会に行き、今の奥さんが応援に行こうと言い出して困った、と。水谷も息子の応援に行きたいと思うはずだ、と。栄転を競い合う相手に対しては、あれがぎりぎりの示唆だろう。本当に和歌山に行かなくていいんですか、と言葉に出したかったに違いない。会話の最中、谷澤はじっとこちらを見ていた。察するかどうか、見極めていたのか。

「田中容子は息子の晴れ姿を水谷に見せたかったんだろう。谷澤はその気持ちを慮(おもんぱか)り、試合前に水谷を現認した後、試合終了まで逮捕しなかった」

思えば、水谷の学生時代について何も知らない、と田中容子が言ったことも妙だ。水谷なら一度くらい話すはず。会社の同僚が知っていた。また、現在の夫には水谷からの振り込み――三万円の援助を明かしていなかったのだ。だから聞き込みの際、それを幸いとし、一切触れなかった。田中容子は息子の晴れ舞台を見せてやりたいという気持ちから、警察に事実を話さなかった。水谷が必ず和歌山に試合を見に来ると見越して。

谷澤は己の境遇もあり、人情の機微に通じていた。だから、と三枝は唇を噛んだ。俺の報告を聞き、水谷の行動を読めた……。

翻って、己はどうだ。捜査で競り負けただけでなく、同僚の行動を上司にチクることまでした。谷澤の別れた妻との縁を大事にしていれば、こんな結果にはならなかった。繋がりを疎(おろそ)かにした、ツケが回った。

「俺が間違ってたよ。確かに三枝は変わった。見損なったぞ、もう一度人間力を磨け。谷澤を刺してまで本部の係長になりたかったのか」

「申し訳ありません」

何のことはない、魔が差したのは自分だった……。

「中間管理職なんて面倒なだけだぞ。お前には向いてない。だが、俺とお前の仲だ。この一件は俺の胸にしまっておく。悪い噂が立つようなことはしない」

「恐れ入ります」

「こんな三枝を知りたくなかったよ。あの頃はよかったな」

佐藤がゆるゆると首を振り、屋上を出ていった。鉄の扉がゆっくりと閉まる。

三枝はその場に座り込んだ。夏の陽射しを浴びたコンクリートが尻に熱い。先ほどまで聞こえていなかったのに、蟬の声がする。ほのかに潮の匂いもする。自分は何をやっているのだろう。

あの時、横浜グランドメゾンホテルで谷澤の姿さえ見なければ――。

三枝は目を見開いた。両頰を力任せに引っ叩かれた気がした。

違う……。

刑事は大勢の中から見知った顔、容疑者の顔を見つける能力を磨いている。なにも自分だけではない。

谷澤だってそうだ。こちらの顔を認識し、娘と会った場面を見られたことを利用したのではないのか。三枝ならホテルで宿泊名簿を調べる、名前を見ても娘だと悟られない、若い女との密会だという切札として使ってくる、と見越したのだ。

だが、谷澤は三枝という男が直球勝負な性格だとよく知っている。切札を得ても、後輩の将来のために使わない可能性もある。だから今回の勝負の行方がどうであれ確実に切札を使わせるため、一係も二係もいる前でこけにしてきたのではないのか。心への衝撃をより大きくするべく、ホテルではこちらの縄張りを荒らす意思がないしおらしさを示そうと、周囲に視線を飛ばさなかったに違いない。

あの日、横浜グランドメゾンホテルを使用したのも、巧妙な罠（わな）だったのだ。

捜査は硬直していた。打つ手も行き場所もない。情報屋を使いたい場面だ。俺が情報屋と接触するなら大抵午後に、横浜グランドメゾンホテルの喫茶ラウンジを使うことを谷澤は知っている。午前中に顔合わせの終わった娘を部屋で待機させておき、頃合いをみて呼び出せばいい。谷澤は俺がホテルにいるのをどこかで確認し、しかるべき時に喫茶ラウンジに現れ、娘を呼んだ。あいつだって行き場所も打つ手もなかった。谷澤はあの時点では水谷の行方に見当をつけられていなかった。だから、計略に走った。三枝という奴は、栄転のためにはかつての仲間もチクる男だと佐藤に認識させるために。

――やっぱ俺は運がいいですよ。三枝さんみたいな先輩を持てて。

関内署のエントランスでかけられた言葉の真意は、人情の機微に疎い上、思惑通りに動く単細胞な先輩を持てて幸運だと言いたかったのだろう。

エントランスで話した時、谷澤は娘の話題を口に出したが、結婚するとは言わなかった。あえて明かさず、こちらの反応を窺（うかが）ったに違いない。

三枝は長い瞬きをした。

いまさらどうしようもない。騙されたのも、水谷の行方を察せられなかったのも自分ではないか。

――少し哀しいなって。

関内署のエントランスで、谷澤は遠くを眺める目つきになった。あれは、かつてと変わってしまった自分自身にかけた言葉だったのかもしれない。

もの寂しい音色の汽笛が聞こえた気がした。

港の方を見やると、横浜グランドメゾンホテルが夏の陽射しを受けて輝いていた。谷澤は娘と宿泊した時、部屋の窓から朝焼けの山下公園を眺めたのだろうか。

先ほどとは違う音色の汽笛が鳴った気がした。

今晩、娘に声をかけてみるか。朝の山下公園に行ってみないか、朝陽が綺麗だぞ、と。

将来、一緒に見たあの景色はいい思い出になっていると言ってくれるかもしれない。

なにより、鬱陶しがられても久しぶりに話してみたい。

同期の紅葉

松嶋智左

松嶋智左（まつしま・ちさ）
一九六一年大阪府生まれ。作家。二〇〇五年に北日本文学賞、〇六年に織田作之助賞、一七年『虚の聖域　梓凪子の調査報告書』で島田荘司選ばらのまち福山ミステリー文学新人賞を受賞。著書に、「梓凪子の捜査報告書」シリーズ、「女副署長」シリーズ、「巡査長・野路明良」シリーズ、「三星京香」シリーズ、「流警」シリーズ、『バタフライ・エフェクト　T県警警務部事件課』『使嗾犯　捜査一課女管理官』『降格刑事』『ブラックキャット』など。

友達とも違う。仲間というイメージでもない。戦友などというのはおこがましい。やはり同期は同期というしか、他にたとえようがないのかもしれない。

白堂（はくどう）市は、住宅地域と農業地域が七対三の割合で広がり、私鉄の普通列車のみ停（と）まる駅がひとつある。県庁や県警本部のある中心部に行くには、途中で快速に乗り換えても四十分はかかった。

白堂警察署は署員数二百人弱で、県下では中規模署になる。管内に中小企業や商店はそれなりにあって、窃盗事案は多いが政治犯罪や経済犯罪はほとんどない。唯一、特殊詐欺関連の事件だけは、他と同様、増え続けている。

そこに今春、樫原有子（かしはらゆうこ）は三十九歳で刑事課二係の係長として赴任することになった。警部補に昇任しての異動だ。身長一七〇センチ、体重六〇キロ、大学時代はラクロスで鳴らした体育会系の有子は、前任の所轄でも二係として特殊詐欺事件によく携わった。通常、新米係長は地域課に配属されることが多く、刑事課への横滑りというのは珍しい。

裏を返せば、それだけ特殊詐欺案件に手を焼いており、少しでも経験者を配置してその対応に当たりたいという県警の苦肉の策といえる。そうとわかっているから有子も期待に応えるべく、改めて意欲を燃やす。

とはいえ、初めての所轄は慣れるまで緊張もするし、気も遣う。しかもこのたびは、係長という立場になってのことだから余計だ。どんな部下がいるのか、上司として受け入れてもらえるか、考えても仕方のないことだとわかっていても、つい考えてしまう。だからこそ、赴任署に同期がいるのといないのとでは、雲泥の差がある。

有子の同期である時沢唯美（ときざわただみ）、旧姓田尾（たお）唯美は白堂署の警務課警務係主任だ。階級は巡査部長で二年前に赴任していた。

署長室で他の異動者と共に挨拶をすませると、有子はすぐに警務課へ顔を出した。

白堂署の一階は署の受付窓口で、玄関の自動ドアを潜（くぐ）るとオープンスペースになっている。カウンターで仕切ったなかに交通規制係、車庫証明係などの島が散らばり、中央に副署長席がぽつんと置かれている。奥の壁にひとつだけ見えるドアは署長室のもので、右端に警務課の島があった。

「今、係長がいないから、食堂に行こうか」

待ち構えていたかのように唯美が立ち上がった。同僚の男性巡査がそれを見て、「あ、時沢主任、生安の巡査長が係長と約束してきていますけど」と呼び止める。唯美が目を向けた先に、背の高い二十代くらいの男性がこちらを見ていた。

「そうなの？　でも係長、しばらく戻らないと思う。今日は一日、異動関係で手が取られるから、急ぎでないなら別日にしてもらって」といって歩き出した。

そんな唯美の後ろ姿を見ながら、何年振りだろうかと有子は考える。

警察学校で共に六か月学び、慣れない教練や柔剣道、拳銃実射を経験し、狭い部屋を共有する寮生活を送った。教官や指導先輩、寮監など多くの監視者がいるため、寮の部屋以外で気を抜くことはほとんどできなかった。

そのため同じ部屋になった唯美とは誰よりも親しくなれたし、強い仲間意識を持って親兄弟や友人とも違う不思議な信頼関係を築くこともできた。

学校を卒業すると新人巡査は、別々の警察署に配属される。それから数年ごとに異動を繰り返すが、同じ所轄になることはまずない。職場が違っても、有子と唯美は時機を見てカラオケに行ったり、飲みに行ったり変わらぬ付き合いを続けた。それも唯美の結婚を境に減り始め、それぞれ仕事と子育てで忙しくなり、いつしか年賀状のやり取りで近況を知る程度となった。

今回は有子が警部補で、階級が違っていたからこそ同じ署に勤務できたのだ。

時沢唯美は身長一五九センチ、体重五五キロ。昔と比べて少しぽっちゃりした体型になっているが、丸い顔に丸い目は同じで、子どもがいるのに学校時代と変わらない幼さが漂う。

「奢るわ」といって、唯美が食堂の自販機に小銭を入れ、温かい缶コーヒーを有子に差し出す。互いに缶を持ち上げ、「久し振り」「ようこそ白堂へ」と声をかけあった。ひと口ふた口飲んで、軽く息を吐いた。

「唯美のご家族はみんな元気?」

「有子は今も独りだっけ?」

階級は違うが、同期のあいだで敬語は存在しないし、遠慮もない。人前では係長、主任と呼び合っても、二人だけのときは昔通り呼び捨てだ。

「上は今年小学校に入学した。下は保育園の年少組。みんな元気」と唯美が柔らかく笑う。

「お、二人になったか。しばらく会ってなかったもんねぇ。わたしは相変わらずよ。豊富駅前の単身者用マンション」

「ああ、今もそこ? 賃貸でしょ? 分譲は考えないの?」

「うーん。寝に帰るだけの部屋に家賃八万は無駄だと思ってはいるんだけど、いざ買うとなるとさぁ」

「八万もするの、あそこ?」

唯美が有子のマンションにきたことがあっただろうかと思いつつ、頷く。

警察学校を卒業すると、県在住者以外は独身寮に入る。女子寮なので管理人もいるし、掃除当番も回ってくるから、だいたい一、二年もすればみな手ごろな物件を見つけて出てゆく。

「警部補になったって、そう給料は上がらないでしょうに。ああ、刑事課は残業がつくか」

「そんなのしれてるわよ。だいたい今は、なるたけ定時に帰るよういわれているし。そっちは？」

え、なにが、と目を瞬かせるのに重ねて尋ねた。「家よ。子どもが生まれる前は職員住宅にいたでしょ」

「うん、今も同じ。ちょっと広めの部屋には移ったけどね」

職員住宅に住んでいるということか。「旦那は今、どこ？」

「……栄立警察署」更に声が小さくなって、「地域課の主任」といって、缶に顔の方から寄せてゆく。

栄立署は県の南端の所轄で、ほとんどが駐在所という鄙びた署だ。近隣に住む警官か、それかなにかいわくつきの警官が異動させられる、という噂があった。唯美の住む職員住宅は県警本部の北側で栄立署とは相当距離がある。唯美の五つ上と聞いているから、恐らく四十四歳。それで地域課の主任、つまり巡査部長となると、出世コースを走っていないことだけはわかる。

有子は今後、唯美の夫の話題は避けると決めて、白堂署はどんなところか訊(き)いた。

「忙しくもないけど、暇というのでもない。なににつけ中くらいって感じね」

「そうなの？　特殊詐欺関係が多いのかと思ってた」

「え。ああ、そうか。有子はそれでうちにきたのか。昇任係長なのになんで刑事課のまんまなのかと思ってたけど、そういうことか」といって、腑(ふ)に落ちた表情をした。「件数が特別多いってわけでもないんだけど、被害の多寡がね」

警務課には警務と総務の二つの係があって、乱暴ないい方をすれば、署員自身に関わることを扱うのが警務、署全般のことに関するあれこれは総務という感じだ。総務が課ごとの統計を取っているから、同じ島にいる唯美もおよそのことは把握しているのだろう。警務課は署内のあらゆる情報が集約されている部署だ。

「被害者が多いの？」

「ていうか、金額がね。うちの管内、農家さんが多くて、高齢者も多い。タンス預金を今も結構されてたりするわけ。現金が自宅にあるから、コンビニやらＡＴＭやらに呼び出す手間もなく、あっさり持って行かれるケースが頻発してる」

「ああー」と有子は額に手を当てる。玄関先に現れた受け子に手渡しとなると、警察がどれほど気をつけていても間に合わない。そういう手合いは要注意で、知らない人間が訪ねてきても玄関を開けてはいけないと注意喚起しているが、身内を装った偽電話にパニックを起こした状態ではどんな頑丈なロックも役には立たない。

「少し前に一千万がね」

「へえ」

奪われた金額らしいが、一件分ではないようだ。特殊詐欺のグループの根城を見つけ、刑事課で一斉検挙に至った。その際、うっかり顧客リストを薬品に放り込まれて処分され、手がかりを失うという失態を犯してしまったらしい。根城には現金が一千万近くあって、奪った金には違いないのだろうが、被害者がわからない。自供と詐欺に使ったスマホの履歴から数人は判明したが、全員の特定にはまだ時間がかかりそうだという。

「じゃあ、まだうちに置いたまま?」

尋ねると、唯美が肩をすくめ、そういうことだと返事した。

なかなか厄介そうだな、と有子は制服の上着の裾を引っ張り、ネクタイを弛める。このあと私服に着替えて、刑事課で着任の挨拶をすることになっている。その詐欺の件は恐らく今も継続中だろうから、有子も引き継ぎを受けることになる。しくじった案件というい方はせず、かつ、二度とこのような失態が起きないように持っていかなくてはならない。

そんな有子の思案顔を見た唯美が察したように、「ま、始まったばっかりだし。あんまし気負わずに、リラックス」と笑って送ってくれる。それに応えるように、「落ち着いたら飲みに行こう。あ、夜は駄目か」といったら、唯美がにんまりと笑った。

「平気よ。旦那が非番のときなら問題なし。昔みたいにカラオケ行こう」

有子は大きく頷いて先に食堂を出る。振り返ると、まだ飲み足りないのか財布を覗き込んでいる唯美の背中が見えた。

*

刑事課は二階で他に交通指導係の部屋と留置場がある。三階に生活安全課と警備課。四階に地域課、柔剣道場、女性職員用宿直室があった。

刑事課には一係から三係と組織犯罪対策係がある。横長の部屋の窓際にあるのが課長席で、有子はその横に立って係員の方を向いて挨拶をした。一人一人とはおいおい話せばいいし、人数も全部の係を合わせても三十人程度だ。顔も名前もすぐ覚えられるだろう。

課長の生方は五十になったばかりの警部で、年ごろの娘が三人いるという。刑事課長といえば刑事畑で鳴らした猛者が多いが、生方は温和な容貌に小太りなせいもあってか、私服姿だと保険か不動産の営業員にしか見えない。

有子の所属する二係には四人の刑事がいて、そのうち巡査部長（主任）が二人。課長から、今取り扱っている事件についての話を聞かされるが、詳細については二人の主任から直に聞く。

津雲未希は三十歳の巡査部長で、ショートカットのヘアにミーアキャットのような黒目がちの眼を持つ。独身らしいが、そういう個人的な話はもっと打ち解けてからにしようと肝に銘じる。津雲は調書類を広げながら要領よく説明する。

もう一人は、浅田哲郎という四十三歳のいかにもベテランという感じの男性巡査部長。津雲の隣に座って、ぽってりした鼻をつまみながら、ふんふんと相槌を打つ。時折、津雲が確認してくるのに、頷いてみせた。

おおよそのことはわかった。唯美がいった通りの話で、有子は検挙に入った際の不手際を指摘しないよう、どうしてリストを処分されたのか訊いてみた。

二人の巡査部長は互いに視線を交わし、一拍置いたのち、自分の役目と察した津雲が口を開く。

「前任の係長の指示で三係と組対係に応援を頼み、浅田主任とわたしと三係でまず正面から突入。裏口から逃げ出そうとするところを組対係が裏から飛び込み、確保に動くことになっていました。連中を壁際へ追いやっているあいだに、木内さんと久和野さんがスマホやパソコン、お金や書類関係を押収する筈だったんですが」といって言葉を切った。

木内壮太朗は二係の巡査長で三十五歳のバツイチ。久和野智樹は二十七歳の、二係にきて一年目の巡査だ。津雲が口ごもるのを見た浅田が、仕方なさそうに続ける。

「まあ、木内は最近、家庭の事情で本調子じゃないところがありまして。こういったことには慣れているやつなんですが、いうなればうっかりした、というところでしょうか」

「うっかりした?」思わず有子は声を硬くした。

木内巡査長が、有子が白堂署にくる少し前に離婚したことは聞いている。奥さんは同じ警察官でいわゆる職場結婚だった。結婚経験のない有子でも、離婚が大変なことは察せられる。だからといって仕事に身が入らず、うっかりしたというのでは、刑事としていかがなものか。そんな思いが浅田に通じたのか、慌てて言葉を続ける。

「いや、木内はちゃんと証拠品の確保に動いたんですが、被疑者の一人が逃げ出そうとしたのを見た久和野が、ついそっちを追いかけてしまって。それに気づいた木内が、どうしたわけか、久和野が回収していた金の方に回ってしまい、引き出しから目を離した隙に、なかにあったリストや書類をリーダー格の男が摑んで、机の下にあった薬品のバケツに投げ込んじまった、とまあそんな感じですか。あっと思ったときにはもう」と頭をかく。

有子は頬杖を突いたまま顔を横に向け、ため息を隠した。起きてしまったことを今さらいっても仕方がない。今後、二度とこのようなことを起こさなければいいのだ。だから一応、確認しておく。

「久和野さんは一年目ですよね」

刑事課には希望して入ってくる者も多い。やる気が先走って、危ないことにも気づかず無茶をすることがある。そうであれば、早めに注意しておいた方がいいと思ったのだ。

浅田が察して頷く。「刑事に憧れて入ったとかで、熱意もあり、それなりに自信も持っているみたいです。まあ、今どきの若者ですね」と隣の津雲に目をやる。「津雲主任が面倒を見ているのですが」といって口を濁した。津雲の僅かに落ちた肩を見て、有子なりに思案する。

離婚したことで私生活が乱れ、仕事に影響を及ぼす木内も気になるが、ひとまずは若手の久和野に気をつけていた方がいいかと考えた。

次の事件が起きるまでは、二係としては被害者の特定に集中する。被疑者らは自白して調書に押印したものから、順次、検察に送っている。検察としては被害者が確認できないと困るというので、とにかく必死で捜すしかない。そのあいだ、新たな詐欺事件などが起きないようにと祈るばかりだ。

二週間ほどしてようやく目処（めど）がついた。

およその被害者が判明し、金額的にもなんとか検察に認めてもらえそうな差額に収まりそうだ。

「被害者から聞き取った被害金額は合計一千十万円になります」と津雲が報告する。

「押収した金額が一千四万五千八百三十六円だから、差額は五万四千百六十四円ですか。まあ、この金額なら他に被害者がいたとは考えられないわね」といって、有子は安堵（あんど）と共に椅子の背に深くもたれた。

津雲や浅田も、疲れた様子ながら笑みを浮かべる。

「じゃあ、押収した金額を念のためもう一度数えて、被害者リストと共に検察に渡しましょう」

津雲と久和野が警務課にある金庫に向かう。本来、捜査関係の証拠品は刑事課の奥にある倉庫に保管するのだが、なにせ一千万円という大金だ。万一のことを考え、警務課の金庫に入れていた。会社などで使用するような大型の据え置き型金庫で、鍵は警務課が持っていて、開けるときは警務課員が立ち会う。

有子から警務係長に連絡を入れ、津雲と久和野が出向くと警務課の人間が鍵を持って待機していることになっていた。

「ないって、なにが？」

有子は思わず問い返した。二係だけでなく、課長の生方、一係や三係、組対係の面々までが、津雲の息せき切った様子を見て、何事かと目を向ける。

「お、お金が消えています」

有子は立ち上がって側まで行く。課長までもが席を離れて近寄ってきた。

「警務課の金庫を調べたんですが、どこにも押収した一千万円が見当たりません。なくなっています」

津雲の青い顔を見て、有子は血の気が引くのを感じた。一緒に出向いていた久和野が、隣で首振り人形のようにこくこく頷いている。

小銭は小袋に入れ、お札だけ百万円ごとにゴムでまとめて別のビニール袋に入れていた。その札束の袋だけ消えているという。

「まさか、盗まれたっていうの？」有子が唾を飛ばしながら訊くと、興奮で頬を赤くした久和野が答える。

「はいっ。今、警務課のある一階は大騒ぎで、副署長や警務課長が署長室に飛び込んで行きました。警務課だけでなく交通規制や車庫証明など、一階にいる署員はみな床をはいつくばってあちこち探し回っています」

な、と声を上げかけると、後ろから生方の悲鳴に似た叫びが響いた。

「お前らも行けっ、なにしている。早く行って探してこい。ぼさっとするな」

課長にそういわれて、部屋にいた巡査部長以下の刑事課員がみな、ばたばたと飛び出して行く。有子は胸に手を当て、速まる鼓動を押さえつつ浅田を呼び止めた。

「浅田主任、い、急いで防カメを確認しましょう」

「了解」

「あと、署内の図面みたいなものはありますか」

「あるでしょう。確認してみます。それと当直員の勤務表も手に入れてみます」

「お願いします」

生方が割り込んできて、顔を引きつらせながらいう。

「最後に確認した日時がいるだろう」

「あ、はい。そうでした」有子も相当動揺している。落ち着け、落ち着け、お金はきっとどこかにある筈、と自分自身にいい聞かせる。「浅田主任、最後に確認したのはいつですか」

「たしか」といいながら宙に目をやり、浅田は腕を組む。そして、有子と生方に視線を向けて大きく頷いた。

「昨日です。昨日の夜には確かにありました。被害者の一人が、奪われた金額ははっきりしないが一万円札が聖徳太子の旧札だったというので、津雲主任とそんな札を数えに行ったのが最後ではなかったかと」

あとで他の連中にも確認はしますが、恐らく、間違いないでしょうといい切った。

「何時だ」課長が怒鳴る。浅田はすぐに、「夜の七時過ぎでした。当直の警務課員に頼んで出してもらったんです」と口を引き結んだ。

昨日、有子は当直明けで、通常通り仕事をしたが昨今の働き方改革もあって、明けのときはできるだけ残業を控えるようにいわれている。課長が退庁するのを待って、終業時間を少し過ぎるころ引き上げた。六時は回っていたかもしれない。その時点でもまだ二係の係員は全員居残っていたのを覚えている。

「よし、それならだいぶ絞られるな」

「はい、課長」といって有子は腕時計に目をやる。「昨日の夜七時過ぎから今日の午後四時までのあいだに、あの金庫に近づいた人間を全て調べます。それで」と有子は浅田に目を向ける。「そのとき金庫を開けた、警務の当直は誰でした?」

浅田が有子を見ていう。

「時沢主任ですよ」

＊

一階を探し尽くしたが、押収金はどこにも見つからなかった。たちまち署内にかん口令を敷く。既に知ってしまった一階の署員には口止めをしたが、すぐにかん口令を敷く。既に知ってしまった一階の署員には口止めをしたが、

各課長が呼ばれ、署長室で会議が開かれることになった。

「樫原係長も出てくれ。担当係だからな」と生方がいう。

「はい」というしかない。消えたのが昨夜から今日にかけてなら、それは有子が赴任したあとになるから責任は免れない。

執務机に署長が座り、応接セットには各課長、そして戸口近くの長テーブルには有子のほか、警務課の課員が席に着く。

有子が奥に近い側で、戸口の方には唯美や巡査らが身を硬くして並んでいる。ちらりと視線を向けたが、唯美は俯いてテーブルを見つめたままだった。

「いったいどういうことだ」

署長が口火を切り、各課長らがこれまで調査した結果などを口々に報告する。特に警務課長の説明が詳細で、警務係と総務係の二人の係長を立たせたまま、昨日から今日に至るまでの署員の在署状況や警務課周辺の様子などを話した。署長や副署長が都度都度、質問を挟み、それに両係長とひそひそ相談した上で、課長が額に汗しながら答える。まるで国会答弁のようだ。ここでは質問者が一番偉いのだが。

「昨夜、押収した金が丸々あったのは間違いないんだな」

副署長の問いに、生方はさっと有子に目をやる。きたか、と思いながら有子は警務課の係長と入れ替わって、その場で起立する。

「昨日の午後七時に確認した浅田、津雲両主任の話によりますと金額までは数えなかったそうです。被害者のいう旧札を選び出し、それだけ数えて、終わったらまとめて元に戻したといっています」

「そうなのか、時沢主任」と警務課長が口を挟む。そのとき当直員だった唯美が、金庫を開けたあと終わるまで側についていて一部始終を見ていた。一斉に長テーブルの端へと目が向き、有子も振り向いたが、唯美はじっと動かない。隣に座る警務係長が肘で突くと、はっと顔を上げて跳ねるように立ち上がった。

「あ、はい。すみません、えっと」とうろたえる様子を見て、係長が小声で質問を囁く。唯美は、顔を赤くして頷くと、「はい。そのときは確かに全てを数えてはおられなかったと承知しています」

警務課長がむすっとした顔をしているのに気づいたらしく、唯美が小さくすみません、と頭を下げた。そんな警務課長よりもっと顔を歪めているのが生方で、「なんで全部数えなかったんだ」と、今度は有子に矛先を向ける。

わたしはそこにいなかったのだからと思っても、警部補となって部下を持つ立場になった以上、責任者として答えなくてはならない。改めて昇任して、階級が上がるということの意味を身に沁みて感じる。

「旧札を探して数えるのに手間取り、全てを確認しなかったそうです。その時点で八時に近かったこともあり、手にした感じやこれまで何度か確認したときと変わったところもなかったので、問題ないと判断したといっています」

「手にした感じっていったってなぁ」と副署長が苦笑いする。署長が口をへの字にしているのを見て、すぐに口調をきつくし、「刑事課ではそういう大雑把なことを常からしているのか」と質す。今度は生方が慌てふためき、「決してそんなことはありません。恐らく、終業時刻を大幅に超えていた上に、当直員に立ち会わせていることに気を遣ったのではと思います」と、大幅というところを強調する。

交番員は別として、本署の当直員に仕事はあまりない。終業後、滅多にこない来庁者の受付や電話応対をするくらいだ。二時間交替で一階のカウンターの内側に座って、ぼうっとしているか、相方の当直員とお喋りしている。だが、その時間だけは必ずそこにいなくてはならない。だから刑事課のために金庫の側についているのは余計な仕事だ。

当夜の当直員で一階を担当した者と時間割は全て把握している。七時過ぎ、唯美は休憩時間帯で、次は九時からだった。八時を過ぎても問題はなかっただろうが、夜通し務める当直員にしてみれば休憩時間に体を休めることは大事だ。浅田や津雲は気兼ねして、全額数え直すまではせず、刑事課へ戻ったのだ。とはいえ、大雑把だといわれれば返す言葉がない。

だから有子は、「その時点で、押収したお金が引き抜かれていた可能性は少ないと考えます。翌日にはお札が全て消えているわけですから」と控えめに意見を述べた。何回かに分けて盗むやり方もあるだろうが、昨日、ほとんどあったのが今日になって小銭以外全て消えたのだから、一度に盗んだと考えるのが妥当だ。

この場にいる者はみな内心ではそう思っていたのだろう。有子の言葉に特に反論することなく、次の段階へと進んだ。

「それで防犯カメラはどうなんだ」

これには有子の隣に座る警務係長が答える。

「防犯カメラは一階の奥から玄関に向けられているものがほとんどで」

それはそうだろうと有子は思う。注意すべきは来庁する不審な人物で、よもや警察官を疑ってカメラを内側向きに設置する署はない。そうはいっても、昨今はなにがあるかわからないので、白堂署でも数年前からカメラを増やし、署の周囲、裏口、駐車場に加え、庁舎内でも留置場や一階廊下などには設置されたという。

警務課はオープンスペースの右端に位置するため、警務課長席の後ろ側に、角を利用してパーティションで二畳ほどのスペースを作り、そこに金庫を置いている。他に書類を入れた段ボール箱や作業机もあって、ちょっとした物置のようになっていた。そんなスペースの側には給湯室の出入口がある。給湯室の並びには署長室へのドアがあるだけで、ほかにはなにもない。

近くに行かない限り、そこに金庫があることはわからないようになっている。とはいえオープンスペースで、金庫だけパーティションで隠してみたというのは、いかにも不用心だと思われるだろう。しかし、一階のカウンター内は、警察官しか入れない執務エリアで、不審者が入り込めばひと目でわかる。しかも他の課の部屋とは違って、一階だけは警察官が絶えることがない。常に誰かがいるから、ある意味、一番安全な場所なのだ。

更にいえば、通常、警務課の金庫にあるのは署員の個人資料や署に関する書類がほとんどで、金目のものなどせいぜい柔剣道大会のメダルくらいではないか。捜査費用などは銀行に預けており、必要な際に下ろすようになっているから、現金などあったにしても少額だ。印紙や拾得物などを預かる会計課は、別に鍵のかかる部屋を構えて、金庫を置いている。

「パーティションを捉えるカメラとなると警務課だけでなく署長室のドアまで映すことになり、これまで現金を預かるにしても額もしれていたので、必要ないだろうと設置していませんでした」

控えめに嘆息する音が聞こえる。署長室を映すことになるといわれたら誰も文句をつけられない。

「それで、一千万以上の押収金が警務課の金庫にあるのを知っていた者はどれほどいる」

これには刑事課長も警務課長も、他の課長らもみな黙り込む。その態度を見て、署長は頭を抱えた。

被害金額が一千万以上だったというのは世間にも知られている。署内にいる人間なら、そういったお金は刑事課か警務課、会計課のどこかに置いてあるということは容易に想像がつく。おまけに刑事課員が警務課へ幾度となく確認に出向いていた。通いでくる用務員さんでもそこにあると気づいているのではないか。

「とにかく探せ」

署長は肩を落とし、そう短く指示を出した。課長らが全員、頭を下げて、わかりましたと答える。長テーブルに座る有子らも立ち上がって、室内の敬礼をした。

最後に副署長が念を押す。

「盗まれたことはまだ公にはしない。わかっているだろうが、盗んだ人間が署内の人間である可能性が高い以上、なんとしてでもうちで見つける。見つけて全額回収する。それまで本部にも検察にも誰にもいうな」

全員が黙って頷いた。

＊

捜査の主導は刑事課が担う。もちろん、刑事課員だって怪しいのだが、そこまで疑っていては調べることができない。ある意味、署にいる人間、全員が容疑者なのだ。そして警務課が助力する。金庫の鍵を保管している警務課が一番疑わしいともいえるが、刑事課同様、排除してしまったら捜査は進まない。

他の課は、課長命令で捜査に協力するという態勢を取る。呼ばれたら、課長であれ誰であれ、なにがあっても刑事課に出向き、聴取に応じるという約束を取りつけた。

本格的に調査することになって二日後、やっと唯美と話をすることができた。

「バタバタしてて、話もできなかったわね」

四月に赴任して、すぐに特殊詐欺の案件で忙しくなった。一度だけ、当直明けに待ち合わせて食事をしたが、唯美が子どもの用事があるというのでカラオケには行かず、早めに解散していた。それから今回の事件が発覚するまで、署内で姿を見ることはあっても、互いに声をかけることはなかった。

昼休憩のとき、唯美が缶コーヒーを手に署の駐車場に出たのを目にして、有子も缶コーヒーを買ってすぐに向かった。

　日差しが降り注ぐような日は署員が体をほぐしていたりするのだが、あいにく今日は朝から曇天で、四月も後半なのに少し肌寒い。そのせいか駐車場は人気がなく、署内から声が微かに聞こえるだけだ。警ら用自転車を見て歩く唯美に、有子は声をかけた。

「ねえ、例の一千万のこと、どう思う？」

　唯美が振り返ることなく、「どう思うって？」と問い返す。有子はこちらを向かない唯美の態度にむっとし、更に訊く。

「警務課なりに思うところはあるんじゃないの」

「なによ。思うところって」

「だって警務課なら職員の身上、経歴、家族構成、警察信組の住宅ローンとか、ある程度の生活実態は把握しているでしょう？」

　唯美がいきなり振り返る。

「ちょっと、お金に困っている職員を名指ししろっていうの？」

　有子は唯美の吊り上がった目を見て、慌てて弁解する。

「そうはいってない。でも、警務課が保持している情報はできるだけ知りたいのよ」

「その件は課長レベルで話し合って決着ついたでしょ」と疲れたように唯美が長い息を吐いた。

確かに、職員の個人情報については、刑事課においてある程度絞り込みができた時点で開示するという約束になっている。関係のない署員の個人情報を刑事課が知ることになれば、事件が解決したあと、色々問題が起きかねない。だが、一番の動機と考えられる金銭的問題のあるなしを知ることができれば、捜査が大いに進展するのも事実だ。刑事課としては隔靴掻痒の感があるところだった。

「わかってるわよ。ただ、うちとしても、どうしてもそこが気になる。だから同期のよしみで、なんとかならないかなぁって」

「もう、有子ったら。自分の係のことだから焦る気持ちはわかるけど、あなた一人でどうにかなる話じゃないでしょう。こういうのうちだって気を遣うのよ」

「だって赴任して、いきなりこんな事件よ。正直、参ってるのよ」

有子の本音を聞いたからか、唯美の表情がようやく普段のものに戻る。

「それは確かに気の毒だと思う。とはいえ、うちの課内ですら疑心暗鬼なのよ。ヘタなことをいって署員同士がぎくしゃくするようなことになっても困る」

「警務課内でもそうなっているか」

「うん。ちょっとしたやり取りでも深読みしたり、お金の話なんかうっかりしようものなら疑われるんじゃないかって焦ったり。ねえ、そっちこそどうなの」

「どうって？」

「捜査、進んでいるの？　少しは絞り込めたの？」

　再会したときは唯美を見て、警察学校時代と変わらないと思ったが、見慣れてくるほどにそれなりの年月は経つのだなと思うようになった。ふと見かけたときの歩き方や後ろ姿に、両手に荷物を抱えているような張りのなさを見たりする。今も、目尻だけでなく唇にも細かな皺があって、白髪も数本見える。互いに知らないことは多くあるだろうし、会っていなかったあいだの全てを知っているわけではない。それでも同期だという気持ちがあるから、捜査のことも唯美になら話せる。

「事件発覚の前夜、当直した者全員を聴取したけど、みんな金庫の側には近づいていないというし。発覚した日の昼間の時間帯となると、一階に席のある署員に、用事があってやってきた人間までいれると相当な数になる」

「そうだろうねぇ」

「ただ金庫の鍵に触れる可能性のある者となると限定される」

「うん」

「まず警務課員」

　それは仕方がない、という風に唯美も頷く。

「あと当直員」

　そうだろうと、これも唯美は小さく何度も頷いてみせた。昼間は金庫の側には警務課員がいるから、他の部署の人間が妙なことをすれば目につく。

だから当直員が怪しくなるのだが、ただ一階受付は一人では就かない。最低でも二人。オープンスペースに席を置く警務課や交通規制係の当直員は、だいたい宿直室か別室にいるので一階は受付担当だけとなり、二時間ごとに入れ替わる。

ちなみに金庫はダイヤル錠と鍵の二段階で施錠するようになっているが、番号は忘れてしまうからとダイヤルは開いた状態で固定し、鍵だけで開けるようにしていた。その鍵は、警務係長の鍵のかかる引き出しに入ってはいるものの、就業時間中はその引き出しに鍵はかけていない。警務課の人間なら勝手に開けて、使っていいようになっている。引き出しに鍵がかけられるのは終業後で、その鍵はなんと係長の机の上のプラスチックでできた文具ケースに入れられている。鍵をかけている意味がほとんどない。しかもそのことを知る者は意外と多かった。有子は赴任したばかりなので知らなかったが、同じ二係の浅田も津雲も、久和野ですら知っていた。

あまりにも杜撰な取り扱いに、有子は頭を抱えた。警察署内で窃盗などあり得ないと思い込んでいるから、仕方ないのかもしれない。新聞やテレビでも時折、警察官の不祥事が話題となるが、所詮、他所の署のことで、たまたまおかしな警官を抱えていた不運を気の毒に思う程度なのだ。

警務課長から叱責を受けた警務係長は、引き出しの鍵を肌身離さず持ち歩くようになった。お陰で課員は仕事をするのに手間がかかって仕方がないとぼやいている。

「当直員を詳細に調べてる」と有子はいった。

一階の受付は、同じ部署の人間同士では組まない。課が違うから、当直員同士が必ずしも仲良くお喋りするとは限らない。カウンター内にいても離れて座って、自分の用事に集中していたら、こっそり警務係長の引き出しから鍵を抜いて、金庫に近づくこともできるのではないか。

「そう考えて、当直員同士の関係性を洗っているんだけど」

有子は思わず言葉尻を弱くする。ついさっき浅田から聞かされた話を思い出したのだ。

お金が盗まれたと思われる夜、当直をしたのは二係の木内だった。その木内と共に一階受付を担当したのは、生活安全課防犯係の音川（おとかわ）係長だ。浅田がいうには、二人は犬猿の仲らしい。一期違いだが、音川は警部補で木内は巡査長だ。そういう階級差に加えて、木内の別れた奥さんは以前、音川と付き合っていたことがあったという。そのことは木内も知っていて、同じ署になってから二人は口を利くことがなかった。

そんな人間をペアにして仕事をさせるとは、いったいどういうつもりなのか。だが、浅田は、そんな内々の事情を知る者は少ないし、あくまでも私情だからと肩をすくめた。

できるなら自分の部下を行動確認するような真似（まね）だけはしたくない。気が滅入（めい）りそうで有子は無理に笑顔を張りつける。

「ねえ、終わったら、大いに飲んで食べて、カラオケ行こう。どんな結果になっても愉快なことにはならないしさ」

　唯美が困ったように眉尻を下げる。

「そうね、考えとく」

＊

　唯美とそんな話をした夕方、有子はもう一度、津雲を連れて現場に出向いた。つまり、一階警務課の後ろにあるパーティションの内側だ。

　壁際に大型金庫があり、その左側に書類の入った段ボール箱が積んである。

「この作業机でお札を確認したのよね」

「そうです」と津雲が答える。

　鍵を借りてきて金庫の扉を開け閉めする。特に大きな音はしないから、こっそり開けても一階の誰かに気づかれることはないだろう。有子は思い立って、金庫からものを取り出し、机の上に置いて作業する振りをしてみた。津雲が不思議そうに見ている。

　あの日、浅田と津雲が二人でせっせと旧札を探した。そのあいだ、唯美はパーティションの際に立って様子を見ていた。そんな唯美の後ろ姿は、一階にいた当直員の目にも入っていたらしく、おかしな様子はなかったと証言した。

　金庫の扉を閉め、鍵をかける。有子はそのまま考えるようにして金庫の上に腕を乗せた。すぐ側に段ボール箱がある。積み上げられていて、ほぼ金庫と同じ高さになっていた。

「津雲主任」

「はい？」

「お金を金庫に戻したあと鍵をかけたのは誰？」

「え。それはもちろん時沢主任です」

　鍵はずっと唯美が持っていて、金庫を開けるのも閉めるのも彼女に任せたという。

「それ、ずっと見ていたの？」

「それはどういう意味でしょう？」

「時沢主任が鍵をかけている様子をずっと見ていたのかなと思ったのよ」

「いえいえ、まさか。あとはお願いしますといって、浅田主任と一緒にさっさと戻りました。少しでも早く仕事を片づけたかったですし」

「そうよね」

　有子は、金庫の横の段ボール箱に手を伸ばす。使い古したものらしくテープを貼ったあとはあったが、封はされていなかった。指で持ち上げると簡単に開いた。なかを覗くと古い書類の束が見えたが、箱いっぱいでもなくまだ隙間がある。一千万円の札束が入るくらいの余裕は充分あった。

刑事課に戻るとなぜか人がいなかった。

二係だけでなく、一係も三係もいない。課長もおらず、事件でもあったのかと有子は津雲と共にきょろきょろ首を回した。一番離れたところにある組対係の島に人の姿が見え、思わず声をかけた。刑事が振り返って、「ああ、ちょっと前に連絡が入って、木内さんと生安課の音川係長が、裏の駐車場で取っ組み合いをしているとか。それでみんな――」

最後まで聞かずに、有子と津雲は部屋を飛び出す。廊下を曲がったところで、階段を上(のぼ)ってくる一団と出くわした。

まず生方が、口をへの字にしたまま有子を一瞥(いちべつ)することなく通り過ぎ、刑事課の部屋に向かう。そのあとに一係と三係の係長、そして浅田が続く。更に後ろを久和野や三係の刑事に両腕を摑まれた木内が上がってくるのが見えた。有子を見た浅田がなんともいえない顔をし、木内は項垂(うなだ)れるようにして顔を伏せる。目尻と唇の端が赤くなっているのがちらりと見えた。まるで被疑者が連行されているようで、有子は思わず声を荒らげる。

「もう大人しくしているじゃない。いい加減、腕を放してあげなさい」

はっと顔を上げる木内。久和野と三係の刑事がバツの悪そうな表情で手を放す。

「浅田主任、音川係長は？」と尋ねた。

「先に戻っていると思いますよ。生安の若いのがきて、連れて行きました」

それを聞いて有子も三階に上がる。

生活安全課には、防犯係と少年係の二つの島があって、刑事課よりは狭いが部屋は綺麗に片付いている。開いたままのドアの手前で声をかけ、有子はなかに入った。

椅子に座る音川に歩み寄って有子は頭を下げる。生安課長が腕を組んだまま立っているので、こちらにも深く低頭する。少年係の面々はみな、ちらちら様子を窺いながら仕事を続けていた。

「音川係長、怪我の具合はいかがですか」

音川は左の頬に当てていた手をどけて、「こんな感じですよ」と不貞腐れたようにいう。まともに拳が当たったらしく赤く腫れている。既に内出血のせいで青く色を変え始めている箇所もある。鼻血が出たのか、乾いた血がこびりついていた。

「申し訳ありません」ともう一度、頭を下げる。

喧嘩両成敗であっても、音川は木内よりも階級が上だ。いずれ課長同士で話をつけることになるが、万一、木内が先に手を出したのであれば、音川が本部監察課に訴えることもあり得る。そうならないためにも、なるべく早い段階で和解の言質を取っておきたい。直属の上司である有子が下手に出ることで、音川の気持ちを宥められないかと考えた。

「戻りました」

後ろから声がして、二十代後半くらいの上背のある生安課員が入ってきた。たしか、楠田といったか、音川と同じ防犯係の巡査長だ。独身で自宅通勤ということもあってか、久和野と違っていつも遅くまで仕事をしていると聞く。その楠田の手に、消毒液や絆創膏があるのを見て、保健師の先生のところに行ってきたのだと知る。

「ご苦労さま。薬を取りに行ってくれ——」といいかけたところに、音川の怒鳴り声が被さった。

「楠田、遅いんだよ、なにちんたらしてんだ」

「すみません。保健師の先生がすぐに見つからなくて」と顔を引きつらせながら答えるのに、音川がいきなり書類ファイルを投げつける。

「言い訳してないで、さっさと手当てしろよ。血が出てるのがわかんないのか」

楠田が駆け寄り、慌てて脱脂綿に消毒液を含ませる。有子はそんな様子を見ながら、音川が木内のことをあしざまにいうのを黙って聞いた。そしてお互いのため穏便にすませた方が良いのではと、お願いする形で話を持って行くと、生安課長もあと押ししてくれる。

「今のところ署長にも副署長にも知られていないようだし。刑事課長とはあとで話をするが、あまり大袈裟にするのもな、音川」

「課長、大袈裟もなにも、こんな怪我を負わされたんですよ、黙ってられませんよ。あ、いてっ」

音川が急に動いたせいで、顔を拭っていた消毒用の脱脂綿が目に入ったらしい。いきなり足で楠田の膝を蹴りつけ、「くそ、なにやってんだ。こんなことも満足にできないのか、お前は」と声を荒らげる。楠田は暗い目を向けたが、なにもいわず頭を下げた。なおも音川が、「今どきの若いのは、なにやらせても中途半端だ。そんなんじゃいずれ栄立署行きだぞ」というのに、課長が有子の目を気にしたのか、「音川」と遮った。

「ここんとこ忙しかったから、苛々するのもわかるが、楠田に当たってもしようがないだろう」と庇うようにいう。大きなため息を吐いた音川は、自分でやるといって楠田から脱脂綿を取り上げた。課長が楠田の肩を労るように叩くと、楠田はぺこりと頭を下げて音川が投げた書類ファイルを拾い、自席に戻った。

今はそんなことよりも署内では解決すべき大きな案件があるということで、喧嘩のことはひとまず棚上げとなった。話し合いの時間を引き延ばし、うやむやにする腹づもりだと生方はこっそり有子に教えてくれる。もちろん、あの後、有子が同行して、木内に頭を下げさせたというのも良かったのだろう。

　木内から喧嘩の詳細を聞いた。やはり消えた一千万円が争いの発端だという。駐車場で偶然顔を合わせたとき、音川がいいがかりをつけた。木内の離婚は知っていたから慰藉料に金がいると決めつけ、暗に盗んだのではないかと疑いを向けたらしい。

　木内が顔を歪めるのを見て、有子は他にもなにかいわれたのかと水を向けた。

「あの野郎、涼子が、あ、俺の別れた妻ですが。涼子が不幸な結婚する羽目になったのは、『俺が振っちゃったからな。スタイルが悪いのを我慢して結婚してやれば良かったなぁ』なんていいやがるから」と、そのときの怒りが蘇るのか唇を噛む。元妻の涼子は女性警官だが、ぽっちゃりした体つきらしい。音川はその後、紹介で一般女性と結婚し子どももいる。

「涼子は、音川のことなんか端から相手にしてなかったんですよ。そりゃ、ちょっとは付き合ったらしいですが、すぐにその性根の悪さに嫌気が差したっていってましたし」といい募る。わかりました、といって有子は笑みを浮かべた。

「それじゃあ円満離婚だったのね」

「ええまあ。涼子も仕事を続けていますし」

「お子さんもいないし、慰藉料もそんなにはいわれなかった？」

木内は項垂れるように頷く。「まあ、どっちが悪いという話でもなかったですから。俺がマンションを出て行くということで話がつきました」

「そう。木内さんは、今は独身寮？」

「そうです。いずれどこかに部屋を借りるつもりです、が」

「が？」

「……どこに住んだって、俺には居場所がないんです」

「はい？」

「涼子のいる場所が俺の居場所で。だから、電気も点いていない家に帰ったって、お帰りといってくれる人もいなくて、仕事はどうって訊いてくれる人もいないんなら、俺はもうどこにいたって同じなんですよ」

　目に涙を浮かべて、洟を啜る。有子は、大丈夫、大丈夫、そのうち慣れるからと、独身の自分に慰められても嬉しくないだろうなぁと思いつつ、言葉をかける。こういった場合、やはり仕事帰りに飲みに誘うべきなのだろうか。警部補になったことをまた有子は改めて自覚する。浅田に相談してみて一緒に行ってもらおうか。きっと津雲は断るだろうな、久和野はかえって余計なことをいいそうだとあれこれ思案し、木内に見えないように吐息を吐いた。

　改めて、当直時間帯のことを尋ねる。

木内の証言があいまいだった理由はわかった。嫌いな人間とペアだったから、木内はほとんど、いや全く音川の姿を視野に入れておらず、ひと言も口を利かなかったのだ。一階の受け持ちは二時間で、時折、かかってくる電話の応対はしただろうが、さぞかし窮屈な時間だったと思う。

有子がそういうと、木内は涙を拭いながら、昇任試験のテキストを読んでいたのでと白状した。妻が愛想を尽かしたのも、一向に試験勉強をしようとせず、巡査長のままで満足しているのが歯痒かったかららしい。

「そう。それなら音川係長がなにしていたのかわからなかったでしょう」

木内は軽く首を左右に振った。「いや、そうでもないです」

「どういうこと？」

「あいつ、自分のとこのもう一人の当直員を一階に呼びつけていましたから。たしか、楠田といったかな。その日の仕事振りについて意見したり、資料を作らせたりしていたんで。当直のときはたいがいそうするんですよ。だから楠田に気づかれないで金庫の鍵を盗むのは難しいでしょう」と答えた。

そうかもしれないと有子も思う。警務係長の机の上の文具ケースから引き出しの鍵を取り、それで引き出しを開けてようやく金庫の鍵を手にするのだから、手間がかかる。

楠田の真面目そうな顔を思い出す。聴取は浅田か津雲がしている筈だから、念のため、あとで確認してみようと考える。

それにしても、と有子は赤い目をした木内を眺める。

音川のことは、階級差を弁えず殴りつけるほど嫌っているのに、だからといってあらぬ疑いをかけたり、貶めたりするような真似はしないのだ。むしろ、その可能性は低いと律儀に付け加える。刑事だから証言がどれほど大事かわかっているのだろう。私情で事実を歪めることを戒めている。その律儀さが木内のいいところかもしれないと、有子は思った。少しずつだが、自分の部下のことを知ることができている気がする。

「楠田さんがいたのなら、あなたも妙なことはできなかったわね」

有子がそういうと、木内はようやく、にこっと笑ってくれた。

＊

栄立署が悪くいわれるのはなぜなのかと、有子は思う。

県内でももっとも辺鄙だといわれる所にあるが、それは仕方のないことだ。駐在所がほとんどで署員数も一番少ない。住民のほとんどが第一次産業従事者だから、事件があったとしても盗犯関係くらい。特殊詐欺のたぐいは、時折あるらしいが、それでも他のどこの所轄に比べても少なく、平和でのんびりしていると聞く。

有子が警官になったときには既に、問題ある警察官の配流される署で、栄立でほとぼりを冷まして復帰させるか、飼い殺しにしていずれ退職願を書かせるか、そういう所轄であるという噂があった。

一千万円が消えて四日が経った。

いい加減、本部に報告しなくてはならない。いつまでも隠していては、かえって傷口を深くし、白堂署自体があらぬ疑いをかけられかねない。これまでにも色々、隠蔽していたのではないか、などと。署長室では頻繁に課長会議が行われ、そのたび、どうしようかという相談がなされているようだ。そんな矢先、有子は妙な話を聞いた。

盗む機会が少しでもあり得た署員には順次、聴取を行っている。そのなかの一人が、時沢主任のご主人のことご存じですか、といい出したのだ。どうやら有子と唯美が同期であるのを知らないらしい。

「時沢主任のご主人がなんですか?」と有子はなにげない風に尋ねる。

「栄立署にいるんですよ」と地域課の係長がいう。この係長は一千万円が盗まれたと思われる夜、本署の当直に当たっていた。地域課は四階だが、夜中に何度か一階まで下りて、カウンターの内側で受付担当と話をしていたことから聴取することになったのだ。

疑われたことに不満を感じていたのだろう、身を乗り出すようにして、「なんで栄立に行くことになったのか、地域課の知り合いから聞いたことがあるんですよ」と笑みすら浮かべる。

　有子とは同じ警部補だが、期は少し下だ。階級差以外にも、先輩後輩という上下関係も厳格に残っているから、有子には敬語を使う。

「どんな？」と有子は訊いた。

「時沢主任のご主人、金でしくじったようですよ。それもギャンブル。結構な金額だったらしく街金（まちきん）に借りていたことが本部監察課に知られ、あわや処分かというとき、奥さんの時沢主任が用立てて一括返済したそうです。まだ小さいお子さんもおられるし、今回に限っては穏便にすませようと、栄立署の地域課へ異動することで収まったとか。というのは表向きで、恐らく飼い殺しにして、退職届を書かせるつもりだという話ですよ。もしそうなったら生活に困るじゃないですか、だから」

「だから時沢主任がお金を盗んだのだろうっていうの？」

　有子の表情が硬くなるのを見て、地域課の係長は怪訝（けげん）な目を向ける。

「貴重な情報、ありがとうございました」

　そういって有子は手元の書類を引き寄せた。

　あり得ない、と思う。そんなことは決してないと思うが、唯美の態度や表情のなかに、以前にはなかったささくれたものがあるのは気づいていた。子ども二人を抱えて仕事をし、同じ警察官に囲まれる職員住宅で暮らすのだから、多少はそうなって当たり前と納得させていた。

だが、唯美の夫の話を聞いて、それだけでなかったのかと、有子の胸の内はざわつく。

『奥さんの時沢主任が用立てて一括返済したそうです』

唯美はどうやってそんな金を工面したのだろう。両親に借りたのだろうか。夫婦共に警察官として働いて、安い家賃で住める職員住宅にいれば、貯金もできるかもしれない。きっとそうだろう、と思いながらも有子は胸に小さなしこりができるのを感じた。

金庫の横にあった書類箱が頭を過る。もし、金庫を閉める振りをして、一千万円をあの箱のなかに隠したとしたら。浅田と津雲は背を向けて離れようとしていた。誰も見ていないからそれほど難しいことではないだろう。

そしてあとになって仕事に必要な書類を取り出す振りをして、札束を袋か鞄に詰め込むこともできたのではないか。

そこまで想像して有子は首を振った。時沢唯美、いや田尾唯美は同期だ。警察学校で同じ時間を過ごし、寝食を共にした。警察官になるという同じ夢を抱いて入校し、同じ部屋になったことでたちまち親しくなった。制服に身を包んだときの高揚感、授業や訓練の辛さを励まし合って乗り切った嬉しさ、卒業して別れ別れに赴任するときの不安と寂しさ、どれもこれも昨日のことのように思い出せる。唯美は同期なのだ。

＊

二係だけで、捜査会議を開く。

これまで聴取した署員の証言を照らし合わせ、盗まれたと思われる時間、不審な行動をとった者、疑わしい言動のある者をリストアップしてゆく。それを持って警務課に個人情報を開示するよう求めるのだ。

やはり怪しいのは当直員だ。一階の受付を担当したペアで、木内と音川ほど仲の悪い者は見当たらなかった。ずっとお喋りしているほど親しくなくとも、近くにいて互いを視野に入れていたとほとんどが証言している。

現段階で特定するのは難しいが、動機らしいものが浮かんだなら、追及の手を強められる。とにかく自白させるしかない。

「警察官なんですから、ちゃんと説得すれば正直に話してくれますよ」

津雲は同じ署の仲間意識からか、期待を抱いている。浅田はすかさず、「俺らが日ごろ相手にしている被疑者と同じに考えた方がいい」と身も蓋もないことをいった。

「やはり動機でしょう。金に困っている者さえわかれば簡単な話だと思います」と木内は、自身の疑いは晴れたかのように力を込める。

「金とも限らないんじゃないですかぁ。案外、恨みとかだったりして」と、久和野は常から数のうちに入れてもらえていないという拗ねた感情を持っているようで、適当なことをいう。津雲に訊いたところ、今回の発端となった一斉検挙の際、突入班でなく証拠確保の担当に振られたことが不満だったらしい。それで逃走する犯人を見て思わず飛び出したのだろうが、お陰で証拠の一部が処分されたことへの罪悪感はあまりないようだ。

「恨みってどういうことよ」と津雲が厳しい声で突っ込む。

「それはまあ、なんというか。まだまだいるじゃないですか。仕事じゃないことまで命令したり、感情的になって怒鳴ったり。今どき、そういうのヤバいでしょう」

津雲が頰を強張らせる。自分のことをいわれていると思ったのだろうか。

そういえば、と有子は一人の若い巡査長を思い浮かべた。

「音川係長、ずい分とパワハラまがいの言動があるみたいだけど」

浅田が、ああ、楠田のことですか、といって頭をかく。

「音川さんは若手や部下に厳しいんで有名ですよ。昔、自分がされた声も手も出るといった指導が当たり前と思っている節があるから厄介でね」

久和野が、げぇ、という風に顔を歪め、津雲と木内も軽く眉根を寄せる。音川係長の署内での評判は良くないようだ。本人も当然、気づいているだろうから、それがかえってパワハラめいた言動をさせるのかもしれない。

「生安課長が注意してはいるようですが、なにせ音川係長は実績もあるから強くはいえないんでしょう」と浅田は付け足した。

当直のとき楠田が音川に呼びつけられたことを尋ねると、聴取した津雲が頷く。

「いつものように音川係長に一階に呼びつけられ、お茶を淹れさせられて、一時間半ほど説教をされたそうです。そのあいだ警務課の島には誰も近づかなかったと――」

津雲の言葉尻が僅かに揺らいだ気がした。有子が問うと、津雲は軽く肩をすくめる。

「ただ、ポットのお湯が沸くまでずっと給湯室に入っていたから、そのあいだなら警務課の机に誰かが近づいても気づかなかっただろう、とはいいましたけど」

「音川係長なら、金庫の鍵を盗めたということ？」

「そういうことになりますね。ただ、金庫自体は給湯室のすぐ側ですから、人がくればすぐわかります。楠田さんがいたあいだ、金庫に近づいた人は皆無と断言しています」

「そう。楠田さんがいたあいだは、ね」

有子の言葉に津雲も頷く。受付の担当時間は二時間だから、楠田が戻ったあと半時間ほど音川は誰にも見られていなかった。有子はリストにある音川の名前に視線を落としたあと、ひとまず、といって顔を上げた。

「動機について、一度、原点に戻りましょう」

金を奪うのはなんのためか。

「借金」「生活苦」「女（男）に貢ぐため」「飲み食い」「ギャンブルとか？」

口々にいうのを聞いて、有子は久和野に目を向けた。「あと恨み？」

久和野が軽く肩をすくめる。「アリだと思いますけど」

「バカバカしい」と津雲が唇を歪めた。「掃除をいいつけられたからとか、怒鳴られたからってくらいで自分の一生を棒に振るの？　見つかったら警察を辞めなきゃいけなくなるのよ。そこんとこわかっていってる？」

久和野が口をすぼめながら思案顔をし、すぐに、あ、という風に口を開けた。

「それなら警察への恨みとか」

「は？」

「なかなか昇任試験に合格できない悔しさからとか。変なところに異動させられた腹いせに、とか」

「警察組織自体への恨みってこと？」と有子はいいながら、唯美を脳裏に浮かべる。すぐに振り払い、「どうかな」と首を傾げてみせた。津雲がまた、バカバカしいと久和野を睨む。さすがの久和野も、自信がないのか押し黙った。ふいに木内が顔を上げる。

「でも、一千万は多くないですか」

「どういうこと？」と有子は問い返す。

「さっき羅列した理由で盗むにしても一千万は多過ぎる気がします。遊びやギャンブルなら全部盗らなくてもいい。少しずつなら発覚も遅れただろうし。金額によっては送致するまで気づかれない可能性もあった。なんで丸々奪ったのでしょう」

それを聞いて浅田が、鼻を何度もつまむ。

「どうも最初っから考え直した方がいいかもしれませんね」

有子もゆっくり頷いた。


「唯美」

呼び止めると背が不安そうに揺れた。だが、振り返るといつもの笑顔があった。

「ちょっと教えて欲しいんだけど」

「いいわよ。なんでもどうぞ」

そう答える唯美の目には、覚悟を決めたような強さがあった。だから有子も同期でなく、刑事課の刑事として問う。少しでも疑いが出た以上、はっきりさせなくてはいけない。

「ご主人のためにお金を工面したって聞いた」

「うん」

「大金だった？」

「そういうの答えたくないんだけどなぁ。わたし、容疑者？」

「違う」

有子は間髪を入れずに否定した。唯美がはっとした表情で見返す。

「唯美がそういう人間じゃないと証明できるものはなにもないよ。同期という以外にね。でもそれは有力な根拠なのよ。わたしにとっては」

「有子にとって？」

「うん。誰かが唯美を怪しい、容疑者だといっても、わたしはあなたが自供しない限り、違うといい続けられる」

「なんでよ」

「同期だから」

「……そんな」唯美の顔が歪む。なにかを堪(こら)えるように唇を嚙み、そして目を伏せて息をゆっくり吐いた。指でちょっと目頭を押さえてから、唯美が顔を上げる。

「夫が、仕事でしくじったの。お酒に溺れるようになって、ギャンブルまで始めた」

唯美の夫が以前は、大規模署の警務課にいたことを初めて知った。それは出世コースのひとつといっていい。

「なんか希望を失ったみたいでさ。本当ならとっくに警部補になっていたって、いまだにいうのよ。昇任だけが警察官の目的じゃないでしょっていっても、子どもみたいに拗ねちゃって」

「そうだったんだ」

「借金をしていることがわかって、わたし、必死でお金をかき集めた。親にも頭を下げて、親戚中走り回った。そのせいで父親には、恥ずかしい真似をした、二度と実家にはくるなと怒鳴られる始末」

「でもそのお陰で処分は免れた」

「まあね。でもそれが良かったのか、今でも考える」

いっそ夫が退職して、別の道を探した方がいいのかもしれないと思ったのだろう。

「四十歳過ぎて再就職は難しいと聞くけど」と慰めにもならない言葉を口にした。実際、元警察官はなんの特技もないから、潰しがきかないといわれている。唯美もそう思ったのだ。

「続けている限り、いつか変われる」

そういうと、唯美が目をこすりながら、うんうんと頷いた。自分自身にいい聞かせているかのように。

唯美は、警察を恨んではいない。ずっと不安だっただけなのだ。

＊

有子は浅田と共に、一階の警務課周辺を歩いて隅々まで見回した。

警務課員だけでなく、一階にいる署員らは、そんな有子らの様子をちらちら見ながら、仕事に集中している振りをする。気になるだろうし、かといってなにをしているのか訊いて妙な疑いを抱かれても困る。そんな気持ちが透けて見えた。

副署長ですら自席にいながら、有子らを目で追う。

警務課の唯美だけがいつも通り忙しそうにしていて、有子をほっとさせた。

パーティションで囲まれた、金庫スペースの隣にある給湯室の出入口からなかを覗く。電気ポットに湯呑（ゆのみ）やカップなどが綺麗に洗って置かれていた。

そして振り返る。

副署長席が中央にあり、その向こうに課長席、周辺に車庫証明係、交通規制係、警務課の島がある。

「木内さんは、当直のあいだどこに座っていましたか？」

尋ねると、浅田がカウンターの端を指した。警務課からは一番遠い場所だ。

「そうすると音川係長はこっち側か」

浅田が、小さく頷く。「ちょっと揺さぶってみますか」

「そうですね」

目を上げると、唯美がこちらを見ていた。そちらへゆっくり近づいてゆく。そんな有子を副署長は不思議そうに見、気配を感じた警務課長と警務係長が顔を上げた。

このままでは埒が明かないから各部署を捜索する。そう警務課長名で指示が出された。有子を含めた刑事課員は、家宅捜索のときと同じように手袋をつけ、ルーペや懐中電灯でお金を隠せそうな場所を次々と点検してゆくことになる。鑑識係も道具一式を抱えて同行する。

「そんなことしたって、家に持って帰っていたらしようがないだろう」

そんな意見もあったが、「たとえそうであってもお金があった痕跡は残っているかもしれません。なにせタンスにしまっていたようなお札ばかりでしたから、どんな残滓がないとも限らない」と有子は苦しい言い訳をした。

各階、順次行い、生活安全課の部屋は明日の朝から始めると、帰る間際に連絡した。

その夜、署員が退庁し、当直員だけになるのを待って、有子らはそっと動き出した。

有子と津雲は三階の女子トイレのなかで待機する。浅田と木内、久和野はトイレの隣にある警備課の部屋に入らせてもらい、ドア越しに廊下を窺う。やがて生安課長、音川、楠田らが順次出て行くのがわかった。当直に当たっている少年係の二人は、そのまま仕事を続けているようだ。

深夜、受付を担当する時間になったので、当直員の一人が階下に向かった。少ししてもう一人が、休憩を取るため部屋の奥にある宿直室に入る音がした。電気が消され、しんとした空気が広がる。宿直室から派手なくしゃみが聞こえたが、やがて静かになった。

それから更に半時間。

足音を立てないように廊下をゆく人の気配がした。有子が津雲と共にトイレから出て窺うと、生安課の部屋にするりと入り込む人影が見えた。警備課の部屋から久和野が飛び出して駆け出そうとするのを浅田が押さえつけ、そろそろと近づく。有子と津雲も忍び寄り、合流する。

ゆっくりノブを回し、音もなくドアを開ける。部屋の灯(あか)りは点けられていない。だが人影が机の向こうで、ごそごそしているのがわかった。

それを確認して、浅田が久和野に灯りを点けるよう指示する。久和野が素早く壁のスイッチを押した。

「あ」という声が机の下からした。屈(かが)んだまま動こうとしないのを見て、有子は声をかけた。

「隠れても無駄よ。出てきなさい」

人影がゆっくりと立ち上がる。その姿を見て、有子は目を見開き、浅田が、お、と声を上げた。

「楠田巡査長。あなただったの」

木内と久和野が回り込み、楠田が暴れた場合に備えた。津雲が楠田の机の下から、ナイロン製のエコバッグを持ち上げ、なかを確認する。

「現金です。一千万円はあるかと思います」といった。

「騙したんだ。そっか、部屋を調べるってのは、僕を誘き出す罠だったたってことですか」

楠田の声は落ち着いていた。冷めた目で、薄い唇を弛ませたのを見て有子は驚きを強くする。笑っているのか？

津雲がそんな楠田の顔を怪訝そうに見つめ、浅田は険しい目を向けた。

「そうよ。各部屋を調べるというのは口実で、最初から、この部屋だけが目当てだった。正直、音川係長かあなたか迷う気持ちがあった。ただ、どちらにしてもお金を自宅に持ち帰ってはいないと思った」と有子がいうと、楠田は笑みを浮かべたまま不思議そうに問い返した。

「へえ、どうしてそう思いました？」

楠田から、開き直ったというよりは、なにか面白がっているような、むしろ喜んでいるような気配が漂い出ている気がした。音川に叱責され、暗い目で頭を下げていた姿が脳裏に浮かぶ。あのときは、音川の権幕に萎縮しているだけかと思っていたが違うのか、と有子は眉間に力を入れながら答えた。

「ひとつはあなたにも音川係長にもご家族がいるから。どんなにうまく隠したとしても見つけられる可能性はある。といってコインロッカーなどに預けるのは面倒。毎日、預け替えにいかなくてはいけないし、万一、利用時間オーバーになったら開けられてしまう。だけど一番の理由は」

有子は小さく息を呑み込み、ゆっくり吐き出す。

「お金を盗んだのは、使うことが目的ではないだろうと思ったから」

木内がいったのだ。どうしてまとめて盗んだのだろうか、と。確かに、金が必要なら少しずつ抜けば良かった。

「動機は音川係長への恨み？　パワハラなら、上司に訴えても良かったし、監察に通報するという手段もあった。どうしてこんな真似をしたの」

すると楠田は今度ははっきりと声に出して笑った。肩を揺すり始めたのを見て、津雲がぎょっとする。

「いやいや、訴えるなんて面倒臭いだけじゃないですか。処分ったってどうせ栄立署かどっかに左遷されるだけでしょ。いつかまた顔を合わせるかもしれない。それに音川係長だけじゃないですよ、僕が腹を立てたのは。あんなパワハラ男を庇おうとする生安課長も、僕の話を聞こうとしない警務課も、木内巡査長も、この白堂警察署もみーんな嫌いですから」

「え、なんで？　俺がお前になにかしたか？」木内が、驚いたように目を瞬く。

「だって、あなたが音川係長と仲たがいしているせいで、僕は当直のたび呼び出され、話し相手に付き合わされるんですよ。でもね」と楠田が、子どものように目を輝かせる。

「本当の理由は、これで警察を辞められるかなぁって思ったからなんだ」

浅田が、「なんだと？」と声を荒らげ、久和野が、きょとんとした表情をした。

「どういう意味？」有子は目を尖(とが)らせながら訊く。

「僕は警察官に向いていないんです。それに気づいてずっと悩んでいた。毎日、署にくるのが嫌で嫌で仕方なかった。だけど自分から辞めたいっていえなくて。そういうの面倒そうだし、聞いたところによると、課長だけでなく署長とか警務課とかからもあれこれいわれ、引きとめられるそうじゃないですか。ちゃんとした理由がないと、結局、他所の署や部署に移されるだけだって。だったら、警察が僕を辞めさせるように仕向けたらいいか、と思ったわけですよ」

　そして口の端を持ち上げて、「ついでに音川係長に嫌疑がかかればいいと考えた。押収金を狙ったのは、木内巡査長が担当していた事件だったからだし。とにかくなんでも良かったんだ。とにかく問題が起きて、そしていずれ僕のしたことだとバレれば」

「なんてこと」といったきり、絶句したのは津雲だ。

音川には問題があった。生安課長もやり過ぎと注意しながら、音川の立場を考えて擁護するような態度を取った。ただ、時代遅れの上司ではあるが、音川なりに若手を育てたいという気持ちはあったのではないか。

当直時間に楠田を呼びつけた音川は、『その日の仕事振りについて意見したり、資料を作らせたりしていた』と木内は証言している。音川にしてみれば指導の一環だったのではないか。だがそうは受け取られず、単なる嫌がらせとしか思われなかった。いや、もう既に楠田の耳には誰の声も届いていなかったのだ。白堂署のなかで楠田は孤立し、孤独となって、早くここから逃れたいとそれだけを思いつめていたということか。

「あんな杜撰な盗みが、なかなか解決しないから心配しましたよ。当直中のことなんだから容疑者だって限られているのに、なんでこんなに時間がかかるんだろうって」

やっぱ警察って、頭悪いんだな、と楠田は呟く。なぜか、一番年若い久和野が、「ふざけるなっ」と怒りを露わにした。

有子は改めて上司と部下の関わりかたの難しさを痛感する。

木内と音川が一階の受付を担当しているとき、お互いを全く視野に入れていないことは楠田も知っていただろう。そこに呼ばれて、お茶を淹れろといわれる。楠田は給湯室に入り、音川の様子を窺いながら金庫スペースに潜り込んだ。金庫を開けて一千万円を抜き取ると、ひとまず書類の入った段ボール箱に隠したのだ。その後、楠田は本来の受付担当の時間に、昇任試験のテキストなどを入れた紙袋を持って金庫スペースに入り、段ボール箱から金を出して中身を入れ替えた。

「鍵はどうしたの」

警務係長の机の上の文具ケースに触れたなら音川も気づいた筈だ。

「合い鍵を作って持っていました」

特殊詐欺事件が起きて、金庫に押収金が入っていると知ったときから、楠田はもう考えていたのだ。二週間前の当直のときに鍵を盗み出し、その日のうちに署外に出て合い鍵を作って元に戻した。有子らは、金のなくなった日に限定して署員を調べていたから、それ以前の不審な行動までは把握できていなかった。

当直時間、音川は木内に目を向けることはなかったが、意識はしていた筈だ。嫌っている相手が近くにいれば誰だってそうなる。逆に楠田は、自分の部下で、同じ生安の仲間だから注意しなければならない存在ではなかった。給湯室に入ったあとは、そちらに目を向けることも意識することもなかった。

楠田は、誰にも気にかけられていなかった。誰も楠田の心の闇に気づけていなかった。

「警察を辞めるためといいながら、こっそりお金を回収しようとしたのはどういうわけ？」

有子が問うと、楠田は肩をすくめた。

「その前に、少し贅沢してもいいかなと思ったんです。だって失業したら、収入がなくなるし」

そういって楠田は、へらっと笑い顔を浮かべた。ベテランの浅田はもうなにもいわない。木内も久和野も黙って楠田の腕を引き、戸口へと歩き出した。

＊

特殊詐欺事件は被疑者を全て送致し、無事終了した。

楠田は今も本部監察課の取り調べを受けている。いずれ処分がくだされるだろう。不祥事を起こした場合、依願退職という形で責任を取ることもあるが、楠田の場合はそれも許されない。

「懲免ですか」津雲が自席から向かいの浅田に尋ねる。

「たぶんな。動機はなんであれ、窃盗だからな」

懲戒免職――警察官にとって逮捕されることと同等の意味を持つ。楠田は刑事訴追をも受けることになるだろう。

「それでも楠田にとって本望だったんでしょうか」有子は呟くようにいった。

生方が、「警察を辞めたいといえないからって、なんでこんな真似ができるのか、全く理解できん」と首を傾げる。

「懲免になってもいい、刑事罰を受けてもいい。恨みを晴らして、警察を辞めようなんて考え方、歳の近い俺だって理解できないっすよ。あいつはおかしい」と久和野が真剣な顔でいうのを見て、津雲も頷いた。

そして浅田がいつにも増して厳しく断じた。

「あれはもう、俺らが相手にする犯罪者と変わりませんよ。とっくに警官じゃなくなっていた」

音川も監察から呼び出しを受けているらしい。恐らくパワハラ行為で処分を受けることになるだろうとみな噂した。

後味の悪い結果にはなったが、とにかく終わったのだ。白堂署は本部長注意を受け、署長と副署長は減給処分、刑事課では生方課長が戒告を受けるにとどまった。生活安全課長は、次の異動で栄立署に行くことになるらしい。

「休みも返上してかかりきりになったんだ、事件がないうちに休みを取れよ」

課長直々の言葉だ。謹んで受けようと、有子はさっそく休みの割り振りをする。久和野が真っ先に、明日いいですかといった。

終業時刻間近、有子は帰り支度を始める浅田に声をかける。

「浅田主任、ちょっと飲みに行きませんか。事件も落ち着いたことですし、懇親会でもないですが、気になっていることがあるので相談――」

最後までいわないうちに、浅田がぱっと顔を明るくする。

「俺もお願いしようと思っていたところですよ。うちの係員のことでしょう。飲みながら話を聞いてやりませんか」

「あら、そうでしたか」

そうか、浅田も木内のことを気にかけてくれていたのか。それなら話が早い。

「じゃあ、木内さんに声かけてきます」

「え、木内？」と浅田が怪訝そうな顔をする。

「え？」と逆に有子が戸惑う。

「ひとまず、係長と俺と津雲主任の三人でどうですか」

「津雲主任？　どうかしたんですか」

浅田がぽってりした鼻を何度もつまむ。

「どうもね。自信を失くしているようなんです。事件以来、久和野のことで」

「久和野さんのこと」内容はなんとなく予想できた。

「ほら、『仕事じゃないことまで命令したり、感情的になって怒鳴ったり』って、いっていたでしょう。今どきそういうのは問題だ、みたいなこと」

うん、と有子は頷く。

「あれを聞いてから津雲主任が酷く気にしてね。指導するとき、きついい方をしているのではとか、もしや嫌なことをいいつけたりしていたのかとか、色々、悩んじゃって。夜も眠れないそうですよ」

有子は、長い息を吐く。確かに、久和野なら関係を改善しようと努力するよりも、楠田のように開き直るか、監察に訴える方を選びそうだ。

「そうですか。じゃ、まずそっちからにしましょうか」

「係長の方はなんだったんです？　木内がどうかしましたか」

「いいえ。またそのうち」

「そうですか。じゃ、津雲主任に声かけてきますよ」

「お願いします」

間もなくゴールデンウィークを迎える午後、食堂の前で唯美とばったり会った。缶コーヒーを買うのを見て、有子も付き合う。

プルトップを引いて、裏の駐車場に出た。日差しがたっぷりと降り注ぎ、気持ちがいい。というより、暑いくらいだ。冷たいコーヒーがおいしい季節になった。

「唯美、ここの缶コーヒーよく飲んでるよね」

気に入っているのかと思っていたが、そうではないという。

「味はイマイチと思う。でも、ここのは署員用で、外の自販機より安いのよ」

「そうか」

「節約しないとね。借金返さないことには実家に帰れないし」

「うん」

「わたしは気にしないんだけど、母親がね。孫に会えないと文句をいうのよ」

「そうか。だったら夫婦で真面目に働け、働け」

ふふっと唯美が悪戯(いたずら)っぽい目を向ける。なに？　と尋ねると、更に笑みを広げた。

「夫にね、今回の押収品消失事件のこと話したの。そうしたら、それ以来、愚痴をいわなくなった。昨日なんか、交番であったことを嬉しそうに話すのよ」

有子は遠慮なく声を出して笑った。唯美も大きく口を開けて笑う。

唯美が涙目を拭って、「ねえ、ゴールデンウィークに入る前にカラオケ行かない？　オールで」という。

「行こう、行こう」

唯美が缶を握ったまま、青い空を見上げる。

「うーん、なに歌おうかな。毎度、毎度、浜崎(はまさき)あゆみもなぁ」

真面目な顔で思案しているのを見て有子は茶化してやろうと口を開く。

「じゃ、『同期の桜』でもどう？」

「は？」

「ほら、昔の歌で、『貴様と俺とぉ～は』、ってやつ」

「知ってるけど、それは違うんじゃない？」

「なにが」

「桜じゃなくて、紅葉でしょ。わたし達なら」

解説

若林　踏

警察小説という広大な沃野（よくや）を見渡すことが出来る一冊である。

本書『警官の標』は文庫オリジナルの警察小説アンソロジーで、朝日新聞出版発行の文芸誌「小説トリッパー」のweb版「web TRIPPER」に二〇二二年一〇月から「警察短篇小説競作」というシリーズで掲載された七人の作家による短篇をまとめたものだ。

日本において警察小説の書き手が膨大に増えたのは二〇〇〇年代以降のことだ。警察小説はミステリーというジャンルの一部であるが、そのミステリーが一九九〇年代にブームを迎え、ジャンルが包摂する領域がそれまでの時代と比べて格段に広がった。それとともに警察小説も従来のポリス・プロシーデュラル＝警察捜査小説の概念では捉え切ることの出来ない、多種多様な形を持った作品が続々と誕生することになる。現代の国内警察小説はその全容を簡単には把握できないほど巨大なものになったが、本書に収められた各短篇を読むことで、ある程度の輪郭を確認することは出来るだろう。

例えば二〇〇〇年代以降の警察小説を特徴づけるものとして、作中で書かれる謎の多様化ということが挙げられる。現代国内警察小説ブームの火付け役というべき横山秀夫は第五三回日本推理作家協会賞受賞作「動機」で、警察署から三〇冊の警察手帳が紛失した謎を警務課の人間が追うという物語を描いた。警察小説と言えば刑事が犯罪を捜査するもの、という固定概念から離れ、日常に生じる小さな謎も扱うようになったのだ。

こうした警察小説における謎の多様化を示しているのが、本書七作目の松嶋智左の「同期の紅葉」（二〇二四年一〇月四日掲載）である。特殊詐欺事件で押収した一千万円の被害金が、警察署の金庫から消えてなくなるという事態が発生し、署内の人間たちが大騒ぎするという話だ。消失の謎という、本格謎解きミステリーでは頻繁に描かれるタイプの趣向が物語の最後まで読者の興味を引く。松嶋智左は元白バイ隊員という経歴を持つ作家で、近年では特に新潮文庫より刊行されている〈女副署長〉シリーズなどで、警察組織における女性を主題にした書き手という印象が強い。だが、島田荘司が選者を務めるばらのまち福山ミステリー文学新人賞受賞作『虚(うつろ)の聖域　梓凪子(あずさなぎこ)の調査報告書』（二〇一八年、講談社）が私立探偵小説の興趣を持った作品であったように、実際には様々なタイプのミステリーが書ける作家なのだ。本篇もそうした松嶋の多面性が窺える。

警察小説における謎や題材の多様化は二作目の深町秋生の「破談屋」（二〇二三年三月一五日掲載）にも見てとれる。本篇の主人公である葛尾静佳巡査部長は、山形県警において〝警察のなかの警察〟と呼ばれる警務部監察課に所属している。刑事課以外の管理部門を主人公にする警察小説は、先述の横山秀夫の登場以降にジャンル内で広まっていったが、本作もその系統に入るものだ。管内の警察官の身辺を管理調査するのが静佳の役目だが、彼女が特に秀でているのは不祥事に繋がるような交際関係を持つ警察官を別れさせることだった。管理部門を題材にした警察小説は数あれど、いわゆる〝別れさせ屋〟のような仕事を行う警察官を描いたのは深町が初めてだろう。深町には〈警視庁人事一課監察係　黒滝誠治〉シリーズという、かつて非合法な捜査で名を轟かせた刑事が監察を務める作品がある。「破談屋」で監察ものに興味を持った方は、ぜひこちらも手に取っていただきたい。

「破談屋」のように刑事畑以外の警察官を描く作品が二〇〇〇年代以降に増えるとともに、警察内部の様子をリアルに再現する小説も増えた。警察小説が扱う謎や題材が多様化することで、読者の関心が警察という組織そのもののあり方へと向くようになったのだ。同時に警察小説に登場する刑事たちの描写も、組織人として彼らがどのように考え、苦悩しながら生きているのかをリアルに捉えることが重視されるようになった。

　警察内部での個人と個人のぶつかり合いと葛藤を描いた点では六作目の伊兼源太郎の「いつかの山下公園」（二〇二四年三月一五日掲載）は読み逃せないだろう。関内署刑事課一係の三枝係長は、一つ下の後輩であり二係の谷澤係長を県警本部栄転候補としてライバル視する。本作では若手時代に仲の良かった三枝と谷澤の姿と、組織内での栄光を摑むために躍起になる現在の三枝の姿がそれぞれ描かれていく。ここでは友情とエゴイズムの間で揺れる個人の生々しい感情が書かれているのだ。伊兼にはテレビドラマ化もされた〈警視庁監察ファイル〉シリーズという監察ものの小説があり、組織としての警察を描くことには定評のある作家だ。「いつかの山下公園」は出世という観点から組織内の一個人としての刑事に光を当てた小説である。

組織としての警察を感じさせる小説としては四作目の吉川英梨の「罪は光に手を伸ばす」（二〇二三年二月二二日掲載）も注目だ。本作は警察学校に入校し、実務修習のために八王子署の各課を回る宮武エミ巡査が物語の中心となる。組織人材の育成機関である警察学校を小説の題材としたもので有名なのは長岡弘樹の〈教場〉シリーズだろう。二〇〇〇年代以降の警察小説の細分化、組織としての警察に焦点が当てられる作風が一つの頂点に至ったことを示す重要なシリーズでもある。吉川にも〈警視庁53教場〉シリーズという〝教場もの〟の作品があるが、「罪は光に手を伸ばす」は実務修習という形を取って捜査小説の書き方について面白い工夫が施されているのが特徴である。なるほど、こういう捜査の描き方も出来るのか、と感心した一篇だ。

謎や題材の多様化、組織としての警察に着目する物語という二〇〇〇年代以降の警察小説に関する二つの特徴を述べてきた。あえて大雑把な見方をすれば、二〇〇〇年代以降に細分化し、場合によってはジャンル小説の枠からはみ出すような作品も誕生するようになったといえる。髙村薫の〈合田雄一郎〉シリーズが作品を重ねるにつれて正統的な捜査小説から離れていったように、警察小説が必ずしもジャンルのあり方に縛られる必要がない時代が来ているともいえるだろう。そのことを最もよく表しているのが葉真中顕「不適切な行い」（二〇二四年一月二六日掲載）と月村了衛「ありふれた災厄」（二〇二二年一〇月二四日掲載）の二篇である。

五作目の葉真中顕の「不適切な行い」は一見、オーソドックスな刑事小説に読める作品である。わが子を失ったベテラン刑事が、地元で発見された変死体事件の捜査を行い、そのなかで不真面目な年上部下に頭を悩ませる。だが、正統的な警察捜査小説と思い読んでいた読者は、ラストに至って予想もしていない方向へと物語が流れていくことに驚きを覚えるはずだ。あまり予断をもたず読んでいただきたいので、これ以上の内容については説明を控える。葉真中は『政治的に正しい警察小説』（二〇一七年、小学館文庫）など、ミステリーの趣向を備えつつジャンル小説の形式に囚われない領域まで物語を広げ、読者を囲む世界の見方を改めさせるような短篇を書くのが上手い。「不適切な行い」もその一つである。

「不適切な行い」と同様に、警察小説というジャンルの境界を飛び越えていくのが一作目の月村了衛の「ありふれた災厄」だ。本作もあらすじの詳述は避けるが、まず主人公が警察官ではない上に、些細な日常の場面から始まるために「これは警察小説なのか？」と戸惑う読者もいるはずだ。だが、読み進めていくと本作が紛れもなく〝警察を描いた小説〟であり、そこに留まらない奥行きを持った小説であることが分かるだろう。月村は〈機龍警察〉シリーズのような活劇要素を持った小説から第一〇回山田風太郎賞を受賞した『欺す衆生』（二〇一九年、新潮社）のような犯罪小説に至るまで、現代日本を見渡そうとする視座を感じさせる大衆小説の書き手である。「ありふれた災厄」もそうした広がりを持つ短篇小説だ。

現代の国内警察小説はジャンル小説からもはみ出て一層の広がりを見せているが、いっぽうで伝統的な捜査小説の様式美を持った作品も絶えず書かれている。近年でいえば佐々木譲が〈道警〉シリーズや〈特命捜査対策室〉シリーズといった正道の捜査小説を絶えず書き続けていることや、黒川博行が『連鎖』（二〇二二年、中央公論新社）などでキャリア初期の作風を思わせる捜査小説を手掛けているのが嬉しい。

本書の収録作でいえば三作目の鳴神響一の「鬼火」（二〇二三年一一月一〇日掲載）が最もストレートな捜査小説の魅力で読ませる作品になるだろう。本作の特筆すべき点は、冒頭の場面がスロバキアから始まることにある。この異国の情景が、その後に描かれる横浜の元町で起きた殺人事件とどのような繋（つな）がりを持つのか、という興味に引っ張られて読者は頁を捲（めく）るはずだ。物語の最初に遠く離れた土地の出来事を描き読者の興味を掻（か）き立てる技法は、スウェーデンのミステリー作家である故ヘニング・マンケルが〈刑事クルト・ヴァランダー〉シリーズで好んで用いていたものだ。鳴神は〈脳科学捜

査官　真田夏希〉シリーズや〈神奈川県警「ヲタク」担当　細川春菜〉シリーズといった個性的なシリーズキャラクターを描いている印象が強いが、「鬼火」は捜査小説の技法に着目しながら鑑賞することの楽しみを再認識させてくれる短篇になっている。
現代国内警察小説について最重要と思われるキーワードに触れつつ、本書の収録作を紹介してきた。まだまだ現代の警察小説について語りたい事項は多いが、それはまた別の機会に譲ろう。ひとまず本アンソロジーが広大なジャンルとなった警察小説を楽しむための一助になれば幸いである。

（わかばやし　ふみ／書評家）

警官の標（けいかんのしるべ）
警察小説アンソロジー（けいさつしょうせつアンソロジー）

朝日文庫

2025年2月28日　第1刷発行

著　者　月村了衛（つきむらりょうえ）　深町秋生（ふかまちあきお）　鳴神響一（なるかみきょういち）
吉川英梨（よしかわえり）　葉真中顕（はまなかあき）　伊兼源太郎（いがねげんたろう）
松嶋智左（まつしまちさ）

発行者　宇都宮健太朗
発行所　朝日新聞出版
〒104-8011　東京都中央区築地5-3-2
電話　03-5541-8832（編集）
03-5540-7793（販売）
印刷製本　大日本印刷株式会社

© 2022-2024 Ryoue Tsukimura, Akio Fukamachi, Kyoichi Narukami, Eri Yoshikawa, Aki Hamanaka, Gentaro Igane, Chisa Matsushima
Published in Japan by Asahi Shimbun Publications Inc.
定価はカバーに表示してあります

ISBN978-4-02-265187-7

落丁・乱丁の場合は弊社業務部（電話 03-5540-7800）へご連絡ください。

送料弊社負担にてお取り替えいたします。

朝日文庫

月村了衛
黒警（こくけい）
刑事の沢渡とヤクザの波多野。腐れ縁の二人の前に中国黒社会の沈が現れた時、警察内部の深い闇が蠢きだす。本格警察小説！《解説・東山彰良》

月村了衛
黒涙（こくるい）
警察に潜む〈黒色分子〉の沢渡は、黒社会の沈とともに中国諜報機関の摘発に挑むが、謎の美女が現れ……。傑作警察小説。《解説・若林　踏》

月村了衛
奈落で踊れ
接待汚職スキャンダルで揺れる大蔵省。この危機に省内一の変人課長補佐・香良洲が立ち向かう。官僚ピカレスク小説の傑作。《解説・池上冬樹》

深町秋生
ショットガン・ロード
伝説の殺し屋と言われた男が、渋谷でキャバクラを経営する若造とコンビを組む。不仲な二人は最強の殺人集団「忍足チーム」と戦うことに。

吉川英梨
悪い女
藤堂玲花、仮面の日々
美人セレブ妻の秘められた過去とは……？　リアルな心理描写と驚愕のラストが読者を震撼させる暗黒ミステリー！《解説・大矢博子》

葉真中顕
そして、海の泡になる
バブル期に個人として史上最高額の負債を抱え、自己破産した朝比奈ハル。その生涯を小説にしようと、〝私〟は取材を始める。《解説・芦沢　央》

朝日文庫

村上　貴史編
警察小説アンソロジー
葛藤する刑事たち

黎明／発展／覚醒の三部構成で、松本清張、藤原審爾、結城昌治、大沢在昌、逢坂剛、今野敏、横山秀夫、月村了衛、誉田哲也計九人の傑作を収録。

米澤穂信、呉勝浩、黒川博行、麻見和史、長岡弘樹、深町秋生・著／村上貴史・編
警察小説アンソロジー
刑事という生き方

新人が殉死した現場の謎（「夜警」）。強盗事件捜査が導くものは（「文字盤」）。ルーキーにベテラン、多様な警察官たちの人生が浮かび上がる。

海堂尊／久坂部羊／近藤史恵／篠田節子／知念実希人／長岡弘樹／新津きよみ／山田風太郎／関根亨編
医療ミステリーアンソロジー
ドクターM（ミステリー）

歯科医による死体治療、嘘を見破る超能力内科医、深夜病棟の怪談……。八人の人気作家が織りなす医療にまつわる傑作ミステリー。《解説・関根　亨》

関根亨・編／浅ノ宮遼／五十嵐貴久／大倉崇裕／海堂尊／塔山郁／葉真中顕／連城三紀彦・著
医療ミステリーアンソロジー
ドクターM　ポイズン

生死を分ける医療現場を舞台に、七人の作家が謎めいた事件を描き出す。医療ミステリーアンソロジー第二弾！《解説・関根　亨》

西上心太・編／阿津川辰海／伊兼源太郎／大門剛明／丸山正樹／横山秀夫・著
法廷ミステリーアンソロジー
逆転の切り札

果たして真実こそが〝正義〟なのか？　裁判員裁判、事件記者、刑事対検事、ろう者弁護、家裁調停員など、法の死角に挑む傑作アンソロジー。

麻見　和史
擬態の殻
刑事・一條聡士

裂かれた腹部に手錠をねじ込まれた刑事の遺体。ある事件を境に仲間との交流を絶った捜査一課の一條は、前代未聞の猟奇殺人に単独捜査で挑む！

朝日文庫

麻見 和史
殺意の輪郭
猟奇殺人捜査ファイル
都内で発生した連続猟奇殺人事件。刑事課の尾崎は、捜査を進めるうちに相棒の広瀬に不信感を抱きはじめ……。書き下ろしシリーズ第一弾！

石川 智健
警視庁暴力班
都内で起きた連続猟奇殺人事件。理不尽な捜査中断を言い渡される中、入庁早々に左遷されたキャリア・北森が率いる常識外れの奴らがホシを追う。

石川 智健
アクトアップ
警視庁暴力班
池袋で発生した猟奇殺人事件。独自ルートで裏社会を嗅ぎ回る暴力班が辿り着いた、巨大犯罪ネットワークとは？ 書き下ろしシリーズ第二弾。

大沢 在昌
帰去来
警視庁の女性刑事が「光和二七年のアジア連邦・日本共和国・東京市」にタイムスリップする。執筆一〇年の超大作、パラレルワールド警察小説。

今野 敏
TOKAGE（トカゲ）
特殊遊撃捜査隊
大手銀行の行員が誘拐され、身代金一〇億円が要求された。警視庁捜査一課の覆面バイク部隊「トカゲ」が事件に挑む。《解説・香山二三郎》

今野 敏
連写
TOKAGE（トカゲ） 特殊遊撃捜査隊
バイクを利用した強盗が連続発生。警視庁の覆面捜査チーム「トカゲ」が出動するが、なぜか犯人の糸口が見つからない……。《解説・細谷正充》

朝日文庫

今野　敏
天網（てんもう）
TOKAGE（トカゲ）2　特殊遊撃捜査隊

首都圏の高速バスが次々と強奪される前代未聞の事態が発生。警視庁の特殊捜査部隊が再び招集され、深夜の追跡が始まる。シリーズ第二弾。

今野　敏
降臨
聖拳伝説1

日本支配をめぐる闇の権力闘争に、古代インドを源流とする超絶の秘拳が挑む！　真・格闘技冒険活劇の名作が新装版として復活。

今野　敏
襲来
聖拳伝説2

姿なきテロリストの脅威に高まる社会不安。テロの背後に蠢く邪悪な拳法の使い手とは？　究極のパニックサスペンス！　シリーズ新装版第二弾。

今野　敏
激突
聖拳伝説3

邪悪な拳の使い手・松田速人が首相誘拐を宣言。荒服部の王・片瀬直人の聖拳と、邪拳との最終決戦の時が迫る！　シリーズ新装版完結編。

鈴峯　紅也
警視庁監察官Q

人並みの感情を失った代わりに、超記憶能力を得た監察官・小田垣観月。アイスクイーンと呼ばれる彼女が警察内部に巣食う悪を裁く新シリーズ！

鈴峯　紅也
警視庁監察官Q
メモリーズ

視察のために上京した大阪府警刑事が、夜毎姿を晦ます目的とは？　アイスクイーン・小田垣観月が驚愕の真相に迫る！　大好評シリーズ第二弾！

朝日文庫

鈴峯紅也
警視庁監察官Q
ストレイドッグ

証拠品等保管庫ブルー・ボックスで見つかった階級章のない制服。そこに秘された哀しき過去を知った観月は……。書き下ろしシリーズ第三弾。

鈴峯紅也
警視庁監察官Q
フォトグラフ

監察官室のメンバーに接触し甘言を弄する謎の男。彼の衷情は、感情の機微を失った小田垣観月さえも動かし始める。大人気シリーズ第四弾！

鈴峯紅也
警視庁監察官Q　ZERO

ナイトクラブのキャストを始めた大学二年の小田垣観月。深い闇への扉の前で目にしたものは……。監察官になる前のクイーンを描く新シリーズ！

堂場瞬一
ピーク

一七年前、新米記者の永尾は野球賭博のスクープ記事を書くが、その後はパッとしない日々を送る。そんな時、永久追放された選手と再会し……。

堂場瞬一
暗転
新装版

大惨事をもたらした列車転覆事故。被害者の雑誌記者は真相を求めてペンを握った。鉄道会社や警察をはじめ、それぞれの思惑が錯綜するサスペンス。

堂場瞬一
内通者
新装版

妻の死、いわれなき告発、娘が受けた脅迫電話……。捜査指揮権を奪われた結城に、犯人が突きつける真実とは？《解説・あわいゆき》